Frances Hodgson Burnett

A Princesinha

Principis

Frances Hodgson Burnett

A Princesinha

Tradução
Carla Bitelli

Principis

Esta é uma publicação Principis, selo exclusivo da Ciranda Cultural
© 2021 Ciranda Cultural Editora e Distribuidora Ltda.

Traduzido do original em inglês
A little princess

Produção editorial e projeto gráfico
Ciranda Cultural

Texto
Frances Hodgson Burnett

Imagens
Ruslana_Vasiukova/shutterstock.com;
Ola-ola/shutterstock.com

Tradução
Carla Bitelli

Revisão
Erika Jurei
Cleusa S. Quadros

Texto publicado integralmente no livro *A princesinha*, em 2019,
na edição em brochura pela Ciranda Cultural. (N.E.)

Dados Internacionais de Catalogação na Publicação (CIP) de acordo com ISBD

B964p   Burnett, Frances Hodgson
          A princesinha / Frances Hodgson Burnett ; traduzido por Carla
      Bitelli. - Jandira, SP : Principis, 2021.
          224 p. ; 15,5cm x 22,6cm. – (Clássicos da literatura mundial)
          Tradução de: A little princess
          ISBN: 978-65-5552-270-9

          1. Literatura infantojuvenil. 2. Literatura inglesa. I. Bitelli, Carla.
      II. Título. III. Série.

                                                   CDD 028.5
2020-3107   CDU 82-93

Elaborado por Vagner Rodolfo da Silva - CRB-8/9410

Índice para catálogo sistemático:
1. Literatura infantojuvenil 028.5
2. Literatura infantojuvenil 82-93

1ª edição em 2021
www.cirandacultural.com.br
Todos os direitos reservados.
Nenhuma parte desta publicação pode ser reproduzida, arquivada em sistema de busca ou
transmitida por qualquer meio, seja ele eletrônico, fotocópia, gravação ou outros, sem prévia
autorização do detentor dos direitos, e não pode circular encadernada ou encapada de maneira distinta daquela em que foi publicada, ou sem que as mesmas condições sejam impos-
tas aos compradores subsequentes.

Sumário

Sara 7

Uma aula de francês 18

Ermengarde 25

Lottie 33

Becky 42

As minas de diamante 53

De novo as minas de diamante 64

No sótão 86

Melquisedeque 97

O cavalheiro indiano 109

Ram Dass 121

O outro lado da parede 131

Uma miserável 140

O que Melquisedeque ouviu e viu 151

A Magia 157

O visitante 182

"É a menina!" 198

"Eu tentei não ser" 206

Anne 218

Sara

Certa vez, em um dia escuro de inverno quando a névoa amarelada ficava tão densa nas ruas de Londres que os postes tinham de ser acesos e as vitrines ficavam embaçadas, como costumava acontecer à noite, uma menina de aparência estranha... seguia com o pai em uma carruagem conduzida... bem lentamente por amplas vias.

Ela sentava-se em cima dos próprios pés e se recostava no pai, que a segurava nos braços, enquanto ela encarava pela janela os transeuntes com uma contemplação esquisita e antiquada em seus olhos grandes.

Era uma menina tão nova que ninguém esperaria ver um olhar desses em seu rostinho. Teria sido um olhar estranho para uma criança de 12 anos e Sara Crewe tinha apenas 7. No entanto, o fato era que ela estava sempre sonhando acordada e pensando em coisas diferentes, ela mesma não conseguia se lembrar de qualquer momento em que não estivera pensando sobre adultos e o mundo ao qual eles pertenciam. Ela sentia como se já tivesse vivido por muito, muito tempo.

Neste momento, ela se recordava da viagem a Bombaim que acabara de fazer com o pai, o capitão Crewe. Pensava no grande navio, nos *lascars*, marinheiros ou militares indianos, andando para lá e para cá em silêncio, nas crianças brincando no convés quente, e em algumas das jovens esposas de oficiais que costumavam tentar fazê-la conversar com elas e davam risada das coisas que a menina dizia.

Em especial, ela pensava em como era esquisito que, em um instante, uma pessoa estava na Índia sob um sol ardente e logo depois no meio do oceano, para então ser conduzida em um veículo estranho, por ruas estranhas, onde o dia era escuro como a noite. Ela achou isso tão confuso que se aproximou do pai.

– Papai – chamou com uma vozinha baixa e misteriosa que era quase um sussurro. – Papai.

– O que é, querida? – respondeu o capitão Crewe, puxando-a para perto e baixando o olhar para ver o rosto da filha. – Em que a Sara está pensando?

– É este o lugar? – sussurrou ela, aconchegando-se ainda mais nele. – É aqui, papai?

– Sim, Sarinha. É aqui. Enfim chegamos.

Embora ela tivesse apenas 7 anos, sabia que o pai estava triste quando disse isso.

Parecia fazer muitos anos desde que ele começou a preparar a mente dela para "o lugar", como ela sempre chamava. A mãe tinha morrido quando ela nasceu, então nunca a tinha conhecido ou sentido saudade. Seu pai, jovem, bonito, rico, carinhoso, parecia ser o único parente que ela tinha no mundo todo. Eles sempre brincavam juntos e gostavam demais um do outro. Ela só sabia que o pai era rico porque ouvira as pessoas comentarem quando achavam que não estava escutando; também as ouvira dizer que ela seria rica quando crescesse. Sara não sabia o que significava ser rico. Sempre tinha vivido em um lindo bangalô e havia se acostumado a ver muitos criados que lhe faziam salamaleques, a chamavam de "senhorita *sahib*[1]" e deixavam que ela fizesse tudo o que quisesse.

---

[1] *Sahib* é um pronome de tratamento em híndi. (N. T.)

A PRINCESINHA

Ela havia tido brinquedos, bichinhos de estimação e uma camareira que a reverenciava, e pouco a pouco aprendera que as pessoas ricas tinham essas coisas. Contudo, isso era tudo o que sabia sobre o assunto.

Durante sua vida ainda curta, apenas uma coisa a havia incomodado, e essa coisa era "o lugar" para onde seria levada um dia. O clima da Índia não fazia bem para crianças, e elas eram enviadas para longe dele o mais rápido possível, em geral para a Inglaterra e para a escola. Ela tinha visto outras crianças partirem e havia ouvido seus pais e suas mães falarem sobre as cartas que recebiam delas. Ficara sabendo que seria obrigada a ir também e, embora por vezes, as histórias de seu pai sobre a viagem e o novo país a tivessem interessado, Sara havia atormentado-se pela ideia de que ele não poderia ficar com ela.

– Você não poderia ir para o lugar comigo, papai? – perguntara ela quando tinha 5 anos. – Não poderia ir para a escola também? Eu o ajudaria com as lições.

– Mas você não vai precisar ficar muito tempo lá, Sarinha – era o que ele sempre respondia. – Você vai para uma casa bacana onde moram várias outras meninas, vai brincar com elas, eu vou lhe mandar muitos livros, você vai crescer tão rápido que mal vai parecer ter passado um ano antes de estar grande e esperta o bastante para voltar e cuidar do seu papai.

Ela tinha gostado de imaginar isso. Cuidar da casa para o pai; andar a cavalo juntos e sentar-se à ponta da mesa durante os jantares que ele organizava; conversar com ele e ler seus livros, isso seria o que ela mais amaria no mundo, e se uma pessoa precisasse ir para "o lugar", na Inglaterra para conseguir fazer isso, ela iria se convencer a ir.

Sara não se importava muito com as outras meninas, mas se tivesse muitos livros poderia se consolar. Ela gostava de livros mais do que de qualquer outra coisa e, na verdade, estava sempre inventando histórias sobre coisas lindas e contando-as para si mesma. Por vezes, ela havia contado para o pai que tinha gostado delas tanto quanto ela.

– Bem, papai – disse ela suavemente –, se já estamos aqui acho que é melhor nos conformarmos.

Ele deu risada da sua frase antiquada e a beijou. Ele não estava nem um pouco conformado, embora soubesse que deveria manter isso em segredo. Sua excêntrica Sara tinha sido sua grande companheira, e ele sentia que iria se tornar um homem solitário quando, em seu retorno para a Índia, entrasse em seu bangalô, sabendo que não deveria esperar que uma pequena figura em seu traje branco viesse correndo cumprimentá-lo. Por isso, ele a abraçou com mais força conforme a carruagem rolava na direção do largo grande e enfadonho no qual ficava a casa que era o destino deles.

Era uma casa grande, sem graça, de tijolinhos, exatamente como todas as outras ao seu lado, mas na porta daquela brilhava uma placa de latão, na qual estavam gravadas as seguintes letras em preto:

SENHORITA MINCHIN
Seminário Exclusivo para Jovens Moças

– Chegamos, Sara – disse o capitão Crewe, fazendo com que sua voz soasse o mais alegre possível.

Ele a ergueu, tirando-a da carruagem. Subiram as escadas e tocaram a campainha. Depois do que o capitão disse, Sara pensou por muitas vezes que aquela casa era de alguma forma exatamente como a da senhorita Minchin: era respeitável e bem mobiliada, mas tudo nela era feio; até os braços das cadeiras pareciam ser ossudos. No saguão, tudo era austero e polido, até mesmo as bochechas vermelhas do rosto da lua, no relógio comprido no canto, tinham uma envernizada aparência severa. A sala de estar para a qual foram conduzidos estava coberta por um tapete com um desenho quadrado, as cadeiras eram quadradas e havia um pesado relógio de mármore sobre a pesada cornija de mármore da lareira.

A PRINCESINHA

Ao se sentar em uma das cadeiras de mogno, Sara lançou um de seus olhares rápidos ao redor.

– Não gosto daqui, papai – disse a menina. – Mas ouso dizer que soldados, até mesmo os mais valentes, não gostam de ir para uma batalha.

O capitão Crewe riu abertamente. Ele era jovem, divertido e nunca se cansava de ouvir as conversas esquisitas de Sara.

– Ah, Sarinha! – exclamou ele. – O que farei quando não tiver alguém para dizer coisas solenes para mim? Não existe ninguém tão solene quanto você.

– Mas por que coisas solenes o fazem rir tanto? – inquiriu Sara.

– Porque você fica muito engraçada quando fala essas coisas – respondeu ele, rindo ainda mais. Então, de repente, ele a envolveu em seus braços e a beijou com muita força, parando de rir de repente e parecendo quase como se lágrimas tivessem inundado seus olhos.

Foi nesse exato momento que a senhorita Minchin entrou na sala. Ela era bem parecida com a casa, achou Sara: grande e sem graça, respeitável e feia. Tinha olhos grandes, frios e desconfiados, e um sorriso grande, frio e desconfiado. O sorriso se alargou bastante quando ela viu Sara e o capitão Crewe. Ela tinha ouvido muitas coisas desejáveis a respeito do jovem soldado, que lhe foram contadas por uma dama que havia recomendado a escola para ele. Dentre outras coisas, ela tinha ouvido que ele era um pai rico disposto a gastar bastante dinheiro com sua filhinha.

– Será um enorme privilégio assumir a responsabilidade por uma criança tão linda e promissora, capitão Crewe – disse a senhorita, pegando a mão de Sara e apertando-a. – Lady Meredith me contou da inteligência fora do comum dela. Uma criança inteligente é um grande tesouro para um estabelecimento como o meu.

Sara se manteve em silêncio, com os olhos fixos no rosto da senhorita Minchin. Ela estava pensando em algo esquisito, como de costume.

"Por que ela diz que sou uma criança linda?", pensava ela. "Não sou nem um pouco linda. A menininha do coronel Grange, Isobel, é linda.

Ela tem sardas, bochechas rosadas e um cabelo comprido e dourado. Eu tenho o cabelo curto, preto e olhos verdes; além do mais, sou uma criança magra e estou longe de ter a pele clara. Sou uma das crianças mais feias que ela já viu. Ela está inventando história já de início."

Sara estava enganada, entretanto, de pensar que era uma criança feia. Ela não tinha nada a ver com Isobel Grange, que tinha sido a belezinha do regimento, mas ela possuía um charme próprio. Era uma criatura esbelta e maleável, um tanto alta para a idade e tinha um rostinho intenso e atraente. Seu cabelo era pesado, quase preto e cacheava só nas pontas; seus olhos eram de um verde acinzentado, é verdade, mas eram olhos grandes e maravilhosos, com cílios pretos compridos, e, embora ela não gostasse da cor deles, muitas pessoas gostavam. Ainda assim, ela seguia persistente em se considerar uma menina feia e não ficou nem um pouco lisonjeada com a adulação da senhorita Minchin.

"Eu estaria inventando história se dissesse que ela é bonita", pensou. "E eu saberia que estaria inventando história. Acho que, do meu jeito, sou tão feia quanto ela. Para que ela falou aquilo?"

Depois de conhecer melhor a senhorita Minchin, Sara entendeu por que ela disse aquilo. A menina descobriu que ela disse exatamente a mesma coisa para cada pai e mãe que trouxe uma criança para aquela escola.

Sara postou-se ao lado do pai e ficou escutando enquanto ele e a senhorita Minchin conversavam. Ela tinha sido trazida ao seminário porque as duas meninas de Lady Meredith haviam sido educadas ali, e o capitão Crewe nutria grande respeito pela experiência de Lady Meredith. Sara seria o que era conhecido como "pensionista de saleta" e iria ter bem mais privilégios que as pensionistas de saleta costumavam ter. Ela teria um belo quarto e uma saleta particular; teria um pônei e uma carruagem; e uma criada que assumiria o posto da aia que tinha sido babá dela na Índia.

– Não estou nem um pouco tenso em relação à educação dela – disse o capitão Crewe com uma risada alegre, enquanto segurava a mão de Sara, dando tapinhas amorosos. – A dificuldade será impedi-la de aprender rápido demais e coisas demais. Ela sempre está sentada com o nariz enfiado nos livros. Ela não os lê, senhorita Minchin; ela os engole como se fosse um lobinho em vez de uma menina. Está sempre faminta por novos livros para engolir, e quer livros de adultos, aqueles grandes, grossos, gordos, em francês e alemão, além de em inglês, sobre história, biografias, poetas e todo tipo de assunto. Arraste-a para longe dos livros quando ela lê demais. Faça-a cavalgar no pônei pelo estábulo ou sair para comprar uma boneca nova. Ela precisa brincar mais com bonecas.

– Papai – disse Sara –, mas veja só, se toda vez em que sairmos eu comprar uma boneca nova, em poucos dias terei tantas que nunca vou conseguir gostar de todas. Bonecas precisam ser amigas íntimas. Emily vai ser minha amiga íntima.

O capitão Crewe olhou para a senhorita Minchin, e a senhorita Minchin olhou para o capitão Crewe.

– Quem é Emily? – perguntou a mulher.

– Conte você, Sara – pediu o capitão Crewe, sorrindo.

Os olhos verdes acinzentados de Sara pareciam bem solenes e um tanto suaves quando ela respondeu.

– É uma boneca que eu ainda não tenho – explicou. – É uma boneca que o papai vai comprar para mim. Vamos sair para encontrá-la. Eu a chamei de Emily. Ela vai ser minha amiga enquanto o papai estiver longe. Quero que ela converse sobre ele.

O sorriso grande e desconfiado da senhorita Minchin se tornou muito mais adulador.

– Que criança mais original! – disse ela. – Que criaturazinha mais querida!

– Sim – afirmou o capitão Crewe, puxando Sara para mais perto. – Ela é uma criaturazinha querida. Cuide muito bem dela por mim, senhorita Minchin.

Sara ficou com o pai no hotel por vários dias, na verdade, ficou com ele até que ele embarcou de volta para a Índia. Eles passearam, visitaram muitas lojas juntos e compraram muitas coisas. Compraram, de fato, muito mais coisas do que Sara precisava, mas o capitão Crewe era um homem jovem, arrojado e inocente, e queria que sua filhinha tivesse tudo do que ela gostasse e tudo do que ele mesmo gostasse, assim, contando, os dois adquiriram um guarda-roupa grande demais para uma criança de 7 anos. Haviam vestidos de veludo arrematados com peles caras, vestidos de renda, vestidos bordados, chapéus com penas de avestruz grandes e macias, casacos e regalos de armelino, caixas de luvinhas, lenços e meias de seda em uma quantidade tão abundante, que as educadas moças atrás do balcão cochicharam entre si que aquela menininha com olhos grandes e solenes devia ser, no mínimo, alguma princesa estrangeira, talvez até a filhinha de um rajá indiano.

E por fim encontraram Emily, mas eles passaram por várias lojas de brinquedos e olharam muitas outras bonecas antes de achar aquela.

– Quero que ela não pareça uma boneca na verdade – disse Sara. – Quero que pareça me escutar quando eu falar com ela. O problema com as bonecas, papai... – E a menina tombou a cabeça de lado para refletir enquanto falava. – O problema com as bonecas é que elas nunca parecem escutar.

Por isso, eles procuraram bonecas grandes e pequenas, bonecas com olhos pretos e bonecas com olhos azuis, bonecas com cabelo cacheado castanho e com tranças loiras, bonecas vestidas e bonecas sem roupas.

– Veja só – comentou Sara enquanto eles examinavam uma que não tinha roupa. – Se, quando eu a encontrar, ela não tiver um vestido, podemos levá-la a uma costureira para fazer roupas sob medida. Vão ter um caimento melhor se tivermos feito uma prova.

Depois de uma série de decepções, eles decidiram ir andando para olhar as vitrines e a carruagem os seguiria. Tinham passado por dois ou três lugares sem entrar quando, conforme se aproximaram de uma loja que não era muito grande, de repente Sara parou e agarrou o braço do pai.

– Oh, papai! – exclamou ela. – Ali está Emily!

A PRINCESINHA

Um rubor tinha subido ao rosto dela e havia uma expressão em seus olhos verdes acinzentados como se tivesse acabado de reconhecer alguém de quem era íntima e gostava muito.

– Ela está esperando a gente ali! – disse a menina. – Vamos entrar.

– Minha nossa – disse o capitão Crewe. – Sinto que deveríamos ter alguém para nos apresentar a ela.

– Você deve me apresentar a ela, e eu vou apresentar você – explicou Sara. – Mas eu a reconheci no instante em que a vi, então talvez ela me reconheça também.

Talvez a boneca tivesse reconhecido a menina. Sem dúvida, tinha uma expressão bem esperta nos olhos quando Sara a pegou nos braços. Era uma boneca grande, mas não tanto a ponto de não dar para carregá-la com facilidade; tinha o cabelo cacheado de um castanho dourado, que caía como um manto ao redor dela; e seus olhos eram de um azul acinzentado profundo e límpido, com cílios suaves e grossos que eram de verdade e não linhas pintadas.

– É claro – disse Sara, olhando o rosto da boneca enquanto a segurava apoiada em um de seus joelhos –, é claro, papai, esta é a Emily.

Emily foi então comprada e realmente levada a uma loja de roupas infantis sob medida, onde ganhou um guarda-roupa tão grande quanto o da própria Sara. Ela tinha vestidos rendados também, de veludo e musselina, chapéus, casacos e lindas roupas de baixo com detalhes em renda, luvas, lenços e peles.

– Eu quero que ela sempre se pareça com uma criança que tem uma boa mãe – falou Sara. – Eu sou a mãe dela, apesar de que a farei ser minha acompanhante.

O capitão Crewe teria apreciado tremendamente as compras, porém um pensamento triste ficou cutucando seu coração. Tudo isso significava que ele ficaria separado de sua querida e excêntrica companheirinha.

Ele levantou-se da cama no meio daquela noite e ficou olhando Sara, que dormia abraçada a Emily. O cabelo preto da filha espalhava-se pelo travesseiro e o cabelo castanho e dourado de Emily misturava-se ao dela, as duas vestiam um traje noturno com babados de renda e as duas tinham cílios longos que tocavam e curvavam-se em suas bochechas. Emily parecia tanto uma criança de verdade que o capitão Crewe ficou contente por ela estar ali. Ele soltou um grande suspiro e puxou o bigode com uma expressão pueril.

– Ai, ai, Sarinha! – disse ele para si. – Não acho que você saiba o quanto o papai vai sentir sua falta.

No dia seguinte, ele a levou para a casa da senhorita Minchin e a deixou lá. Embarcaria na manhã seguinte. Ele explicou à senhorita Minchin que os procuradores dele, Senhores Barrow & Skipworth, eram responsáveis pelos negócios dele na Inglaterra e poderiam dar qualquer informação de que ela precisasse e pagariam as contas que ela enviasse dos custos referentes a Sara. Ele escreveria para Sara duas vezes por semana, e ela deveria ter todas as suas vontades satisfeitas.

– Ela é uma coisinha sensível e nunca quer nada que não seja seguro lhe dar – explicou ele.

Então, seguiu com Sara até a pequena saleta dela e lá se despediram. Sara sentou-se no joelho do pai e segurou as lapelas do casaco dele com suas mãozinhas, olhando-o no rosto de modo longo e fixo.

– Está tentando me gravar na sua memória, Sarinha? – perguntou ele, acariciando o cabelo da filha.

– Não – respondeu ela. – Eu já tenho você gravado. Você está gravado no meu coração.

E os dois se abraçaram e se beijaram como se nunca fossem se soltar.

Quando a carruagem se afastou da porta, Sara estava sentada no chão de sua saleta, com as mãos embaixo do queixo e os olhos seguindo o transporte até que virou a esquina. Emily estava sentada ao lado dela, olhando também. Quando a senhorita Minchin enviou a irmã, a senhorita Amélia, para ver como a menina estava, a mulher não conseguiu abrir a porta.

A PRINCESINHA

– Eu tranquei – disse uma vozinha alegre e educada do lado de dentro. – Gostaria de ficar sozinha, se possível.

A senhorita Amélia era gorda e atarracada e admirava demais a irmã. Das duas, era a que tinha melhor disposição, mas ela jamais desobedecia a senhorita Minchin. Ela desceu as escadas de novo, parecendo quase alarmada.

– Nunca vi uma criança tão engraçada e antiquada, irmã – disse. – Ela se trancou lá dentro e não está fazendo nem o menor dos barulhos.

– É bem melhor do que se ela chutasse e gritasse, como algumas meninas fazem – respondeu a senhorita Minchin. – Eu achei que uma criança mimada causaria um furor na casa toda. Se existe uma criança que sempre faz o que quer, é essa.

– Andei abrindo as malas dela para guardar as coisas – disse a senhorita Amélia. – Nunca vi nada parecido: marta-zibelina e armelino nos casacos dela e renda valenciana verdadeira nas roupas de baixo. Você já viu algumas das roupas dela. O que acha?

– Acho que são perfeitamente ridículas – retrucou a senhorita Minchin com rispidez. – Mas vão ficar muito bem na frente da fila quando levarmos as crianças da escola à igreja aos domingos. Ela foi abastecida como se fosse uma princesinha.

Lá em cima, na sala trancada, Sara e Emily ficaram sentadas no chão encarando a curva onde a carruagem tinha desaparecido, enquanto o capitão Crewe olhava para trás, acenando e beijando a mão como se não suportasse parar.

Uma aula de francês

Quando Sara entrou na sala escolar na manhã seguinte, todo mundo a encarou com olhos arregalados e cheios de interesse. Àquela altura, todas as alunas, desde Lavinia Herbert, que tinha quase 13 anos e se sentia bem crescida, até Lottie Legh, que tinha apenas 4 anos e era o bebê da escola, haviam ouvido falar muito dela. Elas sabiam definitivamente que Sara era a aluna-modelo da senhorita Minchin, o que era considerado um crédito ao estabelecimento. Uma ou duas delas até conseguiram ver a criada francesa, Mariette, que havia chegado na noite anterior. Lavinia tinha conseguido passar pelo quarto de Sara quando a porta estava aberta e vira Mariette abrir uma caixa que havia chegado tarde de alguma loja.

– Estava cheia de anáguas com babados de renda, muitos e muitos babados – sussurrou ela à amiga Jessie enquanto se debruçava sobre sua lição de geografia. – Eu a vi sacudindo as peças. Ouvi a senhorita Minchin dizer à senhorita Amélia que as roupas dela eram tão esplêndidas que chegavam a ser ridículas para uma criança. Minha mãe diz que crianças devem ser vestidas com simplicidade. Ela está com uma dessas anáguas agora. Eu vi quando ela se sentou.

A PRINCESINHA

– Ela está usando meias de seda! – sussurrou Jessie, também se debruçando sobre sua lição de geografia. – E que pezinhos! Nunca vi pés tão pequenos.

– Oh – bufou Lavinia com desdém –, é por causa do modo como os sapatos dela foram feitos. Minha mãe diz que até os pés grandes podem parecer pequenos se você tiver um sapateiro esperto. Não acho que ela seja bonita. Os olhos dela têm uma cor estranha.

– Ela não é bonita do jeito como outras pessoas bonitas são – disse Jessie, espiando o outro lado da sala –, mas dá vontade de olhar de novo para ela. Os cílios dela são absurdamente compridos, mas os olhos são quase verdes.

Sara estava sentada em silêncio em sua carteira, aguardando que lhe dissessem o que fazer. Ela tinha sido alocada próxima da mesa da senhorita Minchin. Ela não estava nem um pouco envergonhada com os muitos pares de olhos que a observavam. Ficou interessada e olhava para trás, calmamente, para as crianças que a fitavam. Imaginou o que estariam pensando, se gostavam da senhorita Minchin, se ligavam para as lições, se alguma delas tinha um papai parecido com o dela. Sara tivera uma longa conversa com Emily sobre o pai naquela manhã.

– Ele está no mar agora, Emily – dissera a menina. – Devemos ser grandes amigas e contar tudo uma para a outra. Emily, olhe para mim. Você tem os olhos mais belos que já vi... mas gostaria que pudesse falar.

Sara era uma criança cheia de imaginação e pensamentos fantásticos, uma de suas fantasias era ter um grande consolo em fingir que Emily estava viva e realmente a ouvia e entendia. Depois que Mariette a tinha vestido com o traje escolar azul-escuro e prendido seu cabelo com uma fita azul-escura, a menina foi até Emily, que estava sentada em sua própria cadeira, e lhe deu um livro.

– Você pode ler isto enquanto eu estiver no andar de baixo – disse ela.

E, notando que Mariette a olhava com grande curiosidade, lhe falou com um semblante sério:

– Eu acredito que as bonecas podem fazer coisas que não vão revelar para nós. Talvez, de verdade, Emily possa ler, falar e andar, mas só vai fazer isso quando não houver pessoas no quarto. É o segredo dela. Veja, se as pessoas soubessem que bonecas podem fazer coisas, elas as poriam para trabalhar. Então, talvez, as bonecas tenham prometido umas às outras que manteriam isso em segredo. Se você ficar no quarto, Emily só vai se manter sentada ali encarando a frente; mas se você sair, ela vai começar a ler, talvez, ou vai até ali olhar pela janela. Então, se ela ouvisse qualquer uma de nós se aproximando, sairia correndo e pularia na cadeira dela, fingindo que tinha ficado ali o tempo todo.

– *Comme elle est drole*[2]! – disse Mariette para si e quando foi para o subsolo de serviço contou à camareira chefe. Porém, ela já havia começado a gostar dessa menina estranha que tinha um rostinho tão inteligente e comportamento tão perfeito. Ela havia cuidado de crianças antes que não eram tão educadas. Sara era uma pessoinha bastante agradável e tinha um jeito gentil e grato de dizer: "por favor, Mariette", "obrigada, Mariette" que era bem charmoso. Mariette contou à camareira chefe que a menina a agradecia como se falasse a uma dama.

– *Elle a l'air d'une princesse, cette petite*[3] – disse ela. De fato, ela estava muito satisfeita com a nova pequena ama e gostava bastante de seu posto.

Depois que Sara passara alguns minutos sentada na sala escolar, sendo observada pelas outras alunas, a senhorita Minchin deu uma respeitável batida na mesa.

– Mocinhas – disse ela –, gostaria de lhes apresentar sua nova companheira. – Todas a meninas ergueram-se em suas carteiras, e Sara também.

– Espero que todas vocês sejam muito simpáticas csom a senhorita Crewe,

---

[2] Como ela é boba. (N.T.)

[3] Ela tem ares de princesa, essa pequenina. (N.T.)

ela veio de um lugar bem distante... de fato, da Índia. Assim que acabarem as lições, vocês devem se apresentar.

As alunas fizeram uma mesura com grande cerimônia, Sara fez pequena reverência, então todas se sentaram e voltaram a se olhar.

– Sara – chamou a senhorita Minchin com modos próprios da sala escolar –, venha até aqui.

Ela havia tirado um livro da mesa e estava virando as páginas. Sara se aproximou educadamente.

– Como seu pai solicitou uma criada francesa para você – começou a mulher –, concluí que ele deseja que você se dedique ao estudo especial da língua francesa.

Sara se sentiu um pouco estranha.

– Eu acho que ele a solicitou – disse – porque pensou que eu gostaria dela, senhorita Minchin.

– Receio – disse a senhorita Minchin com um sorriso levemente azedo – que você tenha sido uma menininha muito mimada e sempre imagine que as coisas são feitas de acordo com o seu gosto. Minha impressão é de que o seu pai gostaria que você aprendesse francês.

Se Sara fosse mais velha ou menos meticulosa sobre ser educada com as pessoas, poderia ter se explicado em poucas palavras. Contudo, tal como era, ela sentiu um rubor subir pelas bochechas. A senhorita Minchin era uma pessoa muito severa e imponente e parecia ter uma certeza tão absoluta de que Sara não sabia nada de francês que a menina sentiu que seria quase grosseiro corrigi-la. A verdade é que Sara não conseguia se lembrar de uma época em que não sabia francês. O pai com frequência lhe falava nesse idioma quando ela era bebê. Sua mãe tinha sido uma mulher francesa, e o capitão Crewe tinha amado a língua, assim Sara sempre a ouvira e tinha familiaridade com ela.

– Eu... eu nunca aprendi francês de verdade, mas... mas... – começou ela, tentando timidamente esclarecer a questão.

Um dos maiores aborrecimentos secretos da senhorita Minchin era que ela mesma não falava francês e desejava muito esconder esse fato irritante. Ela, portanto, não tinha a intenção de discutir o assunto e com isso se abrir para o questionamento inocente de uma nova aluna.

– Basta – disse a mulher com uma acidez educada. – Se não aprendeu, deve começar já. O mestre francês, *monsieur* Dufarge, chegará em poucos minutos. Pegue este livro e o olhe até lá.

As bochechas de Sara estavam quentes. Ela voltou à carteira e abriu o livro. Olhou para a primeira página com um semblante sério. Ela sabia que seria grosseiro sorrir e estava muito determinada a não ser grosseira. Mas era bem esquisito que esperassem que ela estudasse uma página que lhe dizia que "*le père*" significava "o pai" e "*la mère*" significava "a mãe".

A senhorita Minchin olhou em sua direção com atenção.

– Você parece contrariada, Sara – comentou. – Lamento que não goste da ideia de aprender francês.

– Eu gosto muito – respondeu Sara, e tentou de novo –, mas...

– Você não deve falar "mas" quando lhe dizem o que fazer – repreendeu a senhorita Minchin. – Olhe seu livro de novo.

E foi o que Sara fez e não sorriu, mesmo quando descobriu que "*le fils*" significava "o filho" e "*le frère*" significava "o irmão".

"Quando *monsieur* Dufarge chegar", ela pensou, "vou fazê-lo entender."

O *monsieur* Dufarge chegou pouco depois. Era um francês de meia-idade simpático e inteligente, pareceu interessado quando seus olhos recaíram sobre Sara, que tentava de modo educado parecer entretida com o livreto de frases.

– Aquela é uma nova aluna minha, madame? – perguntou ele à senhorita Minchin. – Espero que seja a minha sorte.

– O pai dela, o capitão Crewe, está muito ansioso para que ela se inicie no idioma. Mas receio que ela tenha um preconceito infantil contra isso. Não parece desejar aprender – explicou a senhorita Minchin.

A PRINCESINHA

– Lamento por isso, *mademoiselle* – disse ele gentilmente para Sara. – Talvez, quando começarmos o estudo juntos, eu possa lhe mostrar que se trata de uma língua encantadora.

Sarinha se ergueu de sua carteira. Ela estava começando a se sentir um tanto quanto desesperada, como se estivesse quase em desonra. Ela olhou para o rosto do *monsieur* Dufarge com seus olhos grandes verdes acinzentados e que eram atraentes de um modo quase inocente. Ela sabia que ele a compreenderia assim que falasse. Ela começou a simplesmente explicar em um francês bonito e fluente. A madame não a havia compreendido. Ela não havia aprendido exatamente a falar francês, não pelos livros, mas seu pai e outras pessoas sempre falaram o idioma com ela, e ela o tinha ouvido e escrito tanto quanto ouvira e escrevera em inglês. O pai dela amava a língua, e ela a amava por causa dele. Sua querida mamãe, que tinha morrido quando ela nasceu, tinha sido francesa. Ela ficaria contente de aprender qualquer coisa que o *monsieur* lhe ensinasse, mas havia tentado explicar à madame que já conhecia as palavras deste livro... e estendeu o livreto de frases.

Quando ela começou a falar, a senhorita Minchin se sobressaltou muito violentamente e sentou-se olhando para ela por cima de seus óculos, quase indignada, até que a menina tivesse terminado. O *monsieur* Dufarge sorriu, e seu sorriso foi de grande prazer. Ouvir aquela voz bem infantil falando a língua dele de forma tão simples e encantadora o fez se sentir quase como se estivesse em sua terra natal, que em dias escuros e nebulosos em Londres, às vezes parecia a mundos de distância. Quando ela terminou, ele tomou o livro de frases dela com um olhar quase afetuoso. Porém, ele falou com a senhorita Minchin.

– Ah, madame – disse –, não há muito que eu possa ensiná-la. Ela não aprendeu francês; ela é francesa. Seu sotaque é requintado.

– Você deveria ter me dito! – exclamou a senhorita Minchin, muito mortificada, voltando-se para Sara.

– Eu... eu tentei – respondeu Sara. – Suponho que não comecei direito.

A senhorita Minchin sabia que a menina tentara e que não fora culpa dela não lhe ter sido permitido explicar. Quando notou que as alunas estavam ouvindo, e que Lavinia e Jessie davam risada escondidas atrás de suas gramáticas francesas, ficou enfurecida.

– Silêncio, mocinhas! – disse a senhorita Minchin, com austeridade, batendo na mesa. – Silêncio, agora!

E, a partir desse minuto, começou a sentir um pouco de ressentimento em relação à sua aluna-modelo.

Ermengarde

Naquela primeira manhã, quando Sara se sentou ao lado da senhorita Minchin, ciente de que toda a escola se dedicava a observá-la, ela logo notou uma garotinha, mais ou menos da sua idade, que a olhava com muita atenção, com um par de olhos azuis-claros embotados. Era uma criança gorda que não parecia muito inteligente, mas tinha um beicinho adorável. Seu cabelo loiro estava preso em uma trança apertada, amarrada com uma fita. Enrolara a trança em torno do pescoço e estava mordendo a ponta da fita, descansando os cotovelos sobre a mesa enquanto olhava pensativa para a nova aluna. Quando o *monsieur* Dufarge começou a falar com Sara, a jovem pareceu um pouco assustada; depois, ao ver Sara avançar e, fitando o professor com olhos inocentes e cativantes, responder, sem qualquer aviso, em francês, a menina gorducha saltou da cadeira e corou de espanto e admiração. Tendo chorado sem esperança por semanas diante de seus esforços para lembrar que *"la mère"* significava "a mãe" e *"le père"* era "o pai", quando se estava falando um idioma sensato, fora quase demais para ela, assim, subitamente, deparar com uma colega da sua idade que parecia não só à vontade com aquelas palavras como, aparentemente, era conhecedora de várias outras e capaz de misturá-las com verbos como se fosse uma mera brincadeira.

Fitava Sara tão fixamente e mordia a fita da trança com tal avidez que atraiu a atenção da senhorita Minchin, a qual, sentindo-se extremamente irritada no momento, avançou de imediato sobre a menina.

– Senhorita St. John! – ela exclamou com severidade. – O que você pretende com tal conduta? Tire os cotovelos da mesa! Tire sua fita da boca! Sente-se imediatamente!

Com isso, a senhorita St. John deu outro pulo, e quando Lavinia e Jessie riram, ela ficou mais vermelha do que nunca; tão vermelha que quase parecia que as lágrimas chegavam aos seus pobres e embotados olhos infantis; e Sara a notou e lamentou tanto que começou a gostar dela e a querer ser sua amiga. Era o jeito de Sara sempre querer entrar em qualquer briga em que alguém tinha ficado desconfortável ou infeliz.

"Se Sara fosse um garoto e tivesse vivido séculos atrás", costumava dizer seu pai, "ela teria andado pelo país com a espada em riste, resgatando e defendendo todo mundo em perigo. Ela sempre quer lutar quando vê alguém em perigo."

Então, ela se afeiçoou pela gorda e lerda senhorita St. John e continuou a observá-la por toda a manhã. Sara viu que as lições não eram fáceis para a menina e que não havia perigo de ela ser mimada por ser tratada como uma aluna-modelo. As aulas de francês dela eram uma coisa patética. Sua pronúncia fazia até o *monsieur* Dufarge sorrir sem querer, e Lavinia, Jessie e as garotas mais afortunadas ou davam risada ou olhavam para a senhorita St. John com o mais puro desdém. Mas Sara não. Ela tentou fingir que não ouviu quando a senhorita St. John disse "*li bom pam*" em vez de "*le bon pain*". Sara tinha um belo temperamento próprio, um tanto esquentado, que a fez se sentir um pouco feroz quando ouviu as risadinhas e viu o pobre rosto, estúpido e angustiado, da menina.

– Isso não tem graça – murmurou ela por entre os dentes enquanto se debruçava sobre o livro. – Elas não deveriam rir.

A PRINCESINHA

Quando as aulas acabaram e as alunas se reuniram em grupos para conversar, Sara procurou pela senhorita St. John e, achando-a encolhida com ares desconsolados em um assento à janela, foi até lá lhe falar. Ela disse apenas o tipo de coisa que garotinhas costumam falar umas para as outras logo quando se conhecem, mas havia um aspecto amigável em Sara, e as pessoas sempre sentiam isso.

– Qual é o seu nome? – perguntou ela.

Para explicar o espanto da senhorita St. John, é preciso se lembrar de que uma nova aluna é, por um curto período, uma coisa meio incerta; e sobre esta nova aluna, a escola toda tinha falado na noite anterior, até que todas caíram no sono, um tanto exaustas pela animação e pelas histórias contraditórias. Uma aluna nova com uma carruagem, um pônei, uma criada e uma viagem da Índia sobre a qual contar, não era tão comum.

– Meu nome é Ermengarde St. John – respondeu a menina.

– O meu é Sara Crewe – respondeu Sara. – O seu é bem bonito. Parece saído de um livro de histórias.

– Você gosta? – agitou-se Ermengarde. – Eu... eu gosto do seu.

A maior dificuldade da vida da senhorita St. John era que tinha um pai inteligente. Às vezes isso lhe parecia uma calamidade terrível. Se você tem um pai que sabe sobre tudo, que fala sete ou oito idiomas, tem milhares de livros que aparentemente decorou, com frequência ele espera que você tenha familiaridade ao menos com o conteúdo dos seus livros didáticos; e não é improvável que ele sinta que você deva ser capaz de se lembrar de alguns poucos incidentes da história ou de escrever um exercício em francês. Ermengarde era uma provação difícil para o senhor St. John. Ele não conseguia entender como uma filha sua poderia ser uma notável e inconfundivelmente tapada criatura que jamais brilhava em nada.

– Minha nossa! – ele exclamara mais de uma vez conforme a encarava. – Em alguns momentos, acho que ela é tão idiota quanto a tia Eliza!

Se a tia Eliza dela era lenta para aprender e rápida para esquecer totalmente uma coisa aprendida, Ermengarde era exatamente como a tia. Ela era a grande ignorante da escola e isso não podia ser negado.

– Ela precisa ser obrigada a aprender – disse o pai dela para a senhorita Minchin.

Consequentemente, Ermengarde passou a maior parte de sua vida envergonhada ou chorando. Ela aprendia coisas e as esquecia; ou, se as recordasse, não as compreendia. Por isso, era natural que, tendo sido apresentada a Sara, ela agora se sentasse e a encarasse com profunda admiração.

– Você sabe falar francês, não é? – perguntou com grande respeito.

Sara acomodou-se no assento da janela, que era grande e profundo, e, encolhendo os pés, sentou-se com as mãos cruzadas sobre os joelhos.

– Eu sei falar porque eu ouvi francês a minha vida inteira – respondeu ela. – Você também saberia falar se sempre tivesse ouvido.

– Oh, não, eu não saberia – disse Ermengarde. – Eu nunca conseguiria falar.

– Por quê? – quis saber Sara, curiosa.

Ermengarde abanou a cabeça fazendo balançar a sua trança.

– Você acabou de me ouvir – disse ela. – Sou sempre assim. Não sei falar as palavras. São tão esquisitas.

Ela pausou por um momento, então prosseguiu, com um toque de admiração na voz:

– Você é inteligente, não é?

Sara olhou pela janela, para o largo sujo, onde os corvos pulavam e crocitavam nas grades de ferro molhadas e nos galhos cobertos de fuligem das árvores. Ela refletiu por alguns momentos. Tinha ouvido com frequência dizerem que era "inteligente", e se perguntava se era mesmo... e se de fato era, como isso havia acontecido.

– Não sei – disse ela. – Não sei dizer.

Então, vendo o olhar pesaroso no rostinho redondo e gorducho, soltou uma risadinha e mudou de assunto.

– Você gostaria de ver Emily? – questionou.

A PRINCESINHA

– Quem é Emily? – perguntou Ermengarde, assim como a senhorita Minchin perguntara.

– Venha até o meu quarto para ver – disse Sara, estendendo a mão.

Elas saltaram do assento da janela juntas e foram para o andar de cima.

– É verdade – sussurrou Ermengarde conforme elas seguiam pelo corredor –, é verdade que você tem uma sala só para você brincar?

– Sim – respondeu Sara. – Papai pediu à senhorita Minchin que eu tivesse uma, porque... bem, é porque, quando eu brinco, invento histórias e as conto para mim mesma, e não gosto que as pessoas me ouçam. Estraga a brincadeira se eu acho que as pessoas estão ouvindo.

A esta altura, elas tinham chegado à passagem que levava até o quarto de Sara, Ermengarde parou de repente, fitando, quase sem fôlego.

– Você inventa histórias! – ofegou ela. – Você consegue fazer isso, além de falar francês? Consegue?

Sara olhou para a menina com uma surpresa sincera.

– Ora, qualquer um pode inventar coisas – respondeu. – Você nunca tentou?

Ela pousou a mão em sinal de alerta na de Ermengarde.

– Vamos bem quietinhas até a porta – sussurrou Sara –, e vamos abrir de repente. Talvez a gente consiga pegá-la no flagra.

Ela estava meio rindo, mas havia um toque de esperança misteriosa em seus olhos que fascinava Ermengarde, embora ela não tivesse a menor ideia do que significava ou quem Sara pretendia "flagrar" ou por que queria fazer isso. Qualquer que fosse o caso, Ermengarde tinha certeza de que era algo deliciosamente empolgante. Assim, bastante entusiasmada com a expectativa, ela seguiu Sara na ponta dos pés. As duas não fizeram o menor barulho até terem alcançado a porta. Então, de repente Sara virou a maçaneta e escancarou a porta. A abertura revelou um quarto bem arrumado e silencioso, um fogo manso queimando no fogareiro e, ao lado, uma linda boneca sentada em uma cadeira, aparentemente lendo um livro.

– Oh, ela voltou ao lugar antes que nós pudéssemos vê-la! – explicou Sara. – É claro, elas sempre fazem isso. São rápidas como um raio.

Ermengarde olhava de Sara para a boneca e de novo para Sara.

– Ela... anda? – perguntou, sem fôlego.

– Sim – respondeu Sara. – Pelo menos eu acredito que sim. Pelo menos eu finjo que acredito que sim. E isso faz parecer que é verdade. Você nunca fingiu nada?

– Não – disse Ermengarde. – Nunca. Eu... me conte mais sobre isso.

Ela estava tão fascinada por essa nova e estranha companheira que na verdade encarava Sara, em vez de Emily, não obstante Emily ser a boneca mais atraente que ela já tinha visto.

– Vamos nos sentar – propôs Sara – e eu conto. É tão fácil que, quando você começar, não vai conseguir parar. Você só vai ter que continuar e ir fazendo sempre. E é lindo. Emily, escute. Esta é Ermengarde St. John, Emily. Ermengarde, esta é Emily. Você gostaria de segurá-la?

– Oh, posso? – perguntou Ermengarde. – Posso mesmo? Ela é linda! – E Emily foi depositada em seus braços.

Jamais em sua vida curta e sem graça a senhorita St. John tinha sonhado com um momento como aquele em que passou com a diferente nova aluna até ouvirem a sineta do almoço tocar e serem obrigadas a ir para o andar de baixo.

Sara sentou-se no tapete em frente à lareira e lhe contou coisas estranhas. Ela se sentou de modo um tanto amontoado, seus olhos verdes brilhavam e suas bochechas estavam coradas. Ela contou histórias da viagem e histórias da Índia; porém o que mais fascinou Ermengarde foi a imaginação dela sobre bonecas que andavam, falavam e que podiam fazer qualquer coisa que quisessem quando os humanos não estavam na sala, mas que deveriam manter os seus poderes em segredo e que disparavam de volta aos seus lugares, tal como um raio, quando as pessoas retornavam à sala.

A PRINCESINHA

– Nós não conseguiríamos fazer isso – disse Sara, séria. – É um tipo de magia, entende?

Uma vez, quando ela estava relatando a história da busca por Emily, Ermengarde viu o rosto de Sara mudar de repente. Uma nuvem pareceu cobri-lo e apagar a luz de seus olhos. Sara puxou o ar com tanta força que fez um barulhinho engraçado e triste, então apertou os lábios e os manteve bem fechados, como se estivesse determinada tanto a fazer quanto a não fazer algo. Ermengarde achou que, se Sara fosse como qualquer outra garota, teria subitamente começado a soluçar ou chorar. Mas isso não aconteceu.

– Você está sentindo alguma... dor? – arriscou Ermengarde.

– Sim – respondeu Sara depois de um momento de silêncio. – Mas não é no meu corpo. – Ela então prosseguiu, com uma voz baixa que tentou manter bem firme, dizendo o seguinte: – Você ama seu pai mais do que qualquer outra coisa que existe no mundo todo?

Ermengarde ficou ligeiramente boquiaberta. Ela sabia que seria um comportamento muito distante de uma criança respeitável em um seminário exclusivo dizer que nunca lhe havia ocorrido pensar que era possível amar o pai, mas que faria qualquer coisa desesperadamente para evitar ficar sozinha com ele por dez minutos. De fato, ela ficou bastante envergonhada.

– Eu... eu quase não o vejo – gaguejou ela. – Ele está sempre na biblioteca... lendo.

– Eu amo o meu pai mais do que tudo no mundo, dez vez mais – disse Sara. – É essa a minha dor. Que ele tenha ido embora.

Em silêncio, ela apoiou a cabeça sobre os joelhinhos dobrados e ficou assim imóvel por alguns minutos.

"Ela vai chorar alto", pensou Ermengarde, temerosa.

Contudo, ela não chorou. Seus cachos curtos e pretos caíam sobre suas orelhas enquanto ela permanecia sentada. Depois, falou sem erguer a cabeça:

– Eu prometi para ele que iria aguentar. E vou. É preciso aguentar as coisas. Pense no que os soldados aguentam! Papai é soldado. Se houvesse uma guerra, ele teria que aguentar marchas e sede e, talvez, ferimentos profundos. E nunca diria uma palavra... nenhuma palavra.

Ermengarde só conseguiu fitá-la, mas sentiu que começava a adorar a menina. Ela era muito maravilhosa e diferente de todas as outras pessoas.

Pouco depois, Sara levantou o rosto e afastou os cachos pretos com um sorrisinho jovial.

– Se eu ficar falando, falando – disse ela – e ficar contando a você coisas sobre imaginação, vou conseguir aguentar melhor. Não dá para esquecer, mas dá para aguentar melhor.

Ermengarde não soube por que um nó apareceu em sua garganta e por que parecia que seus olhos tinham se enchido de lágrimas.

– Lavinia e Jessie são "melhores amigas" –, disse ela com a voz meio rouca. – Eu queria que pudéssemos ser "melhores amigas". Você me aceitaria como sua melhor amiga? Você é inteligente, e eu sou a criança mais estúpida da escola, mas eu... oh, eu gosto tanto de você!

– Fico contente com isso – falou Sara. – Quando uma pessoa sente que gostam dela, fica agradecida. Sim. Seremos amigas. E vou dizer mais uma coisa! – Um brilho súbito iluminou seu rosto. – Vou ajudar você com suas lições de francês.

Lottie

    Se Sara tivesse sido um tipo diferente de criança, a vida que levou no Seminário Exclusivo da Senhorita Minchin nos anos seguintes não lhe teria sido nenhum pouco boa. Era tratada mais como se fosse uma convidada distinta do estabelecimento do que se fosse uma mera menina. Se ela fosse uma criança presunçosa e dominadora, poderia ter se tornado desagradável o suficiente a ponto de ser insuportável, de tão mimada e lisonjeada. Se fosse uma criança preguiçosa, não teria aprendido nada. Intimamente, a senhorita Minchin não gostava dela, mas era uma mulher materialista demais para executar ou dizer qualquer coisa que pudesse fazer com que uma aluna tão desejável quisesse deixar sua escola. Ela sabia muito bem que, se Sara escrevesse ao pai lhe contando que estava desconfortável ou infeliz, o capitão Crewe a tiraria dali de imediato. A opinião da senhorita Minchin era que, se uma criança fosse continuamente elogiada e jamais fosse proibida de fazer o que gostava, ela com certeza teria carinho pelo lugar onde a trataram assim. Por isso, Sara era elogiada pela rapidez com que assimilava as lições, por seus bons modos, por sua amabilidade em relação às colegas, por sua generosidade se ela tirava uma moedinha de sua gorda bolsinha para dar a um pedinte; a coisa mais simples que fazia era considerada como uma virtude, e se ela não tivesse uma boa disposição e uma mente esperta, teria se tornado uma jovem bem vaidosa. Mas a mente esperta lhe dizia muitas coisas bem sensíveis e verdadeiras a respeito de si mesma e de sua circunstância, e, com o passar do tempo, de vez em quando falava disso com Ermengarde.

– As coisas acontecem ao acaso para as pessoas – ela costumava dizer. – Um monte de acasos felizes aconteceu para mim. Aconteceu que eu sempre gostei de lições e livros e conseguia me lembrar das coisas que aprendia. Aconteceu que nasci com um pai lindo, bom, inteligente e que pôde me dar tudo o que eu quis. Talvez eu não tenha um bom temperamento, mas se você tem tudo o que quer e se todo mundo é gentil, como poderia não ter bom temperamento? – Seu semblante ficou sério. – Eu não sei como poderei um dia descobrir se sou uma menina boa ou horrível. Talvez eu seja uma menina horrível, e ninguém nunca vai saber só porque nunca passei por provações.

– A Lavinia não passa por provações – comentou Ermengarde, impassível. – E ela é horrível.

Sara esfregou a pontinha do nariz de modo reflexivo enquanto pensava no assunto.

– Bem – disse por fim. – Talvez... talvez seja porque Lavinia está crescendo. – Isso foi resultado de uma lembrança bondosa de quando ouviu a senhorita Amélia dizer que Lavinia estava crescendo tão depressa que ela acreditava estar afetando a saúde e o temperamento da menina.

Na verdade, Lavinia era maldosa. Sentia uma inveja excessiva de Sara. Até a chegada da nova aluna, ela se sentia a líder na escola. Havia liderado porque era capaz de ser extremamente desagradável se as outras não a seguissem. Dominou as crianças pequenas e assumiu ares de importância com as crianças grandes o suficiente para serem suas companheiras. Era muito bonita e tinha sido a mais bem vestida da procissão quando o Seminário Exclusivo saía em duas filas, até que apareceram os casacos de veludo e os regalos de pele de Sara, combinados com penas de avestruz arqueadas, conduzidas pela senhorita Minchin. Isso, no começo, tinha sido amargoso o suficiente; entretanto, com o passar do tempo, tornou-se evidente que Sara também era uma líder e não porque sabia ser desagradável, mas porque nunca o era.

– Se tem uma coisa sobre a Sara Crewe – Jessie havia enfurecido sua "melhor amiga" ao dizer com sinceridade – é que ela nunca se acha "importante", nem um pouquinho, e você sabe que ela poderia ser, Lavy. Acho que eu não conseguiria evitar ser, mesmo que um pouco, se eu tivesse tantas coisas chiques e se ficassem tanto em cima de mim. É nojento o jeito como a senhorita Minchin fica exibindo Sara quando pais vêm visitar.

– A querida Sara deve vir à sala de estar e conversar com a senhora Musgrave sobre a Índia – caçoou Lavinia, em sua imitação mais exagerada da senhorita Minchin. – A querida Sara deve falar francês com *lady* Pitkin. O sotaque dela é perfeito. Ela não aprendeu francês no seminário, de qualquer maneira. E não tem nada de tão inteligente assim o fato de ela saber falar. Ela mesma diz que não aprendeu direito. Só conhece a língua porque sempre ouviu o pai falar. E quanto ao pai dela ser um oficial indiano não é tão importante assim.

– Bem – disse Jessie, devagar –, ele já matou tigres. Matou aquele cuja pele a Sara mantém no quarto dela. É por isso que ela gosta tanto daquilo. Deita na pele, faz carinho na cabeça e conversa como se a coisa fosse um gato.

– É bobagem isso que ela está fazendo – disparou Lavinia. – Minha mãe diz que esse jeito dela de ficar fingindo as coisas é bobo. Diz que a Sara vai se tornar excêntrica quando crescer.

Era bem verdade que Sara nunca se achava "importante". Era uma alma amigável, compartilhava seus privilégios e pertences com benevolência. As pequeninas que estavam acostumadas a serem desdenhadas e a receberem ordens de sair da frente por damas maduras de 10 e 12 anos, nunca eram levadas às lágrimas pela mais invejada delas todas. Sara era uma jovem com espírito maternal, e quando as pessoas caíam e ralavam seus joelhos, ela corria e as ajudava a se levantar e lhe fazia carinho, ou achava em seu bolso um bombom ou algum outro item de natureza calmante. Ela nunca as empurrava quando as encontrava pelo caminho ou fazia alusão à sua idade a fim de humilhá-las ou de manchar o caráter delas.

– Se você tem 4 anos, tem 4 anos – disse ela com seriedade à Lavinia, quando esta, é preciso confessar, deu um tapa em Lottie e a chamou de "pirralha". – Mas no ano seguinte terá 5 anos e depois 6 anos. E – continuou, abrindo os grandes e convincentes olhos – leva dezesseis anos para você completar 20.

– Veja só – ironizou Lavinia –, ela sabe fazer conta!

Na verdade, não era possível negar que dezesseis mais quatro dava vinte; e vinte era uma idade com a qual as mais corajosas dificilmente se arriscavam a sonhar.

Assim, as crianças mais novas amavam Sara. Mais de uma vez se soube que ela organizou um chá da tarde de mentirinha em seu quarto para as meninas desprezadas. E brincaram com Emily, e o jogo de chá de Emily foi usado, aquele com xícaras de florzinhas azuis, em que se bebia muito de um chá fraco e bem doce. Ninguém nunca tinha visto um jogo de chá de bonecas tão real. Desde essa tarde, Sara foi considerada uma deusa e uma rainha para a toda a turma de alfabetização.

Lottie Legh a adorava tanto, mas tanto, que se Sara não fosse uma pessoa maternal teria achado a pequena bem cansativa. Lottie tinha sido enviada à escola por um pai muito jovem e irresponsável que não conseguia imaginar o que mais fazer com ela. A jovem mãe tinha morrido e, como desde a primeira hora de sua vida, a menina tinha sido tratada como uma boneca favorita ou um macaquinho de estimação bem mimado ou um cãozinho, era uma criaturazinha muito terrível. Quando queria alguma coisa ou quando não queria nada, chorava e berrava; e, como sempre

A PRINCESINHA

queria o que não podia ter e nunca as coisas que eram boas para ela, sua voz estridente costumava ser ouvida em lamentos altos por toda a casa.

Sua arma mais forte era ter, de alguma maneira, descoberto que uma garotinha que havia perdido a mãe era uma pessoa que deveria ser digna de pena e receber muita atenção. Provavelmente, ela ouvira algum adulto falar sobre isso nos dias após a morte da mãe. Então, tornou-se um hábito dela pôr em bastante uso esse conhecimento.

A primeira vez que Sara assumiu a responsabilidade por ela foi em uma manhã, quando, ao passar pela sala de estar, ouviu a senhorita Minchin e a senhorita Amélia tentando reprimir os berros irritados de uma criança que, evidentemente, se recusava a ser silenciada. Ela se recusava com tanta veemência que a senhorita Minchin foi obrigada a quase gritar, embora de modo sério e severo, para se fazer ouvir.

– Por que ela está chorando? – ela quase gritou.

Sara ouviu:

– Oh... oh... oh! Eu não tenho ma... mamãe!

– Oh, Lottie! – guinchou a senhorita Amélia. – Pare com isso, querida! Não chore! Por favor, pare!

– Oh! Oh! Oh! Oh! Oh! – Lottie uivou com intensidade. – Não... tenho... ma... mamãe!

– Ela precisa levar uma surra – proclamou a senhorita Minchin. – Você vai levar uma surra, sua menina malcriada!

Lottie gemeu mais alto que nunca. A senhorita Amélia começou a chorar. A voz da senhorita Minchin subiu até quase trovejar; de repente, ela levantou-se da cadeira em uma indignação impotente e disparou sala afora, deixando a senhorita Amélia sozinha para resolver o problema.

Sara havia parado no corredor, imaginando se deveria entrar na sala, porque recentemente tinha iniciado um relacionamento amistoso com Lottie e talvez pudesse acalmá-la. Quando a senhorita Minchin saiu e a viu ali, pareceu bastante aborrecida. Percebeu que sua voz, conforme ouvida de dentro da sala, não havia soado digna nem amável.

– Oh, Sara! – exclamou ela, esforçando-se para abrir um sorriso adequado.

– Eu parei – explicou-se Sara – porque sabia que era Lottie... e pensei que, talvez, só talvez, eu pudesse fazê-la se calar. Posso tentar, senhorita Minchin?

– Se conseguir, é uma garota esperta – respondeu a senhorita Minchin, fechando a boca de repente. Mas então, notando que Sara parecia levemente assustada com sua aspereza, modificou seus modos. – Mas você é esperta em tudo – disse com um tom aprovador. – Arrisco a dizer que conseguirá lidar com isso. Entre. – Depois a deixou.

Quando Sara entrou na sala, Lottie estava deitada no chão, gritando e chutando violentamente com suas pernas gordinhas, e a senhorita Amélia se debruçava sobre ela, consternada e desesperada, bem vermelha e suada com o calor. Lottie havia descoberto, ainda no seu quartinho infantil em sua casa, que ao chutar e gritar sempre seria acalmada da maneira como ela quisesse. A pobre e roliça senhorita Amélia estava tentando primeiro um método, depois outro.

– Coitadinha – disse ela em certo momento. – Sei que você não tem mamãe, coitad... – Então, em outro tom, bem diferente: – Se não parar com isso, Lottie, vou te chacoalhar. Pobre anjinho! Aqui...! Sua criança malvada, ruim, detestável, vou dar um tapa em você! Vou mesmo!

Sara se aproximou em silêncio. Não sabia o que iria fazer, mas tinha uma vaga convicção interna de que seria melhor não dizer coisas tão diferentes de modo desesperado e com tamanha intensidade.

– Senhorita Amélia – disse ela baixinho –, a senhorita Minchin disse que eu podia tentar fazê-la parar... Posso?

A senhorita Amélia se virou e a encarou desolada.

– Oh, acha mesmo que consegue? – ofegou.

– Não sei se consigo – respondeu Sara, ainda em um semissussurro. – Mas vou tentar.

A senhorita Amélia se ergueu aos tropeções com um suspiro pesado, e as pernas gordinhas de Lottie chutaram mais forte que nunca.

A PRINCESINHA

– Se você sair discretamente da sala – falou Sara –, eu fico com ela.

– Oh, Sara! – a senhorita Amélia quase choramingou. – Nunca tivemos uma criança tão terrível assim. Não acho que conseguiremos ficar com ela.

Contudo, ela se esgueirou para fora da sala e ficou muito aliviada de ter uma desculpa para isso.

Sara ficou parada em pé ao lado da furiosa menina que uivava por alguns momentos e olhou para baixo sem dizer nada. Então, se sentou no chão ao lado dela e aguardou. Exceto pelos gritos nervosos de Lottie, a sala estava praticamente em silêncio. Essa era uma nova situação para a senhorita Legh, que estava acostumada a ouvir, enquanto gritava, outras pessoas alternarem protestos, súplicas, ordens e adulações. Deitar, chutar e gritar e ver que a única pessoa perto não parecia se importar, atraiu sua atenção. Ela abriu os olhos para ver quem era essa pessoa. E era apenas outra garotinha. Mas era aquela que possuía a Emily e todas as coisas boas. E estava olhando para ela com firmeza, como se estivesse apenas pensando. Depois de fazer uma pausa por alguns segundos para descobrir isso, Lottie achou que precisava recomeçar, mas o silêncio da sala e o rosto estranho e interessado de Sara fizeram com que ela primeiro soltasse um lamento meio indiferente.

– Eu... não... tenho... ma... mamãe! – anunciou Lottie, mas sua voz não saiu tão forte.

Sara a olhou ainda mais diretamente, porém com um tipo de compreensão no olhar.

– Nem eu – disse ela.

De tão inesperado, foi surpreendente. Na verdade, Lottie deixou as pernas caírem, se contorceu, se virou e a fitou. Uma nova ideia faz uma criança parar de chorar quando nada mais o fará. Também era verdade que, embora Lottie não gostasse da senhorita Minchin, que estava sempre zangada, e da senhorita Amélia, que era tolamente indulgente, ela gostava muito de Sara, mesmo a conhecendo tão pouco. Ela não queria desistir de sua queixa, mas seus pensamentos estavam distraídos, então ela se contorceu de novo e, depois de soltar um soluço mal-humorado, disse:

– Onde ela está?

Sara parou por um momento. Como haviam lhe dito que sua mãe estava no céu, ela tinha pensado muito sobre o assunto, e seus pensamentos não eram parecidos com os de outras pessoas.

– Ela foi ao céu – respondeu. – Mas tenho certeza de que ela às vezes vem me ver... mas eu não a vejo. Acho que a sua também faz isso. Talvez as duas consigam nos ver agora. Talvez as duas estejam aqui nesta sala.

Lottie se sentou ereta e olhou ao redor. Era uma criatura pequena e bonita, de cabelos encaracolados e seus olhos redondos pareciam uma florzinha azul úmida. Se sua mãe a tivesse visto durante a última meia hora, talvez não pensasse nela como o tipo de criança que deveria ter alguma relação com um anjo.

Sara continuou falando. Talvez algumas pessoas achassem que tudo aquilo que ela dizia era como um conto de fadas, mas era tão real para sua própria imaginação, que Lottie começou a escutar contra sua vontade. Disseram-lhe que sua mãe tinha asas e uma coroa, e haviam lhe mostrado fotos de mulheres em lindas camisolas brancas, que diziam serem anjos. Entretanto, Sara parecia estar contando uma história real sobre um lugar adorável onde havia pessoas de verdade.

– Existem campos e mais campos floridos – disse Sara, esquecendo-se de si mesma, como sempre acontecia quando começava e falando como se estivesse em um sonho. – Campos e campos de lírios... e quando a brisa sopra sobre eles, soltam o cheiro deles no ar... E todo mundo sempre respira esse perfume, porque a brisa está sempre soprando. E as criancinhas correm pelos campos de lírios, montam buquês, dão risada e fazem pequenas coroas de flores. E as ruas brilham. E as pessoas nunca estão cansadas, por mais que andem. Elas podem flutuar para qualquer lugar que quiserem. E existem muros feitos de pérola e ouro por toda a cidade, mas eles são baixos o suficiente para as pessoas se apoiarem neles, olhar para a terra, sorrir e enviar lindas mensagens.

A PRINCESINHA

Não importasse que história ela tivesse começado a contar, Lottie sem dúvida teria parado de chorar e escutado fascinada; porém, não havia como negar que essa história era mais bonita que a maioria das outras. Ela se arrastou para perto de Sara e sorveu cada palavra até que chegou ao fim... rápido demais. Quando terminou, estava tão triste que fez um beicinho ameaçador.

– Quero ir lá – chorou ela. – Eu... não tenho nenhuma mamãe nesta escola.

Sara notou o sinal de perigo e voltou de seu sonho. Pegou a mão fofinha e a puxou para perto de si com uma risadinha bajuladora.

– Eu vou ser sua mamãe – declarou. – Vamos brincar que você é minha filhinha. E Emily vai ser sua irmã.

As covinhas de Lottie começaram a aparecer.

– Ela vai? – perguntou a menina.

– Sim – respondeu Sara, pulando de pé. – Vamos lá contar a ela. E depois vou lavar o seu rosto e pentear seu cabelo.

Lottie concordou com muita alegria. Saiu correndo da sala e subiu ao andar de cima com Sara, sem nem mesmo parecer lembrar que toda a tragédia da última hora fora causada pelo fato de ela ter se recusado a ser lavada e penteada para o almoço, por isso a senhorita Minchin tinha sido chamada para usar sua autoridade majestosa.

E a partir daí Sara se tornou uma mãe adotiva.

Becky

É claro que o maior poder de Sara e o que rendeu ainda mais seguidoras do que seus luxos e o fato de ser "a aluna-modelo"; o poder que Lavinia e algumas outras garotas mais invejavam e que ao mesmo tempo as fascinava contra a vontade delas, era o de contar histórias e de fazer tudo o que ela falava, fosse ou não, parecer uma história.

Qualquer um que tenha estado em uma escola com um contador de histórias sabe o que significa essa maravilha: como ele ou ela é seguido e recebe pedidos sussurrados para descrever romances; como grupos de pessoas se reúnem e ficam circundando o grupo escolhido, na esperança de poderem participar e ouvir. Sara não só sabia contar histórias como também adorava fazê-las. Quando ela se sentava ou ficava no meio de um círculo e começava a inventar coisas maravilhosas, seus olhos verdes se tornavam grandes e brilhantes, suas bochechas coravam e, sem nem ao menos perceber, ela começava a atuar e transformava o que dizia em algo adorável ou alarmante somente pela elevação ou queda do tom de sua voz, pela curva e pelo balanço de seu corpo esbelto e pelo movimento dramático de suas mãos. Ela esquecia que estava falando para crianças;

A PRINCESINHA

ela via e vivia com as pessoas dos contos de fadas, ou com os reis, ou as rainhas ou as belas damas, cujas aventuras estava narrando.

Às vezes, quando terminava a história, sentia falta de ar de tanta empolgação, punha a mão no peito esguio, que subia e descia em grande velocidade e meio que ria de si mesma.

– Quando estou contando a história – dizia ela – não me parece que foi inventada. Parece mais real do que você... mais real do que a sala de aula. Sinto como se eu fosse todas as pessoas da história: uma após a outra. É estranho.

Ela já estava na escola da senhorita Minchin a cerca de dois anos quando, em uma tarde enevoada de inverno, ao sair da carruagem confortavelmente envolvida em seus veludos e em suas peles mais quentes, parecendo muito mais grandiosa do que imaginava, ela notou, enquanto atravessava a passagem até a casa, uma pequena figura encardida nos degraus esticando o pescoço para que seus olhos arregalados pudessem espiá-la pelas grades. Algo na ansiedade e na timidez do rostinho sujo fez com que Sara a olhasse e quando olhou, Sara sorriu porque era da sua natureza sorrir para as pessoas.

Porém a dona do rostinho sujo e dos olhos arregalados evidentemente se assustou, pois não podia ser surpreendida olhando para as alunas importantes. Ela sumiu de vista e correu de volta para a cozinha, desaparecendo tão de repente que, se não fosse uma pobre criatura tão desamparada, Sara teria deixado escapar uma risada. Naquela mesma noite, enquanto Sara estava sentada no meio de um grupo de ouvintes em um canto da sala de aula contando uma de suas histórias, a mesma figura timidamente entrou na sala, carregando uma caixa de carvão pesada demais para ela, se ajoelhou sobre o tapete da lareira para reabastecer o fogo e varrer as cinzas.

Ela estava mais limpa do que estivera quando espiou pela grade da área externa, mas parecia igualmente assustada. Era nítido seu medo de olhar para as crianças ou de parecer estar ouvindo. Colocou pedaços de carvão cautelosamente com os dedos para não atrapalhar com nenhum ruído e passou os instrumentos de ferro com muita delicadeza. Entretanto, em dois minutos Sara viu que ela estava profundamente interessada no que acontecia ali e que a menina fazia o trabalho devagar, na esperança de captar uma ou outra palavra. Ao perceber isso, Sara falou mais alto e com mais clareza.

– As sereias nadaram tranquilamente pelo mar verde e cristalino, puxando uma rede de pesca repleta de pérolas do mar profundo – contou ela. – A princesa ficou sentada na rocha branca, observando.

Era uma linda história sobre uma princesa que era amada por um príncipe sereio e foi morar com ele em cavernas cintilantes no fundo do mar.

A pequena serviçal, diante do fogareiro, varreu a lareira e depois a varreu de novo. Tendo feito isso duas vezes, repetiu ainda uma terceira vez; enquanto varria pela terceira vez, o som da história atraiu seus ouvidos e ela caiu sob o feitiço e realmente se esqueceu de que não tinha o direito de ouvir e também se esqueceu de todo o resto. Ela se sentou sobre os calcanhares quando se ajoelhou no tapete da lareira e a vassourinha ficou pendurada em seus dedos. A voz da contadora de histórias continuou e arrastou-a para dentro de grutas sinuosas, sob o mar que brilhava à luz azul-clara, suave e era pavimentada com areias de ouro puro. Estranhas flores do mar e ervas ondulavam ao seu redor e ao longe ecoavam o canto e a música.

A vassourinha da lareira caiu da mão cheia de calos e Lavinia Herbert olhou em volta.

– Aquela garota estava escutando – comentou.

A culpada recuperou sua vassourinha e se pôs de pé. Ela pegou a caixa de carvão e saiu da sala como um coelho assustado.

Sara ficou nervosa.

– Eu sabia que ela estava escutando – falou. – Por que não iria escutar?

Lavinia pendeu a cabeça com grande elegância.

A PRINCESINHA

– Bem – disse ela –, não sei se sua mãe gostaria que você contasse histórias para empregadas, mas sei que a minha mãe não gostaria que eu fizesse isso.

– Minha mãe! – exclamou Sara, com um ar indefinível. – Não acho que ela ligaria. Ela sabe que as histórias pertencem a todo mundo.

– Pensei – replicou Lavinia, em uma lembrança grosseira – que sua mãe estivesse morta. Como ela pode saber coisas?

– Você acha que ela não sabe coisas? – perguntou Sara com sua vozinha severa. De vez em quando ela tinha uma voz bem severa.

– A mamãe da Sara sabe de tudo – interveio Lottie. – A minha mamãe também sabe. A Sara é a minha mamãe na escola da senhorita Minchin, mas a minha outra mamãe sabe de tudo. As ruas brilham, existem muitos campos de lírios e todo mundo colhe as flores. Sara me conta isso quando me põe para dormir.

– Sua malvada – Lavinia acusou Sara. – Fica inventando conto de fadas sobre o céu.

– Tem muito mais histórias esplêndidas no livro do Apocalipse – retrucou Sara. – Veja você mesma! Como sabe que as minhas histórias são contos de fadas? Mas posso afirmar – sua voz ganhou um pouco de temperamento nada celestial – que você nunca descobrirá se elas são ou não, se você não for mais gentil com as pessoas do que é agora. Venha, Lottie. – E ela marchou para fora da sala, na esperança de que pudesse ver a pequena criada de novo em algum lugar, mas não encontrou vestígio dela quando entrou no corredor.

– Quem é aquela menina que acende as lareiras? – ela perguntou a Mariette naquela noite.

Mariette desatou a apresentar uma descrição.

– Ah, de fato, a *mademoiselle* Sara faz bem em perguntar. Ela era uma coisinha desamparada que acabara de assumir o posto de copeira. – Mas, embora fosse copeira, ela fazia todo o resto do trabalho. Ela engraxava botas, limpava os fogareiros e carregava pesados baldes de carvão escada acima e abaixo, esfregava o chão, limpava as janelas e recebia ordens de todo mundo. Ela tinha 14 anos, mas estava tão atrofiada no crescimento que parecia ter 12. Na verdade, Mariette sentia pena da menina. Ela era tão tímida que, se por acaso lhe falassem, parecia que seus pobres olhos assustados saltariam de sua cabeça.

– Qual é o nome dela? – quis saber Sara, que tinha se sentado à mesa, com o queixo apoiado nas mãos enquanto escutava absorta o relato.

– Seu nome é Becky. – Mariette ouvia todo mundo do subsolo de serviço gritar "Becky, faça isto" e "Becky, faça aquilo" a cada cinco minutos do dia.

Sara sentou-se e ficou olhando para o fogo, refletindo sobre Becky por algum tempo depois que Mariette saiu. Ela inventou uma história na qual Becky era a heroína maltratada. Sara achou que parecia que a menina nunca tivera o bastante para comer. Seus olhos estavam com fome. Ela esperava vê-la de novo, embora a visse carregando coisas para cima ou para baixo em várias ocasiões, Becky sempre parecia tão apressada e com tanto medo de ser vista que era impossível falar com ela.

Entretanto, algumas semanas depois, em outra tarde enevoada, quando ela entrou em sua saleta, viu-se diante de uma imagem bastante patética. Em sua poltrona predileta em frente ao fogo brilhante, Becky, com uma mancha de carvão no nariz e várias no avental, com o pobre gorro pendurado na cabeça e uma caixa vazia de carvão no chão perto dela, dormia profundamente com uma exaustão que ultrapassava a resistência de seu corpo jovem e trabalhador. Ela tinha sido enviada para colocar os quartos em ordem para a noite. Havia muitos deles, e ela tinha corrido o dia todo. Os quartos de Sara, ela reservou para o fim. Eles não eram como os outros, que eram simples e vazios. Esperava-se que os alunos comuns ficassem satisfeitos com o mero atendimento de suas necessidades. A confortável saleta de Sara parecia uma habitação luxuosa para a copeira, embora na verdade fosse apenas um quartinho agradável. Mas havia quadros, livros e coisas curiosas da Índia; havia um sofá e aquela cadeira baixa e macia;

Emily sentava-se em sua própria cadeira, com o ar de uma deusa cheia de autoridade e sempre havia um fogo brilhante e uma grade polida. Becky reservou aquele quarto para o fim do trabalho da tarde, porque se sentia descansada ao entrar ali e sempre torcia para conseguir alguns minutos para se sentar na cadeira macia, olhar em volta e pensar na sorte maravilhosa da criança que era dona deste ambiente e que saía nos dias frios com belos chapéus e casacos, os quais se tentava espiar através da grade da área externa.

Nessa tarde, quando se sentou, a sensação de alívio para suas pernas curtas e doloridas foi tão maravilhosa e deliciosa que pareceu acalmar seu corpo inteiro, e o brilho caloroso e confortável do fogo tomou conta do seu corpo como se fosse um feitiço, até que, enquanto fitava as brasas vermelhas, um sorriso lento e cansado percorreu seu rosto sujo, sua cabeça pendeu para a frente sem que ela percebesse, seus olhos pesaram e ela caiu no sono. Becky havia passado apenas uns dez minutos no quarto quando Sara entrou, mas dormia tão profundamente quanto se tivesse sido, tal como a Bela Adormecida, enfeitiçada durante cem anos. Mas, pobre Becky, ela não era nenhum pouco como uma bela adormecida. Parecia apenas uma serviçal feia, atrofiada e exaurida.

Sara parecia tão diferente dela, como se fosse uma criatura de outro mundo.

Nessa tarde em particular, ela estivera em sua aula de dança, e a tarde em que o professor de dança vinha costumava ser uma grande ocasião no seminário, embora ocorresse toda semana. As alunas enfeitavam-se com seus mais belos vestidos, e como Sara dançava particularmente bem, ela era muitas vezes trazida à frente do grupo, por isso pediam que Mariette a deixasse tão delicada e perfeita quanto possível.

Hoje, um vestido cor-de-rosa foi colocado nela, e Mariette comprou alguns botões de rosa e lhe fez uma coroa para contrastar com seus cabelos pretos. Ela estava aprendendo uma dança nova e deliciosa na qual

FRANCES HODGSON BURNETT

deslizava e voava pela sala, como uma grande borboleta cor-de-rosa, a alegria e o exercício provocaram um rubor brilhante e feliz em seu rosto.

Ao entrar na saleta do seu quarto, ela flutuava dando alguns dos passos de borboleta... e ali estava Becky, com sua touca quase caindo da cabeça.

– Oh! – exclamou Sara ao vê-la. – Coitadinha!

Não lhe ocorreu sentir-se zangada de encontrar sua poltrona favorita ocupada pela figura pequena e desbotada. Para dizer a verdade, ela estava muito feliz em encontrá-la ali. Quando a heroína maltratada de sua história despertasse, Sara poderia lhe falar. Ela se aproximou em silêncio e ficou olhando para a garota. Becky soltou um pequeno ronco.

– Preferiria que ela acordasse sozinha – comentou Sara. – Não gosto da ideia de acordá-la. Mas a senhorita Minchin ficaria zangada se descobrisse. Vou esperar só alguns minutos.

Ela sentou-se na ponta da mesa e ficou balançando as pernas esguias e rosadas, imaginando o que seria melhor fazer. A senhorita Amélia poderia entrar a qualquer momento e, se isso acontecesse, Becky com certeza seria repreendida.

"Mas ela está tão cansada", pensou. "Tão, tão cansada!"

Um pedacinho de carvão flamejante interrompeu sua perplexidade imediatamente. Ele se soltou de um pedaço grande e bateu na grade de proteção. Becky tomou um susto e abriu os olhos com um suspiro assustado. Ela não sabia que tinha adormecido. Só havia se sentado por um momento e sentido o lindo brilho... então se viu encarando com espanto a maravilhosa aluna, que estava sentada bem perto dela, como uma fada cor-de-rosa com olhos curiosos.

Becky se levantou e levou a mão à touca. Sentiu-a pendurada no ouvido e tentou endireitá-la apressada. Oh, ela havia se enrascado muito agora! Ter adormecido de modo tão descarado na poltrona daquela jovenzinha! Ela seria expulsa da casa sem receber seu pagamento.

Ela fez um barulho que pareceu um grande soluço esbaforido.

A PRINCESINHA

– Oh, senhorita! Oh, senhorita! – gaguejou. – Desculpa eu, senhorita! Oh, por favô, senhorita!

Sara saltou da mesa e se aproximou tranquilamente dela.

– Não tenha medo – disse, quase como se estivesse falando com uma menininha como ela mesma. – Não tem a menor importância.

– Eu não queria fazê isso, senhorita – protestou Becky. – Foi o fogo quente, é que eu tô muito cansada. Não foi... não foi insolença!

Sara soltou uma risada amigável e pôs a mão no ombro da garota.

– Você estava cansada – disse. – Não pôde evitar. Nem acordou direito ainda.

Pobre Becky que ficou encarando a aluna! Na verdade, ela nunca tinha ouvido um tom tão agradável e amigável na voz de ninguém. Estava acostumada a receber ordens, a ser repreendida e a levar uns tapas na orelha. Mas esta menina, em seu esplendor vespertino de dança cor-de-rosa, estava olhando-a como se ela não fosse culpada, como se tivesse o direito de estar cansada e até mesmo de adormecer! O toque da mãozinha macia no seu ombro foi a coisa mais incrível que já lhe acontecera.

– Ocê... ocê não tá brava, senhorita? – ofegou Becky. – Não vai contá pras donas?

– Não – replicou Sara. – É claro que não.

O medo horrível naquele rosto coberto de carvão fez Sara de repente lamentar tanto por ela que mal conseguiu suportar. Um de seus pensamentos estranhos invadiu sua mente. Ela colocou a mão na bochecha de Becky.

– Ora – disse Sara –, somos iguais... Sou apenas uma menina como você. É um mero acidente que eu não sou você e você não seja eu!

Becky não entendeu nadinha. Sua mente não conseguia compreender ideais tão incríveis, e "acidente" significava para ela, uma calamidade na qual alguém era "atroprelado" ou caía de uma escada e era levado para um hospital.

– Um acidente, senhorita – tremulou ela respeitosamente. – É?

49

– Sim – respondeu Sara, e por um momento ficou olhando para a garota com ar sonhador. No instante seguinte, porém, falou em um tom diferente. Percebeu que Becky não entendeu o que ela quis dizer. Sara perguntou: – Você fez o seu trabalho? Arriscaria ficar aqui uns minutos?

Becky ficou sem ar de novo.

– Aqui, senhorita? Eu?

Sara correu até a porta, abriu-a, espiou lá fora e ficou escutando.

– Não tem ninguém perto – explicou ela. – Se você já tiver terminado os quartos, talvez possa ficar um pouquinho. Pensei... talvez... que você gostaria de uma fatia de bolo.

Os dez minutos seguintes pareceram a Becky um tipo de delírio. Sara abriu um armarinho e lhe serviu uma fatia grossa de bolo. Ela pareceu alegrar-se quando o bolo foi devorado em bocadas famintas. Falou, fez perguntas e riu até que os medos de Becky começaram a se acalmar, e umas duas vezes a copeira reuniu coragem suficiente para perguntar algo, achando que era uma grande ousadia.

– Esse é... – atreveu-se ela, olhando demoradamente para o vestido cor-de-rosa. Então perguntou quase em um sussurro: – Esse é o melhor que ocê tem?

– É um dos meus trajes de dança – respondeu Sara. – Eu gosto, e você?

Por alguns segundos, Becky ficou quase sem palavras, tomada por admiração. Então falou, com a voz assustada:

– Uma vez eu vi uma princesa. Eu tava parada na rua com as pessoas do lado de fora em Covent Garden, vendo um monte de gente entrá na ópera. E tinha uma que todo mundo tava olhando mais. E as pessoas falavam "É a princesa". Era uma dama que já era adulta, mais tava toda de rosa: vestido, capa, flor e tudo mais. Eu lembrei dela quando te vi sentada ali na mesa, senhorita. Ocê parece com ela.

– Sempre pensei – disse Sara em seu tom de voz reflexivo – que eu gostaria de ser uma princesa. Pergunto-me como seria. Acho que vou começar a fingir que sou uma.

A PRINCESINHA

Becky a fitou com admiração e, assim como antes, não compreendeu o que foi dito. Observava-a com um tipo de adoração. Pouco depois Sara voltou de seus pensamentos e se virou para a outra com uma pergunta nova.

– Becky, você ouviu aquela história que eu contei?

– Sim, senhorita – confessou Becky, novamente um pouco alarmada. – Sei que não podia, mais era tão bonita e... e não consegui evitá.

– Eu gostaria que você a ouvisse – disse Sara. – Quem conta histórias gosta muito de contá-las para pessoas que querem ouvir. Não sei por que é assim. Gostaria de ouvir o restante?

Becky ficou sem ar de novo.

– Ouvi? Eu? – espantou-se ela. – Que nem se eu fosse aluna, senhorita! Tudo sobre o príncipe e os bebês sereias que ficam nadando e dando risada com estrelinhas no cabelo?

Sara fez que sim com a cabeça.

– Receio que você não tenha tempo para ouvir agora – disse ela. – Mas se me disser que horas você vem arrumar os quartos, vou tentar vir para cá e contar um pouquinho por dia até ter terminado. É uma longa história adorável, e eu estou sempre acrescentando algumas partes a ela.

– Se fô assim – Becky falou baixinho, devotamente –, nem vô ligá das caixas de carvão sê tão pesadas e do que a cozinhêra tivé feito comigo, se... se eu tivé isso pra ficá pensando.

– Você terá – disse Sara. – Vou te contar tudo.

Quando Becky foi para o subsolo de serviço, não era mais a mesma Becky que havia cambaleado carregando o pesado balde de carvão. Ela tinha uma fatia extra de bolo no bolso, havia sido alimentada e aquecida e não apenas por bolo e fogo.

Algo mais a tinha aquecido e alimentado, e esse algo mais era Sara.

Quando Becky se foi, Sara se sentou em seu assento favorito na ponta de sua mesa. Seus pés estavam em uma cadeira, os cotovelos firmavam-se nos joelhos dobrados e o queixo se apoiava nas mãos.

– Se eu fosse uma princesa... uma princesa de verdade – murmurou –, distribuiria doações para o povo. Mesmo sendo apenas uma princesa de mentirinha, posso inventar pequenas coisas para fazer pelas pessoas. Coisas como essa que acabei de fazer. Ela estava muito feliz, como se tivesse recebido uma doação. Vou fingir que fazer coisas de que as pessoas gostam é um tipo de doação. Eu fiz uma doação.

As minas de diamante

Não muito tempo depois, aconteceu algo muito emocionante. Não só Sara assim como toda a escola acharam emocionante e se tornou o tema principal de conversação por semanas depois que ocorreu. Em uma de suas cartas, o capitão Crewe contou uma história muito interessante. Um colega de seu tempo de escola, quando ele era menino, inesperadamente veio vê-lo na Índia. Ele era dono de uma grande extensão de terra onde haviam sido encontrados diamantes e estava envolvido no desenvolvimento das minas. Se tudo sucedesse como se confiava que aconteceria, ele possuiria tal riqueza que as pessoas ficariam tontas só de imaginar; e porque gostava do amigo da escola, dera-lhe a oportunidade de compartilhar essa enorme fortuna tornando-o seu parceiro no esquema. Ao menos foi isso o que Sara entendeu de suas cartas. É verdade que qualquer outro esquema de negócios, por mais magnífico que fosse, não provocaria mais do que uma pequena atração da parte dela ou da sua turma da escola; porém "minas de diamante" soavam tão parecidas com *As mil e uma noites* que ninguém conseguia ficar indiferente. Sara achava tudo encantador e descrevia imagens para Ermengarde e Lottie, de passagens labirínticas nas entranhas da terra, onde pedras cintilantes cravejavam as paredes, telhados e tetos, e homens estranhos e escuros as desenterravam com picaretas pesadas.

Ermengarde se encantou com a história, e Lottie insistiu que fosse recontada todas as noites. Lavinia foi muito maldosa em relação a isso e comentou com Jessie que não acreditava na existência de minas de diamante.

– Minha mãe tem um anel de diamante que custa 40 libras – disse ela. – E nem é uma pedra grande. Se existem minas cheias de diamantes, as pessoas seriam tão ricas que seria ridículo.

– Talvez Sara fique tão rica que ela vai ficar ridícula. – Jessie deu uma risadinha.

– Ela é ridícula sem ser rica – bufou Lavinia.

– Acho que você a odeia – observou Jessie.

– Não odeio – disparou Lavinia. – Mas não acredito em minas cheias de diamantes.

– Bem, as pessoas têm que pegar as pedras de algum lugar – disse Jessie. E com uma nova risadinha: – Lavinia, sabe o que a Gertrude diz?

– Não sei nem quero saber se for alguma coisa sobre a eterna Sara.

– Bem, é. Um dos "fingimentos" dela é ser uma princesa. Ela brinca disso o tempo todo, até na escola. Ela diz que com isso aprende melhor as lições. Ela quer que a Ermengarde seja uma princesa também, mas a Ermengarde diz que é gorda demais.

– Ela é mesmo gorda demais – disse Lavinia. – E Sara é magra demais. Naturalmente, Jessie deu outra risadinha.

– Ela diz que não tem a menor importância a sua aparência ou o que você tenha. Só importa o que você pensa e o que faz.

– Suponho que ela pense que poderia ser uma princesa se fosse uma mendiga – disse Lavinia. – Vamos começar a chamá-la de "sua alteza real".

As lições do dia haviam acabado e elas estavam sentadas diante da lareira da sala de aula aproveitando o período de que mais gostavam. Era

A PRINCESINHA

a hora em que a senhorita Minchin e a senhorita Amélia iam para a sala de estar tomar seu chá sagrado. Durante esse tempo, ocorria muita conversa e muitos segredos mudavam de mãos, especialmente se as alunas mais novas se comportavam bem e não brigavam nem corriam fazendo barulho, o que costumavam fazer, era preciso confessar. Quando elas faziam um alvoroço, as garotas mais velhas geralmente interferiam com reprimendas e chacoalhões. Esperavam que as meninas mantivessem a ordem, pois havia o perigo de que, se não o fizessem, a senhorita Minchin ou a senhorita Amélia apareceriam e poriam fim às festividades. Quando Lavinia estava falando, a porta se abriu e Sara entrou com Lottie, cujo hábito era trotar por toda parte atrás dela, como um cachorrinho.

– Aí está ela, com aquela criança terrível! – exclamou Lavinia em um sussurro. – Se gosta tanto dela, por que não a mantém no quarto? Ela vai começar a uivar sobre alguma coisa em cinco minutos.

Ocorreu que Lottie tinha sentido um desejo súbito de brincar na sala de aula e havia implorado para a mãe adotiva vir com ela. Lottie se juntou às pequenas que brincavam em um canto. Sara se acomodou no assento sob a janela, abriu um livro e começou a ler. Era um livro sobre a Revolução Francesa e logo ela se perdeu em uma imagem angustiante dos prisioneiros da Bastilha: homens que tinham passado tantos anos em calabouços que, quando o resgate chegava, seus cabelos e sua barba longos e acinzentados quase ocultavam seu rosto; tendo se esquecido até de que existia um mundo exterior, haviam se tornado seres em um sonho.

Ela estava tão distante da sala de aula que não era agradável ser arrastada de volta por um uivo de Lottie. Nunca encontrou nada tão difícil quanto não perder a paciência ao ser repentinamente perturbada, enquanto estava absorta em um livro. As pessoas que gostam de livros sabem o sentimento de irritação que as invadem em momentos como esse. A tentação de ser irracional e grosseira não é fácil de administrar.

– Eu me sinto como se alguém tivesse batido em mim – Sara certa vez confidenciou a Ermengarde. – E como se eu quisesse bater de volta. Preciso me lembrar rápido das coisas para evitar dizer algo mal-educado.

Ela teve de se lembrar rápido das coisas quando pôs o livro no assento da janela e saltou de seu cantinho confortável.

Lottie estava deslizando pelo chão da sala de aula e, depois de ter irritado Lavinia e Jessie fazendo barulho, acabara caindo e machucando o joelho gordinho. Ela gritava e pulava no meio de um grupo de amigas e inimigas, que alternadamente a adulavam e repreendiam.

– Pare agora mesmo, seu bebê chorão! Pare agora mesmo! – ordenou Lavinia.

– Não sou um bebê chorão... não sou! – pranteou Lottie. – Sara, Sa-ra!

– Se ela não parar, a senhorita Minchin vai ouvi-la – gritou Jessie. – Lottie, querida, eu te dou uma moedinha!

– Não quero sua moedinha – soluçou Lottie. Então, olhou para o joelhinho e, vendo uma gota de sangue dele, explodiu de novo.

Sara atravessou a sala voando e, ajoelhando-se, envolveu a menina com os braços.

– Oh, Lottie – disse ela. – Lottie, você prometeu para a Sara.

– Ela disse que eu sou um bebê chorão – lamuriou Lottie.

Sara fez um carinho nela, mas falou na voz firme que Lottie conhecia.

– Mas, se você chorar, se torna isso mesmo, Lottiezinha. Você prometeu.

Lottie se lembrou de ter prometido, mas preferiu erguer a voz.

– Eu não tenho mamãe – proclamou ela. – Eu não tenho... nem um pouquinho... de mamãe.

– Você tem sim – disse Sara com alegria. – Já se esqueceu? Não sabe que a Sara é a sua mamãe? Não quer que a Sara seja a sua mamãe?

Lottie aconchegou-se a ela com uma fungada aliviada.

– Venha se sentar no assento da janela comigo – continuou Sara. – E vou contar uma história baixinho só para você.

– Você vai? – choramingou Lottie. – Você pode... me contar... sobre as minas de diamante?

A PRINCESINHA

– As minas de diamante? – estourou Lavinia. – Coisinha desagradável e mimada, eu gostaria de dar um tapa nela!

Sara se pôs de pé em um pulo. É preciso ressaltar que ela estivera muito absorvida no livro sobre a Bastilha e por isso teve de se lembrar rápido de várias coisas quando percebeu que precisava cuidar de sua filha adotiva. Ela não era um anjo e não gostava de Lavinia.

– Bem – disse Sara com certo furor –, eu gostaria de dar um tapa em você, mas não quero dar um tapa em você! – Então se recompôs. – Eu quero dar um tapa em você e eu iria gostar de dar um tapa em você, mas não vou dar um tapa em você. Nós não somos criancinhas de rua. Nós duas somos velhas o suficiente para sabermos nos comportar melhor.

Ali estava a oportunidade de Lavinia.

– Ah, sim, sua alteza real – disse ela. – Somos princesas, creio eu. Ao menos uma de nós é. A escola deve ser mesmo muito elegante agora que a senhorita Minchin tem uma princesa como aluna.

Sara foi em direção a ela. Parecia que ia dar um tapa na orelha da colega. Talvez fosse. Seu truque de fingir as coisas era a alegria de sua vida. Ela nunca falou sobre isso para as meninas de quem não gostava. Seu novo "fingimento" de princesa lhe era muito querido e ela era tímida e sensível a esse respeito. Queria que fosse um segredo e ali estava Lavinia zombando diante de quase toda a escola. Sara sentiu o sangue subir em seu rosto e formigar em seus ouvidos. Mas ela parou de repente. Se fosse uma princesa, não cederia aos acessos de fúria. Sua mão baixou e ela ficou parada por um momento. Quando falou, sua voz estava calma e firme; ela ergueu a cabeça e todos a escutaram.

– É verdade – disse Sara. – Às vezes gosto de fingir que sou uma princesa. Finjo que sou uma para assim tentar me comportar como uma.

Lavinia não conseguiu pensar exatamente na coisa certa a dizer. Diversas vezes havia descoberto que não conseguia pensar em uma resposta satisfatória quando estava lidando com Sara. A razão para isso era que, de alguma forma, as outras pessoas pareciam ser vagamente solidárias com sua oponente. Ela viu agora que elas estavam esticando os ouvidos com interesse. A verdade era que todas gostavam de princesas e esperavam poder ouvir algo mais definido sobre isso, então se aproximaram de Sara.

Lavinia conseguiu inventar só um comentário que foi recebido sem comoção.

– Minha nossa – disse ela –, espero que quando você subir ao trono não se esqueça de nós!

– Não vou – respondeu Sara e não pronunciou outra palavra. Ficou por ali, encarando-a com firmeza enquanto via Lavinia tomar o braço de Jessie e se virar.

Depois disso, as meninas que tinham inveja de Sara costumavam se referir a ela como "princesa Sara" sempre que desejavam ser particularmente desdenhosas, e aquelas que a amavam usavam seu nome como um termo de afeto. Ninguém a chamava de "princesa" em vez de "Sara", mas suas adoradoras ficaram muito satisfeitas com a fascinação e a grandeza do título, e a senhorita Minchin, ao ouvir o apelido, mencionou-o mais de uma vez aos pais visitantes, sentindo que isso sugeria uma espécie de internato da realeza.

Para Becky, parecia a coisa mais apropriada do mundo. A amizade delas, que começou na tarde enevoada quando ela acordou sobressaltada na poltrona confortável, amadureceu e cresceu, embora seja preciso confessar que a senhorita Minchin e a senhorita Amélia pouco sabiam sobre isso. Elas sabiam que Sara era "gentil" com a copeira, mas nada sobre certos momentos deliciosos e perigosos, quando os quartos do andar de cima eram arrumados com rapidez, a saleta de Sara era alcançada e a pesada caixa de carvão pousada com um suspiro de alegria. Nessas ocasiões, as histórias eram contadas em prestações, coisas de natureza satisfatória eram apresentadas e comidas eram apressadamente enfiadas nos bolsos para serem apreciadas à noite quando Becky subia ao sótão para dormir.

A PRINCESINHA

– Mais eu preciso tomá cuidado pra comer isso, senhorita – disse ela certa vez. – Por que se eu deixá migalha os ratos vem pegá.

– Ratos! – exclamou Sara, horrorizada. – Tem ratos lá?

– Muitos ratos, senhorita – respondeu Becky de um jeito casual. – O que mais tem no sótão é rato. A gente acostuma com o barulho que eles fazem correndo pra lá e pra cá. Então eu não ligo pra eles se não correm em cima do meu travesseiro.

– Eca! – disse Sara.

– A gente acostuma com qualqué coisa depois de um tempo – explicou Becky. – Não tem outro jeito, senhorita, se ocê nasceu pra ser copeira. Prefiro rato do que barata.

– Eu também preferiria – disse Sara. – Acho que daria para fazer amizade com um rato depois de um tempo, mas não acho que eu gostaria de fazer amizade com uma barata.

Às vezes, Becky não se atrevia a passar mais do que alguns minutos no quarto quente e iluminado; quando era esse o caso, apenas algumas poucas palavras podiam ser trocadas e uma pequena aquisição entrava no bolso antiquado que Becky tinha sob a saia do vestido, amarrada em volta da cintura com uma fita adesiva. A busca e descoberta de coisas satisfatórias para comer que podiam ser embaladas em pacotinhos pequenos, acrescentou um novo interesse à existência de Sara. Quando ela saía de carruagem ou a pé, costumava olhar ansiosamente para as vitrines das lojas. Na primeira vez que lhe ocorreu levar para casa duas ou três pequenas tortas de carne, sentiu que havia feito uma descoberta. Quando ela as exibiu, os olhos de Becky brilharam.

– Oh, senhorita! – murmurou ela. – Vai sê ótimo pra enchê a barriga. Enche a barriga melhor. Bolo é uma coisa divina, só que derrete que nem... ocê sabe, senhorita. Isso aqui fica na barriga.

– Bem – hesitou Sara. – Não acho que seria bom se ficasse na barriga para sempre, mas acredito que vão dar satisfação.

E deram mesmo satisfação, assim como sanduíches de carne, comprados em uma lojinha, assim como rolinhos e mortadela. Com o tempo,

Becky começou a perder sua sensação de faminta e cansada, e a caixa de carvão não parecia mais tão insuportavelmente pesada.

Por mais que pesasse ou qualquer que fosse o humor da cozinheira ou a dureza do trabalho que recaía em suas costas, ela sempre tinha a possibilidade de esperar pela tarde: a sorte de a senhorita Sara conseguir estar em sua saleta. Na verdade, a simples visão da senhorita Sara teria sido suficiente, mesmo sem tortas de carne. Se houvesse tempo apenas para algumas palavras, eram sempre amigáveis e alegres que aqueciam o coração; e, se houvesse tempo para mais, haveria uma parcela de uma história para ser contada, ou alguma outra coisa de que Becky se lembrava depois e sobre o que às vezes ficava acordada na cama, no sótão pensando. Sara, que estava apenas fazendo o que inconscientemente gostava mais do que qualquer outra coisa, e tendo a Natureza a feito doadora, não tinha a menor ideia do seu significado para a pobre Becky, e quão maravilhosa ela parecia como benfeitora. Se a Natureza fez de você um doador, suas mãos nascem abertas e assim também é o seu coração; e embora possa haver momentos em que suas mãos estejam vazias, seu coração estará sempre cheio, e mesmo assim encontrará o que doar: coisas quentes, coisas gentis, coisas doces; ajuda, consolo e risos; e às vezes o riso alegre é o melhor auxílio de todos.

Becky mal conhecera o riso em toda a sua vida pobre e difícil. Sara a fez rir e riu com ela; e, embora nenhuma delas soubesse disso, o riso "enchia" tanto quanto as tortas de carne.

Poucas semanas antes do 11º aniversário de Sara, chegou uma carta do pai dela que não parecia estar escrita em um tom tão divertido. Ele não estava muito bem e evidentemente estava sobrecarregado pelo negócio relacionado com as minas de diamante.

"Veja só, Sara", escreveu ele, "seu papai não é um homem de negócios, números e documentos me incomodam. Não entendo nada disso de verdade e tudo parece enorme demais. Talvez, se eu não estivesse febril, não estaria acordado, agitado por metade da noite e gastando a outra metade

A PRINCESINHA

em sonhos perturbadores. Se minha Senhorinha estivesse aqui, arrisco a dizer que me daria um bom conselho, solene. Você faria isso, não faria, Senhorinha?"

Uma de suas várias piadas era chamá-la de "Senhorinha" por causa do ar antiquado dela.

Ele havia feito preparativos maravilhosos para o aniversário dela. Entre outras coisas, uma boneca nova tinha sido encomendada de Paris e o guarda-roupa dela seria, de fato, uma maravilha de esplêndida per- feição. Quando ela respondeu à pergunta da carta, se a boneca seria um presente adequado, Sara foi muito antiquada.

"Estou ficando velha", escreveu ela. "Sabe, não vou viver para ganhar outra boneca de presente. Esta vai ser minha última boneca. Tem algo de solene nisso. Se eu soubesse escrever poesia, tenho certeza de que es- creveria um poema sobre 'A última boneca', seria bem interessante. Mas não sei escrever poesia. Já tentei e acabei dando risada. Não parecia nem um pouco com Watts ou Coleridge ou Shakespeare. Ninguém jamais vai tomar o lugar de Emily, mas terei grande respeito pela Última Boneca; e tenho certeza de que a escola vai amá-la. Todas aqui gostam de bonecas, apesar de algumas das mais velhas, as que têm quase 15 anos, fingirem que são adultas demais para isso."

O capitão Crewe estava com uma dor de cabeça intensa quando leu esta carta em seu bangalô na Índia. A mesa à sua frente estava cheia de papéis e cartas que o assustavam e o enchiam de um medo ansioso, mas ele riu como não havia rido por semanas.

– Oh – disse ele. – A cada ano ela fica mais divertida. Deus permita que este negócio possa se acertar e me deixar livre para correr para casa e vê- -la. O que eu não daria para ter seus bracinhos em volta do meu pescoço neste minuto! O que eu não daria!

O aniversário era para ser celebrado com grandes festividades. A sala de aula seria decorada e haveria uma festa. As caixas de presentes seriam abertas com grande cerimônia e haveria um banquete reluzente na sala sagrada da senhorita Minchin. Quando o dia chegou, toda a casa estava envolta em um turbilhão de entusiasmo. Como a manhã passou, ninguém sabia muito bem, porque parecia haver muitos preparativos a fazer. A sala de aula estava sendo enfeitada com guirlandas de azevinho; as mesas haviam sido removidas, e capas vermelhas tinham sido colocadas nos modelos que ficavam dispostos nas paredes ao redor da sala.

Quando Sara entrou em sua saleta pela manhã, encontrou na mesa um pacote pequeno e atarracado, embrulhado em um pedaço de papel pardo. Ela sabia que era um presente e achou que poderia adivinhar de quem havia recebido. Então o abriu com ternura. Era uma almofada de alfinetes quadrada, feita de flanela vermelha não muito limpa, e alfinetes pretos haviam sido espetados cuidadosamente para formar as palavras "Muitas felissidade".

– Oh! – exclamou Sara, com o coração tomado por um sentimento caloroso. – Que trabalhão ela teve! Gostei muito e... e isso me deixa um pouco triste.

Mas no momento seguinte ela ficou perplexa. Na parte de baixo da almofada de alfinetes havia um cartãozinho com o nome "senhorita Amélia Minchin" escrito em letras bem-feitas.

Sara virou e virou a almofadinha.

– Senhorita Amélia! – falou para si mesma. – Como pode!

Nesse exato momento, ela ouviu a porta ser aberta com cuidado e viu Becky espiando.

Um sorriso afetuoso e feliz se abriu em seu rosto, ela entrou se arrastando e ficou puxando os dedos, nervosa.

– Ocê gosta, senhorita Sara? – perguntou ela. – Gosta mesmo?

– Se eu gosto? – falou Sara. – Querida Becky, você mesma que fez.

Becky deu uma fungada histérica, mas alegre e seus olhos pareciam úmidos de contentamento.

– É só flanela, e a flanela não é nova. Mais eu queria te dá alguma coisa e fiz isso em várias noites. Eu sei que ocê podia fingí que é de cetim

A PRINCESINHA

com alfinete de diamante. Eu pensei isso quando tava fazendo. E da etiqueta, senhorita – continuou ela, com dúvida. – Não tem nada de errado eu pegar coisa do cesto de lixo, né? A senhorita Amélia tinha jogado fora. Eu não tenho cartão que seja meu e eu sabia que não era um presente certo se não tivesse um cartão junto, então eu botei o cartão da senhorita Amélia.

Sara voou até ela e lhe deu um abraço. Ela não poderia dizer a si mesma nem a ninguém por que havia um nó em sua garganta.

– Oh, Becky! – exclamou ela com uma risadinha feliz. – Amo você, Becky. Amo mesmo!

– Oh, senhorita! – ofegou Becky. – Brigada, senhorita, muito gentil. Não precisa de tudo isso, não é tão bom assim. A flanela nem era nova.

De novo as minas de diamante

Quando Sara entrou na sala de aula enfeitada no período da tarde, ela o fez como líder de uma espécie de procissão. A senhorita Minchin, em seu vestido de seda mais grandioso, levava-a pela mão. Um criado seguiu, carregando a caixa que continha a Última Boneca, uma criada carregava uma segunda caixa e Becky vinha na retaguarda carregando uma terceira caixa, vestindo um avental limpo e uma touca nova. Sara teria preferido muito mais entrar do modo habitual, mas a senhorita Minchin mandara chamá-la e, depois de uma entrevista em sua sala de estar particular, expressara seus desejos.

– Esta não é uma ocasião comum – disse. – Portanto não desejo que seja tratada como tal.

Então, Sara foi levada grandiosamente para dentro e se sentiu tímida quando, em sua entrada, as garotas grandes a encararam e tocaram os cotovelos umas das outras, e as pequenas começaram a se contorcer alegremente em seus assentos.

A PRINCESINHA

– Silêncio, jovenzinhas! – disse a senhorita Minchin quando se elevou o murmúrio. – James, ponha a caixa sobre a mesa e tire a tampa. Emma, ponha a sua caixa em cima de uma cadeira. Becky! – emendou de repente com severidade.

Becky tinha quase se distraído de tanta empolgação e estava sorrindo para Lottie, que dava risadinhas em uma expectativa entusiasmada. Becky quase derrubou a caixa que carregava, tamanho o susto que levou com a voz reprovadora e sua mesura de desculpas assustada e sacolejante foi tão engraçada que Lavinia e Jessie deram risada.

– Não cabe a você ficar olhando para as jovens – disse a senhorita Minchin. – Você esquece quem é. Ponha a caixa no chão.

Becky obedeceu com uma pressa alarmada e recuou apressadamente para a porta.

– Podem ir – a senhorita Minchin anunciou aos criados com um aceno de mão.

Becky se afastou respeitosamente para permitir que os criados superiores passassem primeiro. Ela não pôde deixar de lançar um longo olhar para a caixa sobre a mesa. Algo feito de cetim azul despontava por entre as dobras do papel de seda.

– Por gentileza, senhorita Minchin – disse Sara de repente –, a Becky não poderia ficar?

Foi uma coisa bem ousada de se fazer. A senhorita Minchin traiu-se com algo parecido com um pulinho. Então pôs seu monóculo e fitou perturbada a aluna-modelo.

– Becky! – exclamou. – Minha querida Sara!

Sara deu um passo na direção dela.

– Quero que ela fique porque sei que vai gostar de ver os presentes – explicou. – Ela é uma garotinha também, sabe.

A senhorita Minchin ficou escandalizada. Olhava de uma para outra.

– Minha querida Sara – disse a mulher, –, Becky é uma copeira. Copeiras não... não são garotinhas.

Não havia lhe ocorrido pensar nas criadas dessa maneira. Copeiras eram máquinas que levavam baldes de carvão e acendiam lareiras.

– Mas a Becky é – disse Sara. – E eu sei que ela iria gostar. Por favor, deixe-a ficar... Pelo meu aniversário.

A senhorita Minchin respondeu com dignidade:

– Como você pediu como um favor de aniversário... ela pode ficar. Rebecca, agradeça a senhorita Sara por essa grande gentileza.

Becky estivera recuando para o canto, torcendo a bainha do avental com uma antecipação prazerosa. Ela se aproximou, fazendo reverências, mas entre o olhar de Sara e o dela passou um brilho de compreensão amigável, enquanto suas palavras tropeçavam umas nas outras.

– Oh, se é o que qué, senhorita! Sô agradecida, senhorita! Eu queria mesmo ver a boneca, senhorita, queria mesmo. Obrigada, senhorita. E obrigada, senhora – disse, virando-se e fazendo um gesto agitado para a senhorita Minchin –, por me deixá tomá essa liberdade.

A senhorita Minchin acenou com a mão de novo, desta vez na direção do cantinho perto da porta.

– Vá ficar ali – ordenou. – Não se aproxime demais das jovens.

Becky foi para o canto, sorrindo. Não ligava para onde era alocada, desde que tivesse a sorte de ficar dentro da sala, em vez de no subsolo de serviço, enquanto tais deleites ocorriam. Ela sequer ligou quando a senhorita Minchin pigarreou ameaçadoramente e voltou a falar.

– Agora, jovenzinhas, tenho algumas palavras para dizer – anunciou.

– Ela vai fazer um discurso – sussurrou uma das meninas. – Gostaria que já tivesse acabado.

Sara ficou um tanto desconfortável. Como era sua festa, provavelmente o discurso seria sobre ela. Não era agradável ficar em uma sala de aula e ouvir um discurso sobre si.

– Vocês sabem, jovenzinhas – assim começou o discurso, e era mesmo um discurso –, que a nossa querida Sara está fazendo 11 anos hoje.

A PRINCESINHA

– Querida Sara! – murmurou Lavinia.

– Muitas de vocês também têm 11 anos, mas os aniversários de Sara são diferentes dos aniversários de outras garotinhas. Quando ela for mais velha, será a herdeira de uma grande fortuna e será dever dela gastá-la de maneira benemérita.

– As minas de diamante – sussurrou Jessie, dando uma risadinha.

Sara não escutou isso, mas, enquanto aguardava com seus olhos verdes acinzentados fixados na senhorita Minchin, sentiu ruborizar cada vez mais. Quando a senhorita Minchin falava a respeito de dinheiro, Sara sentia que de algum modo sempre a detestava... e, claro, era desrespeitoso detestar adultos.

– Quando o querido pai dela, o capitão Crewe, a trouxe da Índia e a deixou sob meus cuidados – o discurso prosseguiu –, ele me disse, de maneira brincalhona, "Receio que ela será muito rica, senhorita Minchin". E minha resposta foi: "A educação que ela receberá no meu seminário, capitão Crewe, vai adornar essa grande fortuna". Sara se tornou minha aluna mais talentosa. Seu francês e sua dança são créditos ao seminário. Seus modos que resultaram em vocês a chamarem de princesa Sara são perfeitos. Sua amabilidade fica evidente nesta festa que ela lhes dá nesta tarde. Espero que apreciem sua generosidade. Desejo que vocês expressem sua apreciação dizendo em voz alta, todas juntas: "Obrigada, Sara!".

A sala de aula inteira levantou-se, como havia feito naquela primeira manhã da qual Sara se recordava tão bem.

– Obrigada, Sara! – disseram, e é preciso confessar que Lottie dava pulinhos.

Sara pareceu um tanto tímida por um momento. Fez uma mesura, uma bem elegante.

– Obrigada vocês por virem à minha festa – disse ela.

– Muito bonita, realmente, Sara – aprovou a senhorita Minchin. – É isso o que uma princesa de verdade faz quando o povo a aplaude. Lavinia

– chamou mordazmente –, o som que você acabou de fazer pareceu demais com uma bufada. Se está com inveja de sua colega, peço que expresse seus sentimentos de uma maneira mais digna de uma dama. Agora vou deixar vocês para aproveitarem a festa.

No instante em que ela saiu da sala, o feitiço que sua presença sempre causava nela se quebrou. A porta mal havia fechado e todos os assentos ficaram vazios. As meninas mais novas pularam ou se deixaram cair; as mais velhas não perderam tempo em abandonar seus postos. Houve uma corrida em direção às caixas. Sara tinha se debruçado sobre uma delas com uma expressão encantada.

– São livros, eu sei – falou ela.

As meninas mais novas soltaram um murmúrio pesaroso, e Ermengarde pareceu espantada.

– O seu pai envia livros de presente de aniversário? – quis saber ela. – Nossa, ele é tão ruim quanto o meu. Não abra esse, Sara.

– Eu gosto de livros – Sara deu risada, mas se voltou para a caixa maior. Quando tirou a Última Boneca de dentro, era tão magnífica que as crianças soltaram grunhidos satisfeitos de alegria e até recuaram para contemplá-la em um êxtase esbaforido.

– Ela é quase tão grande quanto Lottie – ofegou alguém. Lottie bateu palmas, dançou e deu risadinhas.

– Ela está vestida para ir ao teatro – comentou Lavinia. – A capa dela tem pele de arminho.

– Oh – gritou Ermengarde, projetando-se para a frente –, ela está com um binóculo de ópera na mão... e é azul e dourado!

– Aqui está o baú dela – disse Sara. – Vamos abri-lo e ver as coisas que tem aqui.

Ela se sentou no chão e girou a chave. As crianças se aglomeraram em um burburinho ao seu redor, enquanto ela levantava bandeja após bandeja e revelava todo o conteúdo. Havia colarinhos rendados, meias de

A PRINCESINHA

seda e lenços; havia uma caixa de joias contendo um colar e uma tiara que pareciam feitos de diamantes de verdade; havia luvas de pelica e regalos para as mãos; havia vestidos de baile e de visita; havia chapéus, vestidos mais informais e leques. Até mesmo Lavinia e Jessie se esqueceram de que eram muito crescidas para brincar de bonecas, proferiram exclamações de prazer e pegaram coisas para olhar.

– Suponho – começou Sara enquanto ficava perto da mesa, colocando um grande chapéu de veludo preto na impassível dona sorridente de todos aqueles esplendores – que ela entenda a fala humana e se sinta orgulhosa de ser admirada.

– Você está sempre supondo coisas – disse Lavinia com um ar de superioridade.

– Sei que faço isso – respondeu Sara, sem se perturbar. – Eu gosto. Não há nada tão bom quanto supor. É quase como ser uma fada. Se você puder supor alguma coisa com força o bastante, parece real.

– É muito bom supor coisas se você tem tudo – retrucou Lavinia. – Você seria capaz de supor e fingir se fosse uma pessoa pobre e morasse em um sótão?

Sara parou de arrumar as plumas e paetês da Última Boneca e ficou com um semblante pensativo.

– Acho que sim – respondeu. – A pessoa pobre teria que supor e fingir o tempo todo. Mas pode não ser fácil.

Muitas vezes ela pensou no quão estranho foi o fato de ela ter acabado de dizer aquilo quando, no mesmo instante, a senhorita Amélia entrou no aposento.

– Sara – chamou a mulher –, o senhor Barrow, procurador do seu pai, veio ver a senhorita Minchin, e, como ela deverá falar sozinha com ele e os lanches estão servidos na sala dela, é melhor vocês virem comer agora para que a minha irmã possa fazer sua reunião aqui na sala de aula.

Lanches não corriam o risco de serem dispensados em nenhuma hora e muitos pares de olhos brilharam. A senhorita Amélia organizou a procissão de maneira decorosa, então, com Sara ao seu lado, à frente da fila, ela liderou as meninas deixando a Última Boneca sentada em uma cadeira com as glórias do guarda-roupa dela espalhadas ao seu redor; vestidos e casacos pendurados em encostos de cadeiras, pilhas de anáguas rendadas estendidas sobre os assentos.

Becky, que não se esperava que participasse do lanche, teve a indiscrição de se demorar um momento para olhar aquelas belezinhas. Foi mesmo uma indiscrição.

– Volte ao trabalho, Becky – dissera a senhorita Amélia, mas ela havia parado para recolher, com reverência, primeiro um regalo e depois um casaco, e, enquanto ficou ali parada olhando tudo com adoração, ouviu a senhorita Minchin se aproximar da entrada da sala de aula e, aterrorizada com a ideia de ser acusada de tomar liberdades, ela se precipitou para debaixo da mesa, cuja toalha a manteve escondida.

A senhorita Minchin entrou na sala acompanhada de um impassível cavalheiro pequeno e de rosto bem definido, que parecia um tanto perturbado. Ela própria também parecia um tanto perturbada, é preciso admitir, e ela fitou o impassível cavalheiro com uma expressão irritada e confusa.

Ela se sentou com uma dignidade rígida e lhe indicou uma cadeira, dizendo:

– Por gentileza, sente-se, senhor Barrow.

O senhor Barrow não se sentou de imediato. Sua atenção pareceu ser atraída pela Última Boneca e pelas coisas que a rodeavam. Ele acomodou os óculos no rosto e observou tudo com uma desaprovação nervosa. A Última Boneca em si não parecia nenhum pouco incomodada. Ela permaneceu sentada ereta e devolveu o olhar dele com indiferença.

– Cem libras – observou o senhor Barrow de maneira sucinta. – Tudo em material caro, feito em uma modista parisiense. Aquele jovem esbanjou muito dinheiro.

A PRINCESINHA

A senhorita Minchin se sentiu ofendida. O comentário parecia depreciar seu protetorado e tomava liberdades.

Nem mesmo procuradores tinham o direito de tomar liberdades.

– Peço desculpas, senhor Barrow – disse ela rigidamente. – Não compreendo.

– Presentes de aniversário – disse o senhor Barrow no mesmo tom crítico – para uma criança de 11 anos! Uma extravagância insana, é o que penso.

A senhorita Minchin endireitou-se ainda mais rigidamente.

– O capitão Crewe é um homem de fortuna – afirmou. – Só as minas de diamante...

O senhor Barrow a circundou.

– Minas de diamante! – explodiu ele. – Não existe nenhuma mina! Nunca houve!

A senhorita Minchin levantou-se de sua cadeira.

– O quê?! – exclamou. – O que quer dizer?

– De qualquer modo – respondeu o senhor Barrow, com mau humor – teria sido bem melhor se nunca tivesse havido nenhuma.

– Nenhuma mina de diamante? – disparou a senhorita Minchin, agarrando o encosto da cadeira e sentido como se um sonho esplêndido estivesse fugindo por entre os seus dedos.

– Minas de diamante costumam significar ruína com mais frequência do que significam riqueza – explicou o senhor Barrow. – Quando um homem está nas mãos de um amigo querido e ele mesmo não é um homem de negócios, é melhor passar longe das minas de diamante desse amigo querido, ou das minas de ouro, ou de qualquer outro tipo de mina em que os amigos queridos querem que ele invista. O falecido capitão Crewe...

Neste momento, a senhorita Minchin o interrompeu arfando.

– O falecido capitão Crewe?! – gritou ela. – O falecido?! O senhor não veio aqui me dizer que o capitão Crewe está...

– Ele está morto, madame – respondeu o senhor Barrow com brusquidão. – Morreu de uma combinação de febre palustre e problemas com os negócios. A febre palustre talvez não o houvesse matado se ele não tivesse ficado louco com os problemas e os negócios talvez não tivessem posto um fim nele se a febre palustre não tivesse ajudado. O capitão Crewe está morto!

A senhorita Minchin caiu sentada em sua cadeira. As palavras que ela havia pronunciado tomaram-na de preocupação.

– Quais eram esses problemas com os negócios? – quis saber ela. – Quais eram?

– Minas de diamante – começou a responder o senhor Barrow – e queridos amigos... e ruína.

A senhorita Minchin perdeu o ar.

– Ruína! – ofegou.

– Perdeu cada centavo. Aquele jovem tinha dinheiro demais. O querido amigo era doido em relação a minas de diamante. Ele pôs todo o dinheiro que tinha nisso, e todo o dinheiro do capitão Crewe. Então o querido amigo fugiu... O capitão Crewe já estava acometido com a febre quando as notícias chegaram. O choque foi demais para ele. Morreu furioso, delirando sobre a menininha dele... e não deixou um centavo.

Agora a senhorita Minchin compreendeu e nunca em sua vida ela tinha recebido um golpe assim. Sua aluna-modelo, sua patronagem modelo, arrancada do Seminário Exclusivo em uma única tacada. Ela se sentiu como se tivesse sido roubada e estivesse ultrajada, como se o capitão Crewe, Sara e o senhor Barrow fossem igualmente culpados.

– Você pretende me dizer – disse ela – que ele não deixou nada?! Que Sara não terá fortuna alguma?! Que a criança é uma mendiga?! Que ela está nas minhas mãos como indigente em vez de herdeira?

O senhor Barrow era um homem de negócios astuto e logo sentiu necessidade de deixar bem claro que não tinha responsabilidade nenhuma.

A PRINCESINHA

– Ela sem dúvida se tornou uma mendiga – respondeu ele. – E sem dúvida foi deixada em suas mãos, madame, visto que ela não tem nenhum parente no mundo, pelo que se sabe.

A senhorita Minchin foi andando para a frente. Parecia que iria abrir a porta e disparar pelo corredor para interromper as festividades que corriam alegres e um tanto barulhentas naquele momento do lanche.

– É monstruoso! – disse. – Ela está agora na minha sala de estar, vestida com seda e anáguas rendadas, dando uma festa à minha custa.

– Ela está dando a festa à sua custa, madame, se estiver dando a festa – insistiu o senhor Barrow. – Barrow & Skipworth não são responsáveis por nada. Jamais houve uma varredura tão eficiente da fortuna de um homem. O capitão Crewe morreu sem pagar a nossa última conta... e era uma bem grande.

A senhorita Minchin deu as costas para a porta em uma indignação crescente. Isto era pior do que qualquer um poderia imaginar.

– Foi isso o que aconteceu comigo! – gritou ela. – Sempre tive tanta certeza do pagamento dele que lancei mão dos gastos mais ridículos para a menina. Paguei as contas daquela boneca ridícula e do guarda-roupa fantástico e ridículo dela. Era para a menina ter tudo o que quisesse. Ela tinha uma carruagem, um pônei e uma criada, e eu paguei por tudo isso desde que recebi o último cheque.

Era evidente que o senhor Barrow não pretendia ficar para ouvir as queixas da senhorita Minchin depois de ter deixado clara a posição de sua firma e de ter relatado friamente os acontecimentos. Ele não sentia nenhuma simpatia particular por proprietárias iradas de internatos.

– É melhor a senhora não pagar por mais nada, madame – recomendou ele –, a não ser que queira dar presentes para a jovem. Ninguém vai lembrar de você. Ela não tem um centavo sequer para chamar de seu.

– Mas o que eu vou fazer? – a senhorita Minchin exigiu saber, como se sentisse que a obrigação de acertar as coisas fosse inteiramente dele. – O que vou fazer?

– Não há nada a fazer – disse o senhor Barrow, dobrando os óculos e guardando-os no bolso. – O capitão Crewe está morto. A criança foi deixada como indigente. Ninguém é responsável por ela, exceto você.

– Eu não sou responsável por ela e me recuso a ser transformada na responsável! – A senhorita Minchin ficou quase branca de raiva.

O senhor Barrow se virou para sair.

– Eu não tenho nada a ver com isso, madame – falou com desinteresse. – Barrow & Skipworth não tem responsabilidade. Lamento muito que tudo isso tenha acontecido, é claro.

– Se você acha que ela será empurrada para mim, está muito enganado – ofegou a senhorita Minchin. – Eu fui roubada e enganada, vou botá-la no olho da rua!

Se ela não tivesse estado tão furiosa, teria sido cautelosa demais para falar tanto assim. Ela se viu sobrecarregada com uma menina criada de modo extravagante, de quem sempre se ressentira, e perdeu todo o autocontrole.

Impassível, o senhor Barrow seguiu na direção da porta.

– Eu não faria isso, madame – comentou ele –, não seria de bom-tom. É uma história desagradável para ficar conectada ao estabelecimento. Aluna expulsa sem dinheiro e sem amigos.

Ele era um homem de negócios inteligente e sabia do que estava falando. Ele também sabia que a senhorita Minchin era uma mulher de negócios e seria sensata o suficiente para distinguir a verdade. Ela não podia arriscar a agir de modo que as pessoas depois a chamassem de cruel e desumana.

– Melhor mantê-la aqui e usá-la de algum modo – acrescentou ele. – Ela é uma menina esperta, creio eu. Você pode conseguir um bom negócio à medida que ela crescer.

– Eu vou conseguir um bom negócio antes de ela crescer! – exclamou a senhorita Minchin.

A PRINCESINHA

– Tenho certeza de que vai, madame – disse o senhor Barrow, com um sorrisinho sinistro. – Tenho certeza disso. Boa tarde!

Ele fez uma mesura ao sair e fechou a porta, e é preciso confessar que a senhorita Minchin ficou encarando-a por alguns instantes. O que ele havia dito era bem verdade. Ela sabia disso. Ela não tinha absolutamente nenhum ressarcimento. Sua aluna-modelo tinha se desfeito, restando apenas uma menininha sem amigos e empobrecida. O dinheiro que ela mesma tinha gastado como adiantamento estava perdido e não seria recuperado.

Enquanto ela estava ali sem ar, assolada pela sensação de ter sido ferida, chegou aos seus ouvidos uma explosão de vozes alegres vindas da sua própria sala sagrada, que na verdade havia sido emprestada para o banquete. Ela poderia pelo menos interromper isso.

Porém, quando ela começou a ir em direção à porta, esta foi aberta pela senhorita Amélia, que, ao notar o rosto alterado e furioso, deu um passo para trás assustada.

– Qual é o problema, irmã? – questionou.

A voz da senhorita Minchin estava quase feroz ao responder:

– Onde está Sara Crewe?

A senhorita Amélia estava desnorteada.

– Sara! – balbuciou ela. – Ora, ela está com as crianças na sua sala.

– Ela tem um vestido preto naquele guarda-roupa suntuoso dela? – perguntou a senhorita Minchin com uma ironia amarga.

– Um vestido preto? – a senhorita Amélia balbuciou de novo. – Preto?

– Ela tem vestido de todas as cores. Ela tem um preto?

A senhorita Amélia começou a ficar pálida.

– Não... s-sim! – respondeu. – Mas está curto demais para ela. Ela tem apenas aquele antigo, de veludo preto, só que ela cresceu e o vestido ficou pequeno.

FRANCES HODGSON BURNETT

– Vá dizer a ela para tirar aquela seda cor-de-rosa absurda e vestir o preto, quer esteja curto demais ou não. Acabou a elegância para ela!

Então a senhorita Amélia começou a retorcer as mãos gordas e a chorar.

– Oh, irmã! – fungou ela. – Oh, irmã! O que pode ter acontecido?

A senhorita Minchin não usou mais palavras do que o necessário.

– O capitão Crewe está morto – disse ela. – Ele morreu sem um centavo. Aquela menina mimada, regalada e caprichosa foi deixada pobre nas minhas mãos.

A senhorita Amélia sentou-se pesadamente na cadeira mais próxima.

– Gastei centenas de libras com besteiras para ela. E nunca verei um centavo disso. Ponha um fim a esta festa ridícula dela. Vá e faça-a trocar o vestido imediatamente.

– Eu? – arfou a senhorita Amélia. – E, eu devo ir agora falar para ela?

– Imediatamente! – foi a resposta violenta. – Não fique aí sentada me olhando como uma boba. Vá!

A coitada da senhorita Amélia estava acostumada a ser chamada de boba. Ela sabia que de fato era um tanto boba e que sempre sobrava aos bobos fazer muitas coisas desagradáveis. Era algo de certa forma embaraçoso entrar no meio de uma sala repleta de crianças felizes para dizer à aniversariante que ela de repente havia se transformado em uma indigente e por isso deveria subir e pôr um vestido preto antigo que era pequeno demais para ela. Mas precisava ser feito. Agora claramente não era hora de fazer perguntas.

Ela esfregou os olhos com o lenço até que eles ficaram bem vermelhos. Depois, levantou-se e saiu da sala de aula, sem arriscar dizer outra palavra. Quando a irmã mais velha ficava com aquele aspecto e falava daquela maneira, o curso mais sábio a se tomar era obedecer às suas ordens sem nenhum comentário. A senhorita Minchin atravessou a sala. Falava consigo mesma em voz alta, sem perceber que fazia isso. Durante o último ano, a história das minas de diamante havia sugerido todo tipo de possibilidade para ela. Até mesmo proprietários de seminários poderiam obter fortunas em ações com o auxílio de donos de minas. E agora, em vez de ansiar por ganhos, ela foi deixada para cuidar das perdas.

– Princesa Sara, realmente! – disse ela. – A criança foi mimada como se fosse uma rainha.

Enquanto dizia isso, ela passou brava pela mesa de canto e no momento seguinte espantou-se com o som de um suspiro alto e soluçante que saiu debaixo da toalha.

– O que é isso?! – exclamou com raiva.

O suspiro alto e soluçante foi ouvido de novo e ela parou e ergueu a ponta da toalha de mesa.

– Como ousa?! – gritou. – Como ousa?! Saia daí imediatamente!

Quem saiu dali se arrastando foi a pobre Becky. Sua touca tinha caído de um lado e seu rosto estava vermelho com o choro reprimido.

– Por favô, mad... sô eu, madame – explicou a garota. – Sei que não devia. Mas eu tava olhando a boneca, madame ... e fiquei com medo quando ocê entrô... e corri pra baixo da mesa.

– Você estava o tempo todo aí, escutando – disse a senhorita Minchin.

– Não, madame – protestou Becky, fazendo várias mesuras. – Não tava ouvindo... eu pensei que dava pra saí sem ocê percebê, mais não deu e eu tive que ficá. Mais não ouví, madame ... Nunca que ia ouví. Mais não conseguí evitá de escutá.

De repente pareceu quase como se ela tivesse perdido todo o medo que sentia pela mulher terrível à sua frente. Ela explodiu em lágrimas novas.

– Oh, por favô, madame – disse ela. – Acho que ocê vai me dá uma bronca, madame... mais tô tão triste pela senhorita Sara... tão triste!

– Saia daqui! – ordenou a senhorita Minchin.

Becky fez outra mesura, as lágrimas escorrendo livremente pelas bochechas.

– Sim, madame, eu vô, madame – disse ela, tremendo. – Mais, oh, eu só queria te perguntá: a senhorita Sara... ela foi sempre uma menina rica, sempre teve gente tomando conta dela. E agora, o que ela vai fazê, madame, sem uma criada? Se... se, oh, por favô, você me deixa esperá ela depois que eu terminá com as minhas panela e chaleira? Eu faço isso bem rapidinho... se você me deixá cuidá dela agora que ela é pobre. – E reiniciou: – Oh, coitadinha da senhorita Sara, madame... ela era chamada de princesa.

De algum modo, ela fez a senhorita Minchin se sentir mais furiosa do que nunca. Que a própria copeira vagueasse para o lado daquela menina, de quem ela agora percebia com mais clareza que jamais havia gostado, era demais. Ela realmente bateu o pé.

– Não. De jeito nenhum – disse. – Ela vai se cuidar sozinha e de outras pessoas também. Saia daqui neste instante ou você vai perder seu posto.

Becky jogou o avental na cabeça e disparou. Saiu correndo da sala e desceu correndo os degraus até a copa, ali se sentou com suas panelas e chaleiras e chorou como se seu coração fosse se partir.

– É igualzinho que nem nas histórias – choramingou. – As princesas pobre que são jogadas no mundo.

A senhorita Minchin nunca parecera tão imóvel e dura como quando Sara foi vê-la, poucas horas depois, em resposta a uma mensagem que ela lhe enviara.

Mesmo naquele momento, parecia a Sara que a festa de aniversário tinha sido um sonho ou um acontecimento de anos antes e que tinha ocorrido na vida de alguma outra menina.

Todos os indícios das festividades haviam sido limpos; as guirlandas de azevinho foram tiradas das paredes da sala de aula e as carteiras foram devolvidas aos seus lugares. A sala de estar da senhorita Minchin tinha a aparência de sempre: todos os vestígios da festa desapareceram, e a senhorita Minchin havia retomado seu traje habitual. As alunas foram ordenadas a tirar seus vestidos de festa; e, depois de feito isso, elas voltaram à sala de aula e se amontoaram em grupos, sussurrando e conversando animadamente.

A PRINCESINHA

– Diga a Sara para vir à minha sala – a senhorita Minchin havia dito à irmã. – E explique-lhe claramente que não quero choro nem cenas desagradáveis.

– Irmã – respondeu a senhorita Amélia –, ela é a criança mais esquisita que já vi. Ela na verdade não fez nenhum rebuliço. Você lembra que foi assim também quando o capitão Crewe voltou para a Índia. Quando eu disse a ela o que tinha acontecido, ela só ficou parada me olhando sem emitir um som. Os olhos dela pareceram ficar cada vez maiores e ela empalideceu bem. Quando terminei de contar, ela ainda ficou me encarando por alguns segundos, então o queixo dela começou a tremer, ela deu meia-volta, saiu da sala e subiu correndo as escadas. Várias das outras crianças começaram a chorar, mas não parecia que ela as escutava ou que estava atenta a nada além do que eu estava dizendo. Foi muito estranho para mim não receber uma resposta; e quando se conta algo tão repentino e tenso, espera-se que as pessoas digam algo... qualquer coisa.

Ninguém a não ser Sara sabia o que havia acontecido em seu quarto depois que ela subiu as escadas e trancou a porta. Na verdade, ela própria mal se lembrava, exceto de ter andado de um lado para o outro, repetindo para si mesma em uma voz que não parecia dela: "Meu papai morreu! Meu papai morreu!".

Uma vez, ela parou diante de Emily, que estava sentada observando-a da cadeira, e gritou: "Emily! Você ouviu? Ouviu que o papai morreu? Ele morreu na Índia, a milhares de quilômetros de distância".

Quando Sara entrou na sala de estar da senhorita Minchin em resposta à convocação, seu rosto estava branco e seus olhos tinham anéis escuros ao redor deles. Sua boca estava apertada como se ela não quisesse revelar o que sofrera e o que estava sofrendo. Ela não se parecia nem um pouco com a criança cor-de-rosa que havia borboleteado sobre todos os seus tesouros na sala de aula decorada. Em vez disso, ela parecia uma figura pequena, estranha, desolada e quase grotesca.

Ela havia colocado, sem a ajuda de Mariette, o rejeitado vestido de veludo preto. Era muito curto e apertado, e suas pernas esguias pareciam longas e finas, revelando-se por baixo da saia curta. Como não encontrara um pedaço de fita preta, os cabelos curtos e grossos caíam frouxamente no rosto e contrastavam com sua palidez. Ela segurou Emily com firmeza em um braço, e a boneca estava envolta em um pedaço de material preto.

– Solte sua boneca – disse a senhorita Minchin. – O que pretende trazendo-a para cá?

– Não – respondeu Sara. – Não vou soltá-la. Ela é tudo o que eu tenho. Meu pai a deu para mim.

Ela sempre fizera a senhorita Minchin se sentir secretamente desconfortável e agora isso acontecera também. Ela não falava tanto com grosseria, mas com uma firmeza fria com a qual a senhorita Minchin sentia dificuldade de lidar, talvez porque soubesse que estava fazendo uma coisa sem coração e desumana.

– Você não terá tempo para bonecas no futuro – disse a mulher. – Terá de trabalhar e aprender a se tornar útil.

Sara manteve os olhos grandes e estranhos fixos nela e não disse uma palavra sequer.

– Tudo será diferente agora – prosseguiu a senhorita Minchin. – Suponho que a senhorita Amélia tenha explicado a situação.

– Sim – respondeu Sara. – Meu papai morreu. Ele não me deixou nenhum dinheiro. Sou muito pobre.

– Você é uma indigente – disse a senhorita Minchin, seu temperamento esquentando com a lembrança do que tudo isso significava. – Parece que você não tem nenhum parente, não tem lar e não tem ninguém para cuidar de você.

Por um momento, o rosto magro e pálido se contorceu, mas Sara mais uma vez não disse nada.

A PRINCESINHA

– O que você tanto olha? – exigiu saber a senhorita Minchin com rispidez. – É tão estúpida que não consegue entender? Vou lhe dizer: você está sozinha no mundo e não tem ninguém para fazer nada por você a não ser que eu escolha mantê-la aqui como caridade.

– Eu entendi – respondeu Sara com um tom baixo; e ouviu-se um som como se ela tivesse engolido algo que havia subido em sua garganta. – Eu entendi.

– Aquela boneca – gritou a senhorita Minchin, apontando para o esplêndido presente de aniversário sentado ali perto –, aquela boneca ridícula, aquelas coisas extravagantes e sem sentido... Eu paguei por ela!

Sara virou a cabeça na direção da cadeira.

– A Última Boneca – disse ela. – A Última Boneca. – E sua vozinha em luto tinha um som estranho.

– A Última Boneca, realmente! – replicou a senhorita Minchin. – E ela é minha, não sua. Tudo o que você tem me pertence.

– Por favor, pegue tudo para você, então – falou Sara. – Eu não quero nada disso.

Se ela tivesse chorado, soluçado e parecido assustada, a senhorita Minchin talvez tivesse sido mais paciente. Ela era uma mulher que gostava de dominar e mostrar seu poder, então, quando quando olhou para o rosto pálido e firme de Sara, ouviu sua voz infantil, orgulhosa, sentiu como se sua força estivesse sendo desprezada.

– Não assuma ares de importância – disse a mulher. – O tempo para esse tipo de coisa está no passado. Você não é mais uma princesa. Sua carruagem e seu pônei serão mandados embora, sua criada será dispensada. Você vai usar suas roupas mais velhas e sem graça... As suas peças extravagantes não combinam com sua nova posição. Você é como a Becky: terá de trabalhar para seu sustento.

Para sua surpresa, um brilho de luz fraco apareceu nos olhos da menina: uma sombra de alívio.

– Eu posso trabalhar? – perguntou ela. – Se eu puder trabalhar, não vai importar tanto. O que posso fazer?

– Você pode fazer tudo o que lhe pedirem – foi a resposta. – Você é uma menina esperta e aprende as coisas com facilidade. Se você se tornar útil, talvez permita que fique aqui. Você fala bem francês e poderá ajudar as crianças mais novas.

– Posso? – espantou-se Sara. – Oh, por favor, deixe eu fazer isso! Eu sei como ensinar a elas. Eu gosto delas, e elas de mim.

– Não fale bobagens sobre as pessoas gostarem de você – disse a senhorita Minchin. – Você terá mais o que fazer além de ensinar as pequenas. Vai levar, buscar coisas e ajudar na cozinha, assim como na sala de aula. Se eu não ficar satisfeita, você será mandada embora. Lembre-se disso. Agora vá.

Sara ficou ali parada apenas por um momento, encarando-a. Em sua jovem alma, ela estava tendo pensamentos profundos e estranhos. Então se virou para sair da sala.

– Pare! – exclamou a senhorita Minchin. – Não pretende me agradecer?

Sara parou e todos os pensamentos profundos e estranhos emergiram em seu peito.

– Pelo quê? – perguntou ela.

– Pela minha generosidade para com você – respondeu a senhorita Minchin. – Pela minha generosidade em lhe oferecer um lar.

Sara deu dois ou três passos na direção dela. Seu peito subia e descia e ela falou com um estranho jeito feroz e nada infantil.

– Você não é gentil – disse. – Você não é gentil, e isto aqui não é um lar. – E tinha se virado e corrido para fora da sala antes que a senhorita Minchin pudesse impedi-la ou fazer algo além de fitá-la com uma raiva obstinada.

Sara subiu as escadas devagar, mas ofegante e segurava Emily firmemente ao seu lado.

– Gostaria que ela soubesse falar – disse para si mesma. – Se ela soubesse falar... se soubesse falar!

Ela pretendia ir ao próprio quarto e deitar na pele de tigre com a bochecha apoiada na cabeça do grande felino, olhar para as chamas da lareira e pensar e pensar e pensar. Contudo, pouco antes de alcançar a área, a senhorita Amélia saiu de dentro do quarto e fechou a porta atrás de si, então ficou parada na frente, parecendo nervosa e desajeitada. A verdade era que ela se sentia secretamente envergonhada daquilo que lhe ordenaram fazer.

– Você... você não pode entrar lá dentro – disse a mulher.

– Não posso entrar? – perguntou Sara e recuou um passo.

– Este não é mais seu quarto – respondeu a senhorita Amélia, corando um pouco.

De algum modo, de uma só vez, Sara compreendeu e percebeu que este era o início da mudança sobre a qual a senhorita Minchin havia falado.

– Onde é o meu quarto? – perguntou a menina, torcendo muito para que sua voz não tivesse saído estremecida.

– Você vai dormir no sótão ao lado de Becky.

Sara sabia onde era. Becky havia lhe contado. Ela se virou e subiu dois lances de escadas. O último era estreito e coberto com tiras puídas de carpete velho. Ela sentia como se estivesse se afastando e deixando para trás o mundo em que vivera aquela outra criança, que não mais se parecia com ela. Esta criança de agora, com seu vestido curto e apertado, subindo as escadas até o sótão, era uma criatura bem diferente.

Quando chegou à porta do sótão e a abriu, seu coração deu um baque pequeno e triste. Então, ela fechou a porta e ficou de pé recostada nela, olhando em volta.

Sim, este era um novo mundo. O quarto tinha o teto inclinado e era caiado. A cal estava suja e tinha se soltado em alguns pontos. Havia uma grade enferrujada, uma velha cama de ferro e um colchão duro com um cobertor desbotado. Alguns móveis gastos demais para serem usados no andar de baixo foram postos ali. Sob a claraboia do telhado, que não mostrava nada além de um pedaço retangular de céu cinza opaco, havia um banquinho vermelho antigo e estropiado. Sara foi até lá e sentou-se. Ela raramente chorava. Não chorou agora. Colocou Emily sobre seus joelhos e puxou o rosto dela contra o seu peito, envolvendo-a com seus braços e ficou ali sentada, com sua cabecinha de cabelos pretos recostada nas cortinas pretas, sem dizer uma palavra, sem emitir nenhum som.

Enquanto ela permanecia sentada nesse silêncio, houve uma batida fraca à porta, tão fraca e humilde que ela não a ouviu a princípio, de fato, não a despertou de seu transe até que a porta foi timidamente aberta e um rosto manchado de lágrimas apareceu espiando ali dentro. Era o de Becky, que durante horas furtivamente havia chorado e esfregado os olhos com o avental da cozinha até parecer estranha.

– Oh, senhorita – disse Becky bem baixinho. – Posso... ocê me deixa... entrá?

Sara ergueu o rosto e olhou para ela. Tentou abrir um sorriso, mas de algum modo não conseguiu. De repente, e foi tudo através da amorosa tristeza dos olhos lacrimosos de Becky, seu rosto lembrou mais o de uma criança que não parecia ter mais idade do que tinha de fato. Sara estendeu a mão e soltou um pequeno soluço.

A PRINCESINHA

– Oh, Becky – disse ela. – Eu falei para você que éramos iguais, apenas duas meninas, só duas meninas. Veja só a verdade disso. Não existe diferença entre nós agora. Eu não sou mais uma princesa.

Becky correu até Sara e pegou a mão dela, levando-a até o peito e abraçando-a. Então, ajoelhou-se ao lado da menina e soluçou com amor e dor.

– Sim, senhorita, ocê é – insistiu ela, suas palavras falhando ao sair da boca. – Não importa o que acontecê com ocê, não importa, ocê ia sê uma princesa de qualqué jeito e nada ia te fazê sê otra coisa.

No sotão

A primeira noite que passou no sótão foi algo de que Sara jamais se esqueceu. Durante essas horas, ela viveu uma aflição selvagem e nada infantil, sobre a qual nunca falou com ninguém. Não havia uma pessoa que teria compreendido. De fato, foi bom para ela que, enquanto permanecia acordada na escuridão, sua mente fosse forçada a se distrair de vez em quando pela estranheza do ambiente. Foi, talvez, bom para ela ter sido lembrada por seu pequeno corpo de coisas materiais. Se isso não tivesse acontecido, a angústia de sua jovem mente poderia ter sido grande demais para uma criança suportar. Mas, na verdade, enquanto a noite passava, ela mal sabia que tinha um corpo ou se lembrava de qualquer outra coisa exceto uma.

– Meu papai morreu! – ela ficou sussurrando para si mesma. – Meu papai morreu!

Só muito tempo depois percebeu que sua cama era tão dura que ela tinha se revirado para encontrar uma posição para descansar, que a escuridão parecia mais intensa do que qualquer outra que já vira, e que o uivo do vento passando por entre as chaminés no telhado parece um lamento em voz alta. Então houve algo pior. Ouviu, sem dúvida, brigas, arranhões e guinchos dentro das paredes e atrás dos rodapés. Ela sabia o que esses sons significavam, pois Becky os havia descrito. Significavam que ratos e camundongos estavam brigando ou brincando. Uma ou duas vezes ela inclusive ouviu patinhas correndo pelo chão, e, naqueles dias futuros, quando passou a rememorar as coisas, se lembrou que, quando os ouviu pela primeira vez, se levantou na cama e ficou tremendo e ao se deitar de novo cobriu a cabeça com o lençol.

A mudança em sua vida não ocorreu gradualmente, mas sim toda de uma só vez.

– Ela deve começar já a encarar a situação – a senhorita Minchin disse para a senhorita Amélia. – Ela precisa aprender logo de uma vez o que a espera.

Mariette deixou a casa na manhã seguinte. O vislumbre que Sara captou de sua saleta quando passou diante da porta aberta, revelou que tudo havia mudado. Seus ornamentos e luxos foram removidos, uma cama foi colocada em um canto para transformá-lo em um quarto para outra nova pupila.

Quando ela desceu para o café da manhã, viu que seu assento ao lado da senhorita Minchin estava ocupado por Lavinia. A senhorita Minchin lhe falou com frieza:

– Você vai começar suas novas responsabilidades, Sara, sentando-se à mesa menor com as meninas mais novas. Deve mantê-las quietas e cuidar para que se comportem bem e não desperdicem a comida. Devia ter vindo antes. Lottie já derramou o chá.

Esse foi o início, e dia a dia seus deveres foram sendo adicionados. Ela ensinava francês às crianças mais novas, tomava suas outras lições e esses eram os menores de seus trabalhos. Verificou-se que ela poderia ser usada em inúmeras funções. Poderiam mandá-la levar ou buscar algo a qualquer hora do dia e sob qualquer clima. Poderiam instruí-la a fazer coisas que outras pessoas negligenciavam. A cozinheira e as criadas ouviram, aproveitaram o tom usado pela senhorita Minchin e gostaram muito de dar ordens à "jovenzinha", pelo qual fizeram alarde durante tanto tempo. Elas não eram empregadas da melhor categoria, não tinham nem boas maneiras nem bom temperamento e com frequência era conveniente ter à disposição alguém que pudesse assumir uma culpa.

Durante os dois primeiros meses, Sara pensou que sua determinação de fazer as coisas da melhor maneira possível e seu silêncio quando era repreendida poderiam amolecer aqueles que a orientavam tão duramente. Em seu coraçãozinho orgulhoso, queria que vissem que ela estava tentando ganhar a vida e não aceitar caridade. Mas em dado momento, viu que ninguém tinha amolecido; quanto mais ela estava disposta a fazer o que lhe era dito, mais dominadoras e exigentes se tornavam as empregadas descuidadas e mais pronta para lhe culpar ficava a irritada cozinheira.

Se Sara fosse mais velha, a senhorita Minchin teria lhe ordenado que ensinasse as meninas maiores, economizando assim dinheiro ao dispensar uma instrutora; porém, enquanto ela permanecesse e parecesse uma criança, poderia se tornar mais útil como uma espécie de "leva e traz" de tipo superior, uma garota para enviar e buscar recados e encomendas, além de empregada para todo tipo de trabalho. Um "leva e traz" comum não teria sido tão inteligente e confiável. Era possível confiar em Sara para incumbências difíceis e mensagens complicadas. Ela conseguia até mesmo pagar contas, somava a isso sua capacidade de tirar bem o pó de uma sala e pôr tudo em ordem.

Suas próprias lições tornaram-se coisas do passado. Não lhe ensinavam nada, e só depois de longos e ocupados dias de corridas para lá e para cá com os pedidos de todo mundo, foi que lhe autorizaram, de má vontade, a entrar na sala de aula deserta, com uma pilha de livros antigos, para estudar sozinha à noite.

– Se eu não me lembrar das coisas que aprendi, talvez as esqueça – ela disse para si mesma. – Sou quase uma copeira e se sou uma copeira que

A PRINCESINHA

não sabe nada, ficarei como a pobre Becky. Pergunto-me se poderia esquecer de tudo e começar a comer os érres e ésses e a não me lembrar que o rei Henrique VIII teve seis esposas.

Uma das coisas mais curiosas em sua nova existência foi a mudança de sua posição em relação às alunas. Em vez de ser uma espécie de pequena personagem da realeza em meio a elas, Sara sequer parecia pertencer ao grupo. Era exigida tanto no trabalho que mal conseguia falar com qualquer uma das meninas e não podia deixar de notar que a senhorita Minchin preferia que ela vivesse uma vida separada das ocupantes da sala de aula.

– Não vou permitir que ela tenha intimidades ou converse com as outras crianças – disse a mulher. – Meninas gostam de injustiças, se ela começar a contar histórias românticas sobre si mesma, vai virar uma heroína maltratada, e os pais terão uma impressão errada. É melhor que ela tenha uma vida à parte, uma que combine com suas circunstâncias. Estou dando um lar a ela e isso é mais do que ela sequer tem direito de esperar de mim.

Sara não esperava muito e era orgulhosa demais para tentar continuar a ser íntima das meninas que evidentemente se sentiam bem constrangidas e incertas a seu respeito. O fato era que as alunas da senhorita Minchin pertenciam a um grupo de jovens enfadonhas e prosaicas. Eram acostumadas a serem ricas e terem conforto, e, quando os vestidos de Sara começaram a ficar mais curtos e esfarrapados, quando tornou-se um fato comprovado que ela usava sapatos com buracos, quando era enviada para comprar mantimentos e os carregava pelas ruas em uma cesta pendurada no braço quando a cozinheira os queria com pressa, elas se sentiam como se, ao falar com Sara, estivessem se dirigindo a um empregado inferior.

– E pensar que ela era a menina com as minas de diamante – comentou Lavinia. – Ela parece um objeto. E está mais esquisita ainda. Nunca gostei muito dela, mas não posso suportar aquela mania que ela tem agora de

ficar olhando para as pessoas sem falar nada, como se as estivesse descobrindo.

– E eu estou – disse Sara prontamente ao ouvir isso. – É isso o que
eu fico olhando em algumas pessoas. Gosto de saber a seu respeito. Fico
pensando nelas depois.

A verdade era que ela havia se poupado de aborrecimentos diversas
vezes mantendo os olhos em Lavinia, que estava sempre preparada para a
ofender e teria ficado satisfeita de fazer isso com a ex-aluna-modelo.

Sara nunca fez qualquer mal nem incomodou ninguém. Trabalhava
como uma serviçal; batia as pernas pelas ruas molhadas, carregando pacotes e cestas; contornava a desatenção infantil das lições de francês das
pequeninas. Quando se tornou mais desalinhada e com a aparência mais
desolada, disseram-lhe que era melhor ela fazer as refeições no subsolo de
serviço. Ela era tratada como se não fosse responsabilidade de ninguém,
e seu coração ficava cada vez mais orgulhoso e dolorido, mas ela nunca
contou a ninguém o que sentia.

– Soldados não reclamam – dizia ela entredentes. – Eu não vou fazer
isso. Vou fingir que isso faz parte de uma guerra.

Havia horas, porém, em que seu coração infantil quase poderia se partir de tanta solidão, não fossem três pessoas.

A primeira, é preciso admitir, era Becky... só Becky. Durante toda
aquela primeira noite passada no sótão, Sara sentiu um vago conforto
ao saber que do outro lado da parede, onde os ratos brigavam e rangiam,
havia outra jovem criatura humana. E durante as noites que se seguiram
a sensação de conforto aumentou.

Elas tinham poucas oportunidades de se falar durante o dia. Cada uma
tinha suas próprias tarefas para executar e qualquer tentativa de conversa
teria sido considerada uma tendência para enrolar e perder tempo.

– Não vai achá estranho, senhorita – sussurrou Becky na primeira manhã –, se eu não falá nada educado. Alguém ia ficá em cima da gente se

A PRINCESINHA

eu fizé isso. Eu sei dizê "por favor", "obrigada" e "licença", mais não dá tempo de falá.

Entretanto, antes do raiar do dia, ela costumava ir até o sótão de Sara para abotoar o vestido dela e ajudá-la com o que precisasse antes de descer para acender o fogo da cozinha. E, quando a noite chegava, Sara sempre ouvia as batidas humildes à sua porta, o que significava que sua criada estava pronta para ajudá-la novamente, se fosse necessária. Durante as primeiras semanas de sua dor, Sara sentiu como se estivesse atordoada demais para falar, então passou-se algum tempo antes que elas se vissem muito ou visitassem uma à outra. O coração de Becky lhe dizia que era melhor deixar em paz as pessoas que estivessem passando por problemas.

A segunda do trio consolador era Ermengarde, porém coisas estranhas aconteceram antes que Ermengarde achasse seu lugar.

Quando a mente de Sara pareceu despertar novamente para a vida à sua volta, ela percebeu que havia se esquecido de que uma Ermengarde vivia no mundo. As duas sempre foram amigas, mas Sara sentia como se fosse anos mais velha. Não podia ser contestado que Ermengarde era tão sem graça quanto era carinhosa. Ela se agarrou a Sara de uma maneira simples e desamparada; trouxe-lhe lições para que ela pudesse ser ajudada; ouvia cada palavra de Sara e a cercava de pedidos de histórias. Mas Ermengarde em si não tinha nada de interessante para dizer e detestava livros de todos os tipos. De fato, ela não era uma pessoa de quem alguém se lembraria em meio a uma tempestade de um grande problema e Sara a esqueceu.

Tinha sido muito mais fácil esquecê-la, porque de repente Ermengarde fora para casa por algumas semanas. Quando voltou, não viu Sara por um dia ou dois e, quando a encontrou pela primeira vez, viu-a descendo por um corredor com os braços cheios de roupas que seriam levadas para o subsolo de serviço para serem consertadas. A própria Sara já havia aprendido a fazer os reparos. Ela parecia pálida e diferente do que sempre fora, usava um vestido estranho e pequeno demais e a saia curta revelava muito de uma perna preta e fina.

Ermengarde era uma garota lenta demais para estar à altura da situação. Não conseguiu pensar em nada para dizer. Sabia o que tinha acontecido, mas, de alguma forma, nunca imaginou que Sara pudesse ter aquela aparência: tão estranha e pobre, quase como uma criada. Isso deixou Ermengarde muito infeliz, e ela não pôde fazer nada exceto deixar sair um risinho histérico e exclamar, sem propósito e sem qualquer significado:

– Oh, Sara, é você?

– Sim – respondeu Sara, e de repente um pensamento estranho passou por sua mente e fez seu rosto enrubescer. Ela segurou a pilha de roupas nos braços e apoiou o queixo no topo para mantê-la firme.

Algo em seus olhos fixos fez Ermengarde perder ainda mais sua perspicácia. Ela sentiu como se Sara estivesse se transformado em um novo tipo de garota, uma que nunca tinha conhecido. Talvez tenha sido porque Sara havia ficado pobre de repente e tivesse que remendar coisas e trabalhar como Becky.

– Oh – gaguejou Ermengarde. – Como... como vai você?

– Não sei – respondeu Sara. – Como vai você?

– Eu... eu vou bem – disse a outra, dominada pela timidez. Então, subitamente pensou em algo a dizer que parecia mais íntimo. – Você está... está muito infeliz? – perguntou apressada.

Eis que Sara foi culpada de uma injustiça. Nesse exato momento, seu coração dilacerado inchou e ela sentiu que, se alguém fosse tão idiota assim, era melhor se afastar da pessoa.

– O que você acha? – disparou Sara. – Acha que estou muito feliz? – E passou por ela batendo o pé, sem dizer outra palavra.

Com o passar do tempo, ela percebeu que, se sua infelicidade não a tivesse feito se esquecer das coisas, ela saberia que a coitada e sem graça da Ermengarde não deveria ser culpada por seus modos desajeitados e embaraçados. Ermengarde era sempre desajeitada e quanto mais fortes eram seus sentimentos, mais estúpida ela acabava sendo.

A PRINCESINHA

Mas o pensamento repentino que brilhara sobre ela a havia deixado extremamente sensível.

– Ela é como as outras – Sara havia pensado. – Não quer falar comigo de verdade. Ela sabe que ninguém fala.

Assim, durante várias semanas uma barreira se interpôs entre as duas. Quando se encontravam sem querer, Sara olhava para o outro lado, e Ermengarde sentia-se tensa e constrangida demais para falar.

Às vezes elas faziam um aceno de cabeça ao se cruzarem, mas em outras elas sequer trocavam cumprimentos.

"Se ela prefere não conversar comigo", pensou Sara, "vou mantê-la afastada. A senhorita Minchin torna isso bem fácil de fazer."

A senhorita Minchin tornou isso tão fácil que, enfim elas mal se viam. Nessa época, percebeu-se que Ermengarde estava mais burra do que nunca e que ela parecia apática e infeliz. Ela costumava ficar no assento da janela, encolhida, olhando para fora sem falar nada. Certa vez, Jessie parou para olhá-la com curiosidade.

– Por que está chorando, Ermengarde? – perguntou ela.

– Não estou chorando – respondeu Ermengarde com uma voz abafada e trêmula.

– Está sim – insistiu Jessie. – Uma lágrima enorme acabou de rolar pelo seu nariz e pingou da ponta dele. E olha aí outra.

– Bem – disse Ermengarde –, estou muito triste e ninguém precisa interferir. – Ela deu as costas para a garota, pegou o lenço e, com ousadia, escondeu o rosto nele.

Naquela noite, Sara subiu ao seu sótão mais tarde do que de costume. Ela tinha ficado presa no trabalho até logo depois do horário em que as alunas foram para a cama e só então fora estudar na solitária sala de aula. Quando chegou ao topo da escada, ficou surpresa ao ver um lampejo de luz escapando de baixo da porta do sótão.

"Ninguém entra ali além de mim mesma", ela pensou depressa, "mas alguém acendeu uma vela."

De fato, alguém tinha acendido uma vela, e ela não estava queimando no castiçal da cozinha que ela deveria usar, mas sim em um dos que ficavam no quarto das alunas. A tal pessoa estava sentada no banquinho detonado e vestia seu traje noturno enrolada em um xale vermelho. Era Ermengarde.

– Ermengarde! – exclamou Sara. Ela ficou tão espantada que quase se assustou. – Você vai se meter em encrencas.

Ermengarde quase caiu ao se levantar do banquinho. Arrastou-se pelo sótão com suas pantufas, que eram grandes demais para ela. Seus olhos e seu nariz estavam rosados de tanto chorar.

– Sei que vou... se me pegarem – disse ela. – Mas não me importo... não me importo nem um pouco. Oh, Sara, por favor me diga. Qual é o problema? Por que não gosta mais de mim?

Algo em sua voz fez o nó familiar subir pela garganta de Sara. Era tão carinhoso e simples... tão parecido com a velha Ermengarde que lhe pedira para serem "melhores amigas". A impressão que dava era de que ela não pretendera agir como parecera ter agido durante as últimas semanas.

– Mas eu gosto de você – respondeu Sara. – Pensei... Veja, tudo está diferente agora. Eu pensei que você... estivesse diferente.

Ermengarde arregalou os olhos úmidos.

– Ora, era você que estava diferente! – exclamou. – Você não queria falar comigo. Eu não sabia o que fazer. Foi você que mudou depois que eu voltei.

Sara pensou por um momento. Percebeu que havia se enganado.

– Eu estou diferente – explicou ela. – Mas não do jeito como você está imaginando. A senhorita Minchin não quer que eu fale com as meninas. A maioria delas não quer falar comigo. Pensei... que talvez você não quisesse. Então tentei ficar fora do seu caminho.

– Oh, Sara – Ermengarde quase gemeu em seu descrédito repreensivo.

Então, depois de trocarem mais um olhar, elas se precipitaram nos braços uma da outra. É preciso confessar que a cabeça de cabelos pretos de Sara ficou deitada por alguns minutos no ombro coberto pelo xale vermelho. Quando parecera que Ermengarde a havia abandonado, ela se sentira terrivelmente solitária.

Depois, elas se sentaram juntas no chão, Sara abraçando os joelhos e Ermengarde enrolada em seu xale. Ermengarde olhou com adoração para o rostinho esquisito e de olhos grandes.

– Eu não suportava mais – disse Ermengarde. – Arrisco a dizer que você poderia viver sem mim, Sara, mas eu não poderia viver sem você. Eu quase morri. Então esta noite, enquanto eu chorava debaixo dos lençóis, tive a ideia de vir escondida aqui e implorar para sermos amigas de novo.

– Você é melhor do que eu – observou Sara. – Eu estava orgulhosa demais para tentar fazer amigos. Veja só, agora que existem provações, elas me mostraram que eu não sou uma menina boa. Eu tinha medo de que seria assim. Talvez – ela franziu a testa com sabedoria – seja para isso que as provações ocorrem.

– Eu não vejo nada de bom nelas – disse Ermengarde com firmeza.

– Nem eu, para falar a verdade – admitiu Sara com franqueza. – Mas suponho que deve haver bondade nas coisas, mesmo que a gente não as veja. Deve haver – ela continuou com um tom de dúvida – bondade na senhorita Minchin.

Ermengarde deu uma olhada no sótão com uma curiosidade um tanto temerosa e perguntou:

– Sara, você acha que vai suportar viver aqui?

Sara também olhou ao redor.

– Se eu fingir que é bem diferente, sim – respondeu ela. – Ou se eu fingir que é um lugar de uma história.

Ela falou devagar. Sua imaginação estava começando a trabalhar. Não funcionara desde que os problemas a haviam assolado. Ela se sentira como se estivesse ficado atordoada.

– Outras pessoas já viveram em condições piores. Pense no conde de Monte Cristo nos calabouços do *Chateau d'If.* Pense nas pessoas da Bastilha!

– A Bastilha – Ermengarde quase sussurrou, observando Sara e começando a ficar fascinada. Ela se lembrava de histórias da Revolução Francesa que Sara tinha conseguido fixar em sua mente com seu relato dramático. Ninguém além de Sara poderia ter feito isso.

Um brilho bem conhecido apareceu nos olhos de Sara.

– Sim – disse ela, abraçando os joelhos. – Esse é um bom lugar para fingir estar. Sou uma prisioneira da Bastilha. Estou aqui há muitos anos... muitos e muitos anos. E todo mundo se esqueceu de mim. A senhorita é a carcereira... e Becky... – uma luz repentina somou-se ao brilho em seus olhos – Becky é a prisioneira da cela ao lado.

Ela se virou para Ermengarde, parecendo bastante com a antiga Sara.

– Vou fingir isso – disse Sara. – Será de grande conforto para mim.

Ermengarde estava ao mesmo tempo arrebatada e impressionada.

– E você vai me contar tudo sobre isso? – quis saber ela. – Posso vir aqui escondida de noite, sempre que for seguro, para ouvir as coisas que você tiver inventado durante o dia? Vai ser como se fôssemos mais "melhores amigas" que nunca.

– Sim – concordou Sara. – A adversidade põe as pessoas em prova. Você passou pela minha e comprovou que é uma pessoa muito boa.

Melquisedeque

A terceira pessoa do trio era Lottie. Ela era pequena demais e não sabia o que significava adversidade e ficou muito perplexa com a mudança que viu em sua jovem mãe adotiva. Ela ouvira rumores de que coisas estranhas haviam acontecido com Sara, mas não conseguia entender por que ela parecia diferente ou por que ela usava um velho vestido preto e entrava na sala de aula apenas para ensinar, em vez de se sentar em seu lugar de honra e aprender lições. Houve muitos sussurros entre os pequeninos quando descobriram que Sara não morava mais no quarto onde Emily ficara há tanto tempo. A principal dificuldade de Lottie era entender por que Sara falava tão pouco quando lhe fazia perguntas. Aos 7 anos, é preciso que mistérios sejam explicados com clareza para serem entendidos.

– Você está muito pobre agora, Sara? – Lottie havia perguntado em confidência na primeira manhã em que sua amiga assumiu as aulas de pequena turma de francês. – Você está tão pobre quanto uma mendiga? – Ela enfiou uma mãozinha gorda na mão esbelta de Sara e abriu os olhos lacrimosos e redondos. – Não quero que você seja pobre como uma mendiga.

Parecia que ela iria chorar. Sara se apressou para consolá-la.

– Mendigos não têm onde morar – disse ela de modo corajoso. – Eu tenho um lugar para morar.

– Onde você mora? – insistiu Lottie. – A nova garota dorme no seu quarto e ele não está mais bonito.

– Eu moro em outro quarto – respondeu Sara.

– É legal? – inquiriu Lottie. – Eu quero conhecer.

– Você não deve falar – disse Sara. – A senhorita Minchin está olhando para nós. Ela vai ficar brava comigo por eu ter deixado você sussurrar.

Sara já havia descoberto que era responsabilizada por tudo o que desagradava as mulheres. Se as crianças não estavam atentas, se elas falavam, se estavam inquietas, era ela quem recebia uma reprimenda.

Porém Lottie era uma pessoinha determinada. Se Sara não lhe diria onde morava, ela descobriria de outro modo. Conversou com suas pequenas companheiras, rodeou as meninas mais velhas e ficou escutando quando elas fofocavam; e agindo com base em certas informações que inconscientemente elas deixaram escapar, Lottie deu início a uma viagem de descoberta no fim de certa tarde, subindo escadas que nunca soubera que existiam até chegar ao sótão. Lá encontrou duas portas próximas uma da outra, e, abrindo uma delas, viu sua querida Sara de pé em cima de uma mesa velha, olhando pela janela.

– Sara! – gritou Lottie, horrorizada. – Mamãe Sara!

Ela estava horrorizada porque o sótão era tão vazio e feio e parecia estar muito distante do mundo todo. Suas pernas curtas pareceram ter subido centenas de degraus.

Sara virou-se ao som da voz da menina. Foi a sua vez de ficar horrorizada. O que aconteceria agora? Se Lottie começasse a chorar e qualquer um por acaso ouvisse, as duas estariam perdidas. Ela pulou da mesa e correu até a criança.

A PRINCESINHA

– Não chore nem faça barulho – implorou Sara. – Vou levar uma bronca se você fizer isso e já passei o dia todo levando broncas. Não é... não é um quarto tão ruim assim, Lottie.

– Não é? – ofegou Lottie, mordendo o lábio enquanto olhava ao redor. Ela ainda era uma criança mimada, porém gostava o suficiente da mãe adotiva para fazer um esforço para se controlar. E, de algum modo, era bem possível que qualquer lugar onde Sara morasse pudesse ficar bonito. Ela quase sussurrou: – Por que não é?

Sara abraçou-a apertado e tentou rir. Havia uma espécie de conforto no calor do corpo rechonchudo e infantil. Ela tivera um dia difícil e havia ficado olhando pela janela com olhos quentes.

– Dá para ver várias coisas aqui que não se vê lá debaixo – Sara explicou para ela.

– Que tipo de coisa? – exigiu saber Lottie, com aquela curiosidade que Sara conseguia atiçar mesmo nas garotas mais velhas.

– Chaminés, bem próximas, com sua fumaça se enrolando em espirais e nuvens subindo para o céu... E pardais pulando e falando uns com os outros como se fossem pessoas... E outras janelas de sótãos onde cabeças podem aparecer a qualquer minuto e você fica se perguntando quem seria a pessoa. E tudo parece muito alto... como se fosse outro mundo.

– Oh, me deixe ver! – exclamou Lottie. – Por favor, me erga!

Sara a pôs sobre a mesa e subiu junto, e elas se inclinaram no parapeito da janela plana do telhado e observaram.

Qualquer um que nunca tenha feito isso, não sabe que mundo diferente elas viram. As telhas de ardósias espalhavam-se dos dois lados e inclinavam-se para dentro da calha da chuva. Os pardais, que ali se sentiam em casa, chilreavam e pulavam sem medo. Dois deles empoleiraram-se no topo da chaminé mais próxima e brigaram ferozmente até que um bicou o outro, afastando-o. A janelinha do sótão ao lado delas estava fechada porque a casa vizinha estava vazia.

– Gostaria que alguém morasse ali – comentou Sara. – É tão perto que se houvesse uma menina no sótão, nós poderíamos conversar pelas janelas e escalar o telhado para fazer visitas, se não tivéssemos medo de cair.

O céu parecia bem mais próximo do que quando era visto da rua, e isso deixou Lottie encantada. Da janela do sótão, por entre os tubos cerâmicos das chaminés, as coisas que estavam acontecendo no mundo abaixo pareciam quase irreais. Mal era possível acreditar na existência da senhorita Minchin, da senhorita Amélia, da sala de aula, e o rolar de rodas no largo parecia um som pertencente a outra existência.

– Oh, Sara! – disse Lottie, afagando-se no braço protetor dela. – Eu gosto deste sótão... eu gosto! É melhor que lá embaixo!

– Olhe o pardal – sussurrou Sara. – Eu queria ter algumas migalhas para jogar para ele.

– Eu tenho! – um gritinho saiu de Lottie. – Eu tenho um pedaço de uma rosca no bolso. Comprei ontem com minha moeda e guardei um pouquinho.

Quando lançaram algumas migalhas para fora, o pardal saltou e voou para o topo de uma chaminé próxima. Evidentemente não estava acostumado a amizades em sótãos e ficou surpreso com migalhas inesperadas. Contudo, quando Lottie permaneceu imóvel e Sara gorjeou suavemente, quase como se fosse um pardal, ele viu que aquilo que o havia alarmado representava hospitalidade, afinal de contas. O pássaro tombou a cabeça e de seu poleiro na chaminé observou as migalhas com olhos brilhantes. Lottie mal conseguia ficar parada.

– Será que ele vem? Será que ele vem? – sussurrou ela.

– Pelos olhos dele parece que sim – sussurrou Sara em resposta. – Ele está pensando muito se deve. Sim, ele virá! Sim, ele está vindo!

Ele voou da chaminé e pulou em direção às migalhas, mas parou a alguns centímetros de distância, tombando a cabeça de novo, como se refletisse sobre as possibilidades de Sara e Lottie se tornarem grandes felinos e o atacarem. Por fim, seu coração lhe disse que elas de fato eram mais legais do que pareciam e ele se aproximou cada vez mais, bicou na velocidade de um raio a maior migalha, agarrou-a e levou-a para o outro lado de sua chaminé.

– Agora ele sabe – explicou Sara. – E vai voltar para pegar as outras.

Ele realmente voltou e até trouxe um amigo, e o amigo foi embora e trouxe um parente, e os três fizeram uma refeição cordial sobre a qual eles piaram, trepidaram e exclamaram, parando de vez em quando para tombar a cabeça e examinar Lottie e Sara. Lottie ficou tão feliz que se esqueceu do choque da sua impressão inicial do sótão. De fato, quando ela foi erguida para descer da mesa e voltou às coisas terrenas, por assim dizer, Sara foi capaz de apontar para as muitas belezas do quarto de cuja existência ela mesma não teria suspeitado.

– É tão pequeno e fica tão acima de tudo – disse ela – que é quase como um ninho em uma árvore. O teto inclinado é engraçado. Veja, você mal consegue ficar de pé neste canto do quarto. E quando a manhã começa, eu posso me deitar na cama e olhar diretamente para o céu através daquela claraboia. É como um remendo quadrado de luz. Se o sol vai brilhar, nuvenzinhas cor-de-rosa flutuam pelo ar, e eu sinto como se pudesse tocá-las. Quando chove, as gotas batem e tamborilam como se dissessem algo gentil. Então, se dá para ver estrelas, posso me deitar e tentar contar quantas delas entram no remendo. E olhe só para aquele pequeno fogareiro enferrujado no canto. Se ele fosse polido e se tivesse um fogo ali, imagine quão legal seria. Viu só, é realmente um lindo quartinho.

Ela estava andando em volta do pequeno lugar, segurando a mão de Lottie e fazendo gestos que descreviam todas as belezas que estava se fazendo ver. Sara praticamente fez Lottie vê-las também. A menininha sempre conseguia acreditar nas coisas que Sara descrevia.

– Veja só – continuou Sara. – Poderia haver um tapete indiano macio e grosso no chão; e naquele canto poderia haver um pequeno sofá macio, com almofadas aconchegantes, um pouco acima dele poderia haver uma prateleira cheia de livros para que alguém pudesse alcançá-los facilmente, poderia haver um tapete de pele na frente do fogareiro, tapeçarias na parede para cobrir a cal e quadros. Eles teriam que ser pequenos, mas poderiam ser lindos. E poderia haver uma lâmpada com uma luz de um rosa profundo, uma mesa no meio com coisas para tomar chá e uma pequena chaleira de cobre cantando no fogareiro. A cama poderia ser bem diferente: poderia ser macia e estar coberta com uma linda colcha de seda adorável. Poderia ser bonito. E talvez nós pudéssemos insistir com os pardais até que eles se tornassem nossos amigos, tanto que eles viriam e bicariam a janela para pedir que os deixássemos entrar.

– Oh, Sara! – gritou Lottie. – Eu adoraria morar aqui!

Quando Sara persuadiu Lottie a descer novamente e, depois de deixá-la no caminho, voltou para o sótão, parou no meio do quarto e olhou em volta. O encanto de suas fantasias para Lottie havia desaparecido. A cama era dura e estava coberta com sua colcha desbotada. A parede caiada mostrava seus trechos danificados, o chão estava frio e nu, o fogareiro quebrado e enferrujado, o banquinho detonado, o único assento no quarto, pendia porque uma das pernas estava danificada. Ela sentou-se por alguns minutos e deixou a cabeça cair nas mãos. O simples fato de Lottie ter vindo e voltado fez as coisas parecerem um pouco piores, talvez assim como os prisioneiros se sentem um pouco mais desolados depois que os visitantes vêm e vão, deixando-os para trás.

– É um lugar solitário – disse ela. – Às vezes, é o lugar mais solitário do mundo.

Sara estava sentada assim quando sua atenção foi atraída por um leve som próximo. Ela ergueu a cabeça para ver de onde vinha; se ela fosse uma criança nervosa, teria deixado seu assento no banquinho com muita pressa. Um rato grande estava apoiado nas patas traseiras e farejava o ar de maneira interessada. Algumas das migalhas de Lottie haviam caído no chão e o cheiro delas o tirara do buraco.

A PRINCESINHA

Ele parecia tão esquisito e lembrava tanto um anão ou gnomo de bigodes cinza que Sara ficou bastante fascinada. O animal a fitou com olhos brilhantes, como se estivesse fazendo uma pergunta. Sua reticência era tão evidente que um dos pensamentos estranhos da menina veio à sua mente.

– Arrisco a dizer que é bem difícil ser um rato – devaneou ela. – Ninguém gosta de você. As pessoas pulam, saem correndo e gritam: "Oh, um rato horrível!". Eu não iria gostar se as pessoas pulassem e dissessem: "Oh, uma Sara horrível!", no instante em que me vissem. E se montassem armadilhas para mim, fingindo ser um jantar. É tão diferente ser um pardal. Mas ninguém perguntou a este rato se ele queria ser um rato quando foi feito. Ninguém diz: "Você não prefere ser um pardal?"

Ela ficou tão imóvel que o rato começou a reunir coragem. Ele tinha muito medo dela, mas talvez tivesse um coração parecido com o do pardal para dizer que ela não era uma coisa que atacava. Estava com muita fome. Tinha uma esposa e uma grande família no meio da parede e eles tiveram um tremendo azar por vários dias. Ele havia deixado as crianças chorando com amargura e sentia que o risco era muito grande por algumas migalhas, por isso cautelosamente caiu sobre as quatro patas.

– Venha – disse Sara. – Não é uma armadilha. Você pode pegar tudo, coitadinho! Prisioneiros na Bastilha costumavam fazer amizade com ratos. Acho que vou virar sua amiga.

Como os animais entendem as coisas é algo que desconheço, mas é certo que eles entendem. Talvez haja uma linguagem que não seja feita de palavras e tudo no mundo a compreenda. Talvez exista uma alma dentro de tudo e que consegue sempre falar com outra alma, sem emitir um som sequer. Porém, qualquer que fosse a razão, o rato soube naquele momento que estava a salvo, mesmo ele sendo um rato. Sabia que esta jovem humana sentada no banquinho vermelho não iria pular e aterrorizá-lo com barulhos selvagens nem atirar nele objetos pesados que, se não o esmagasse, o faria voltar correndo e mancando para seu buraco. Ele era realmente um rato muito bom e não pretendia causar o menor dano. Quando ficou de pé nas patas traseiras e cheirou o ar, com os olhos brilhantes fixos em Sara, esperava que ela compreendesse isso e que não começasse a odiá-lo como um inimigo. Quando a coisa misteriosa que fala sem dizer qualquer palavra lhe disse que ela não o odiaria, ele foi suavemente em direção às migalhas e começou a comê-las. Ao fazê-lo, olhava de vez em quando para Sara, assim como os pardais tinham feito, e sua expressão era tão defensiva que tocou o coração da menina.

Ela sentou-se e observou-o sem fazer nenhum movimento. Havia uma migalha bem maior que as outras, na verdade, dificilmente poderia ser chamada de migalha. Era evidente que queria muito esse pedacinho, mas estava bem perto do banquinho e ele ainda era bastante tímido.

– Acho que ele quer levar isto à família na parede – pensou Sara. – Se eu não me mexer nem um pouquinho, talvez ele venha até aqui pegar.

Ela mal se permitiu respirar, de tão profundamente interessada. O rato se aproximou um pouco mais e comeu mais algumas migalhas, depois parou e fungou delicadamente olhando de relance para a ocupante do banquinho; por fim, correu até o pedaço de rosca de modo muito parecido com a súbita ousadia do pardal e no instante em que o pegou fugiu de volta para a parede, escorregou por uma fresta no rodapé e sumiu.

– Eu sabia que ele queria para levar aos filhos – comentou Sara. – Acho mesmo que poderia ser amiga dele.

Cerca de uma semana depois, em uma das raras noites em que Ermengarde achou seguro esgueirar-se para o sótão e quando bateu na porta com a ponta dos dedos, Sara não a atendeu por dois ou três minutos. Havia, de fato, tal silêncio no quarto que Ermengarde se perguntou se Sara poderia estar dormindo. Então, para sua surpresa, ela ouviu a risada baixa da amiga que falava com insistência com alguém.

– Aqui! – Ermengarde a ouviu dizer. – Pegue e leve para casa, Melquisedeque! Vá ficar com sua esposa!

A PRINCESINHA

Quase imediatamente Sara abriu a porta e deu de cara com Ermengarde em pé ali, com os olhos alarmados.

– Com... com quem você está falando, Sara? – ofegou ela.

Sara a puxou para dentro com cautela, embora parecesse que algo a agradasse e divertisse.

– Você precisa prometer que não vai se assustar... nem gritar nem um pouquinho, senão não vou poder te contar – respondeu ela.

Ermengarde sentiu-se quase inclinada a gritar ali mesmo, mas conseguiu se controlar. Ela olhou todo o sótão e não viu ninguém. Mas Sara com certeza estava falando com alguém. Ermengarde pensou em fantasmas.

– É... é alguma coisa que vai me assustar? – perguntou ela receosa.

– Algumas pessoas têm medo deles – explicou Sara. – Eu tinha no começo, mas agora não mais.

– É... um fantasma? – Ermengarde estremeceu.

– Não – disse Sara, dando risada. – É o meu rato.

Ermengarde deu um salto e aterrissou no meio da pequena cama desbotada. Ela enfiou os pés dentro do traje de dormir e se cobriu com o xale vermelho. Não gritou, mas ofegou de medo.

– Oh! Oh! – Seus gritinhos saíam abafados. – Um rato! Um rato!

– Eu temia que você fosse ficar com medo – disse Sara. – Mas não precisa ficar. Eu o estou domando. Ele já me reconhece e sai quando eu o chamo. Você está com muito medo ou quer vê-lo?

A verdade era que, com o passar dos dias e com a ajuda de restos trazidos da cozinha, sua curiosa amizade se desenvolveu, e ela pouco a pouco se esquecera de que a tímida criatura com a qual estava se familiarizando era um rato.

A princípio, Ermengarde ficou alarmada demais para fazer qualquer coisa a não ser subir na cama e esconder os pés, mas a visão do semblante tranquilo de Sara e a história da primeira aparição de Melquisedeque começaram enfim a despertar sua curiosidade. Ela se inclinou na beirada da cama e ficou observando Sara ajoelhar-se diante do buraco no rodapé.

– Ele... ele não vai sair correndo muito rápido e pular em cima da cama, vai? – quis saber Ermengarde.

– Não – respondeu Sara. – Ele é tão educado quanto nós. É como se fosse uma pessoa. Agora observe!

Ela começou a emitir um som baixo e sibilante; tão baixo e convidativo que só dava para ouvi-lo em completo silêncio. Ela fez isso várias vezes, parecendo totalmente envolvida naquilo. Ermengarde pensou que a amiga parecia estar trabalhando em um feitiço. Por fim, evidentemente em resposta, uma cabeça de olhos brilhantes e bigodinhos cinza espreitou do buraco. Sara tinha algumas migalhas na mão, que deixou cair. Melquisedeque se aproximou em silêncio e as comeu. Um pedaço maior, ele levou para sua casa com um jeito muito profissional.

– Veja – explicou Sara –, isso é para a esposa e os filhos. Ele é muito gentil, só come os pedacinhos pequenos. Quando ele volta, sempre ouço a família dele chiar de alegria. Existem três tipos de chiados. Um é o das crianças, outro é o da senhora Melquisedeque e o último é o do próprio Melquisedeque.

Ermengarde começou a rir.

– Oh, Sara! – disse ela. – Você é mesmo esquisita... mas é boa.

– Sei que sou esquisita – admitiu Sara, contente – e eu tento ser boa. – Ela esfregou a testa com sua mãozinha de pele mais escura, e um olhar confuso e afetuoso apareceu em seu rosto. – Papai sempre ria de mim – disse ela –, mas eu gostava. Ele achava que eu era esquisita, mas ele gostava que eu inventasse coisas. Eu... eu não consigo evitar ficar inventando coisas. Se não fizesse isso, não acho que conseguiria viver. – Ela fez uma pausa e olhou ao redor do sótão. – Tenho certeza de que não conseguiria viver aqui – acrescentou em uma voz baixa.

Ermengarde ficou interessada, como sempre.

– Quando você fala sobre as coisas – disse –, elas parecem se tornarem reais. Você fala de Melquisedeque como se ele fosse uma pessoa.

– Ele é uma pessoa – emendou Sara. – Sente fome e medo, assim como nós; e é casado e tem filhos. Então como saber se ele não pensa nas coisas, assim como nós? Seus olhos parecem os de uma pessoa. Foi por isso que eu dei um nome a ele.

Sara se sentou no chão em sua pose favorita, abraçando os joelhos dobrados contra o peito.

– Além disso – prosseguiu ela –, ele é um rato da Bastilha que foi enviado para ser meu amigo. Sempre consigo pegar um pedacinho de pão que a cozinheira jogou fora e é suficiente para alimentá-lo.

– Aqui ainda é a Bastilha? – perguntou Ermengarde, avidamente. – Você sempre finge que aqui é a Bastilha?

– Quase sempre – respondeu Sara. – Às vezes tento fingir que é outro tipo de lugar; mas em geral a Bastilha é mais fácil, especialmente quando está frio.

Nesse exato momento, Ermengarde quase pulou da cama, de tão assustada que ficou com um som que ouviu. Foi como duas batidas distintas na parede.

– O que é isso? – espantou-se ela.

Sara levantou-se do chão e respondeu com certo drama:

– É a prisioneira da cela ao lado.

– Becky! – exclamou Ermengarde, entusiasmada.

– Sim – confirmou Sara. – Ouça, as duas batidas significam: "Prisioneira, está aí?".

Sara bateu três vezes na parede, em resposta, e disse:

– Isso significa: "Sim, estou aqui e está tudo bem".

Quatro batidas vieram da parede do lado de Becky.

– E isso – explicou Sara – significa: "Então, companheira de sofrimento, vamos dormir em paz. Boa noite".

Ermengarde ficou quase radiante de contentamento.

– Oh, Sara! – sussurrou ela com alegria. – É como uma história!

– É uma história – disse Sara. – Tudo é uma história. Você é uma história... eu sou uma história. A senhorita Minchin é uma história.

E ela se sentou novamente e falou até que Ermengarde se esqueceu de que ela mesma era uma espécie de prisioneira fugitiva e teve de ser lembrada por Sara que não poderia permanecer na Bastilha a noite toda, mas silenciosamente deveria descer as escadas e voltar para a cama desertada.

O cavalheiro indiano

Eram perigosas as peregrinações que Ermengarde e Lottie faziam ao sótão. Elas nunca tinham certeza de quando Sara estaria lá e dificilmente poderiam ter certeza de que a senhorita Amélia não faria uma inspeção nos quartos após os alunos supostamente estarem dormindo. Por isso, tais visitas eram raras, e Sara levava uma vida estranha e solitária. Era uma vida mais solitária quando ela estava nos andares de baixo do que quando estava em seu sótão. Não tinha ninguém com quem conversar; e, quando saía para levar e buscar coisas, caminhava pelas ruas, uma pequena figura desesperada carregando uma cesta ou um pacote, tentando segurar o chapéu quando o vento soprava e sentindo a água encharcar seus sapatos quando estava chovendo, ela sentia como se as multidões apressadas com as quais cruzava fizessem sua solidão aumentar ainda mais. Quando era a princesa Sara, sendo conduzida pelas ruas em sua carruagem, ou andando acompanhada por Mariette, a visão de seu rostinho brilhante e ansioso e de seus casacos e chapéus pitorescos muitas vezes fazia com que as pessoas cuidassem dela. Uma menina feliz e muito bem-cuidada naturalmente atrai a atenção. Crianças maltrapilhas e malvestidas não são raras nem bonitas o bastante a ponto de fazer as pessoas se virarem para olhá-las e sorrirem. Ninguém olhava para Sara naqueles dias e ninguém parecia vê-la enquanto ela corria pelas calçadas lotadas. Ela havia começado a crescer muito depressa e, como vestia somente as roupas mais simples de seu antigo guarda-roupa, sabia que realmente parecia muito estranha. Todas as suas vestes valiosas foram descartadas; quanto às que foram deixadas para seu uso, esperava-se que ela usasse enquanto conseguisse enfiá-las no corpo. Às vezes, quando passava por uma vitrine com um espelho, quase dava grandes risadas da sua imagem refletida e em outras, seu rosto ficava vermelho, ela mordia o lábio e se afastava.

À noite, quando passava por casas cujas janelas estavam iluminadas, costumava olhar para as salas quentes e divertir-se imaginando coisas sobre as pessoas que via sentadas diante das lareiras ou em volta de mesas. Sempre lhe interessava vislumbrar os cômodos antes que as venezianas estivessem fechadas. No largo onde vivia a senhorita Minchin, havia várias famílias com as quais Sara se familiarizara bastante de um jeito próprio. Ela chamava a sua favorita de Grande Família. Deu este nome, não porque as pessoas fossem grandes, na verdade, a maioria delas era pequena, mas porque havia muitas delas. Eram oito filhos na Grande Família, uma mãe robusta e cor-de-rosa, um pai robusto e cor-de-rosa, uma avó corpulenta e cor-de-rosa e vários criados. As oito crianças sempre eram levadas para passear a pé ou em carrinhos de bebê por enfermeiras tranquilas, ou saíam para andar de carruagem com a mãe, ou disparavam até a porta à noite para cumprimentar o pai, beijá-lo, dançar ao seu redor, tirar seu sobretudo e fuçar nos bolsos em busca de pacotes, ou se aglomeravam nas janelas do quarto delas olhando e empurrando umas às outras e rindo. Na verdade, elas estavam sempre fazendo algo agradável e adequado a uma grande família. Sara gostava muito deles e lhes dera nomes tirados de livros, bem dramáticos. Quando não os chamava de Grande Família, Sara os chamava de Montmorencys, inspirada no nome do personagem de uma série de livros infantojuvenis de que ela tanto gostava. O bebê

A PRINCESINHA

gordo e de pele clara com a touca de renda era Ethelberta Beauchamp Montmorency; o bebê seguinte era Violet Cholmondeley Montmorency; o menino que ainda só cambaleava e que tinha pernas rechonchudas era Sydney Cecil Vivian Montmorency; então vinham Lilian Evangeline Maud Marion, Rosalind Gladys, Guy Clarence, Veronica Eustacia e Claude Harold Hector.

Certa noite, aconteceu uma coisa muito engraçada, embora, por um lado, não tenha sido nem um pouco engraçada.

Vários dos Montmorencys claramente iam a uma festa infantil e, no momento em que Sara estava prestes a passar pela porta, eles estavam atravessando a calçada para entrar na carruagem que os aguardava. Veronica Eustacia e Rosalind Gladys, em vestidos de renda branca e lindas faixas, tinham acabado de entrar, e Guy Clarence, de 5 anos, as seguia. Ele era um rapazinho tão bonito, com bochechas rosadas e olhos azuis e uma fofa cabeça redonda coberta por cachos, que Sara se esqueceu totalmente de sua cesta e de seu manto gasto, na verdade, ela se esqueceu de tudo, exceto de sua vontade de olhar para ele um momento. Então ela parou e ficou olhando.

Era a época do Natal, e a Grande Família ouvia muitas histórias sobre crianças que eram pobres e não tinham mãe nem pai para encher suas meias e levá-las a peças teatrais, crianças que, na verdade, estavam com frio, malvestidas e famintas. Nas histórias, pessoas gentis, às vezes meninos e meninas de coração afetuoso, sempre viam as crianças pobres e lhes davam dinheiro ou bons presentes, ou as levavam para casa e lhes ofereciam lindos jantares. Guy Clarence tinha sido impactado até as lágrimas naquela mesma tarde pela leitura de uma história assim e ele sentira um desejo ardente de encontrar uma criança tão pobre para lhe dar uma moedinha de seis centavos que possuía e, assim, prover para ela por toda a vida. Um total de seis centavos significaria abundância para sempre, ele tinha certeza disso. Ao cruzar a faixa de tapete vermelho que saía da porta da casa e atravessava a calçada até a carruagem, ele tinha essa moeda de seis centavos no bolso de sua calça curta; e, tão logo Rosalind Gladys entrou no veículo e pulou no banco para sentir as almofadas espalharem-se sob ela, o menino viu Sara parada na calçada molhada com seu vestido e chapéu surrados, com a velha cesta no braço, olhando faminta para ele.

Ele pensou que seus olhos pareciam famintos porque talvez ela ficara muito tempo sem ter nada para comer. Ele não sabia que era porque ela estava com fome da vida alegre e feliz que existia naquela casa e se revelava naquelas faces rosadas, e que ela tinha um desejo faminto de agarrá-lo em seus braços e beijá-lo. Ele só sabia que ela tinha olhos grandes, um rosto magro, pernas finas, uma cesta comum e roupas pobres. Então ele enfiou a mão no bolso, encontrou a sua moeda de seis centavos e caminhou até Sara com um jeito bondoso.

– Aqui, pobre menina – disse ele. – Tome esta moeda. Estou dando para você.

Sara começou a se aproximar e de repente percebeu que se parecia exatamente como as crianças pobres que ela vira antes, em seus dias melhores, paradas na calçada para observá-la subir em sua carruagem. E ela havia lhes dado muitas moedas. Seu rosto ficou vermelho e depois pálido, e por um segundo ela sentiu como se não pudesse aceitar a gentil moedinha.

– Oh, não! – exclamou ela. – Oh, não, obrigada. Não posso aceitar, realmente!

Sua voz era tão diferente da de criança de rua comum e seus modos eram tão parecidos com os de uma pessoa bem-educada que Veronica Eustacia (cujo nome verdadeiro era Janet) e Rosalind Gladys (que na verdade se chamava Nora) inclinaram-se para ouvir.

Porém, Guy Clarence não seria frustrado em sua benevolência. Ele enfiou a moeda na mão dela.

– Sim, você deve aceitar, pobrezinha! – insistiu ele, resoluto. – Você pode comprar coisas para comer. São seis centavos!

Havia algo tão honesto e gentil em seu rosto e ele parecia tão propenso a ficar de coração partido caso ela não aceitasse, que Sara sabia que não deveria recusar. Ser tão orgulhosa assim seria uma crueldade. Então ela guardou seu orgulho no bolso, embora seja preciso admitir que suas bochechas queimaram.

– Obrigada – disse ela. – Você é uma coisinha muito, muito gentil e querida.

E, enquanto ele subia alegremente na carruagem, ela foi embora, tentando sorrir, embora ela logo tenha recuperado o fôlego e seus olhos brilhassem em meio a uma névoa. Ela sabia que parecia estranha e maltrapilha, mas até agora não havia percebido que poderia ser confundida com uma pedinte.

Conforme a carruagem da Grande Família seguiu seu caminho, as crianças dentro dela conversaram com uma animação interessada.

– Oh, Donald – (era esse o nome de Guy Clarence) exclamou Janet alarmada –, por que você ofereceu sua moeda para aquela menininha? Tenho certeza de que ela não é uma pedinte!

– Ela não estava brava – disse Donald, um pouco desanimado, mas ainda firme. – Ela riu um pouco e disse que eu era uma coisinha muito, muito gentil e querida. E eu fui! – exclamou resoluto. – Eram meus seis centavos inteiros!

Janet e Nora trocaram olhares.

– Uma pedinte jamais teria dito isso – resolveu Janet. – Ela teria dito "Brigado pela gentileza, senhozinho, brigada senhô", e talvez teria feito uma mesura.

Sara não sabia nada sobre isto, mas a partir daquele dia a Grande Família desenvolveu um interesse por ela tão profundo quanto o que ela tinha por eles. Rostos costumavam aparecer nas janelas do quarto das crianças quando ela passava e diversas discussões a respeito dela ocorreram ao redor da lareira.

– Ela é uma espécie de criada no seminário – disse Jane. – Não acredito que ela pertença a ninguém. Acho que é órfã. Mas ela não é uma pedinte, não importa quão maltrapilha pareça.

E depois ela passou a ser chamada por todos eles de "menina que não é uma pedinte", nome bastante longo, é claro, e que às vezes soava engraçado quando os mais novinhos diziam rápido.

Sara conseguiu fazer um furo no meio da moeda, passou um velho pedaço de fita estreita por ele e a pendurou no pescoço. Sua afeição pela Grande Família aumentou, assim como, de fato, aumentou a afeição dela por tudo que pudesse amar. Ela se tornou cada vez mais afeiçoada a Becky e costumava a ansiar pelas duas manhãs semanais quando ia à sala de aula dar as lições de francês às pequeninas. Suas aluninhas a amavam e brigavam entre si pelo privilégio de ficar perto dela e insinuar suas mãos pequenas nas dela. Alimentava seu coração faminto senti-las se aninhando nela. Sara se tornou tão amiga dos pardais que, quando subia na mesa, punha a cabeça e os ombros para fora da janela do sótão e gorjeava, ouvia quase imediatamente um bater de asas e piados em resposta, e um pequeno bando de pássaros da cidade aparecia e pousava nas telhas de ardósias para conversar com ela e pegar a maior parte das migalhas que ela espalhava. Com Melquisedeque, ela se tornara tão íntima que ele às vezes levava a senhora Melquisedeque consigo, e de vez em quando um ou dois de seus filhos. Sara costumava conversar com ele, e de alguma forma ele parecia compreender.

Havia crescido em sua mente uma sensação estranha em relação a Emily, que sempre ficava sentada observando tudo. A sensação surgiu em um de seus momentos de grande desolação. Ela teria gostado de acreditar ou fingir acreditar que Emily a entendia e simpatizava com ela. Sara não gostava de admitir que sua única companheira não era capaz de sentir nem ouvir nada. Às vezes, costumava colocar a boneca em uma cadeira e sentar-se diante dela no velho banquinho vermelho, olhar e fingir coisas sobre ela até que seus próprios olhos crescessem com algo que era quase medo, particularmente à noite, quando tudo estava bem silencioso e quando o único som no sótão era os ocasionais e súbitos chiados da família de Melquisedeque na parede. Um dos "fingimentos" era que Emily era um tipo de bruxa boa que poderia protegê-la. Em certas ocasiões, após ter olhado para a boneca até ser alçada ao mais alto grau de fantasia, Sara fazia perguntas e percebia que quase sentia que receberia uma resposta. Mas isso nunca aconteceu.

– Quanto a respostas, no entanto – disse Sara, tentando consolar-se –, eu não respondo com frequência. Nunca respondo quando posso evitar. Quando as pessoas estão só insultando, não existe nada melhor para elas do que não lhes dizer uma palavra... só olhar para elas e pensar. A senhorita Minchin fica pálida de raiva quando eu faço isso, a senhorita Amélia parece ficar assustada e as meninas também. Quando você não cede à raiva, as pessoas sabem que você é mais forte do que elas, porque é forte o suficiente para conter sua fúria enquanto elas não são, e elas dizem coisas estúpidas que depois gostariam de não ter dito. Não há nada tão forte quanto a raiva, exceto o que nos faz contê-la; isso é mais forte. É bom não responder aos seus inimigos. Eu quase nunca o faço. Talvez Emily seja mais como eu do que eu mesma sou como eu. Talvez ela prefira não responder nem mesmo às suas amigas. Ela mantém tudo em seu coração.

Contudo, embora ela tentasse se satisfazer com esses argumentos, não achou nada fácil. Quando, depois de um dia longo e difícil no qual tinha sido enviada para lá e para cá, às vezes em longos trajetos enfrentando o vento, o frio e a chuva, ela entrou molhada e faminta e de novo foi mandada para um serviço, porque ninguém se deu ao trabalho de se lembrar que ela era apenas uma criança e que suas pernas finas poderiam estar cansadas e seu corpo pequeno poderia estar gelado; quando ela recebera apenas palavras duras e olhares frios e de desprezo como agradecimento; quando a cozinheira tinha sido vulgar e insolente; quando a senhorita Minchin estivera em seu pior estado de espírito, quando ela tinha visto as garotas zombando de seu aspecto maltrapilho, então, ela nem sempre conseguia consolar seu coração dolorido, orgulhoso e desolado com fantasias, quando Emily simplesmente ficava sentada em sua cadeira velha e a olhava fixamente.

FRANCES HODGSON BURNETT

Em uma dessas noites, quando ela chegou ao sótão com frio e com fome, com uma tempestade ribombando em seu peito jovem, o olhar de Emily pareceu tão vazio e suas pernas de serragem e seus braços tão inexpressivos, que Sara perdeu todo seu autocontrole. Não havia ninguém além de Emily... ninguém no mundo. E lá estava ela, sentada.

– Vou morrer imediatamente – disse Sara a princípio.

Emily apenas ficou olhando.

– Não suporto isso – disse a pobre menina, tremendo. – Sei que vou morrer. Estou com frio. Estou molhada. Estou morrendo de fome. Andei milhares de quilômetros hoje e só o que recebi foram broncas desde de manhã até de noite. E porque eu não consegui achar aquela última coisa que a cozinheira me pediu, não me deram ceia. Alguns homens riram de mim porque meus sapatos velhos me fizeram escorregar na lama. Estou coberta de lama agora. E eles riram. Está me ouvindo?

Sara fitou os olhos fixos de vidro e o rosto complacente e de repente foi tomada por uma espécie de raiva desolada. Ela ergueu a mão furiosa e bateu em Emily, tombando-a da cadeira, então explodiu em um ardor de soluços, justo Sara, que nunca chorou.

– Você não passa de uma boneca! – gritou ela. – Só uma boneca... boneca... boneca! Você não liga para nada. Está cheia de serragem. Nunca teve um coração. Nada nunca poderia fazer você sentir alguma coisa. Você é uma boneca!

Emily ficou no chão, com as pernas dobradas de um jeito infame sobre sua cabeça e agora com a ponta do nariz lascada; mas ela estava calma, até mesmo digna. Sara escondeu o rosto nos braços. Os ratos na parede começaram a brigar, a morder uns aos outros, a chiar e correr. Melquisedeque estava castigando alguns de seus familiares.

Os soluços de Sara pouco a pouco se acalmaram. Era tão incomum ela chorar assim que ficou surpresa consigo mesma. Depois de um tempo, ergueu o rosto e fitou Emily, que parecia estar olhando para ela meio de lado e, de alguma maneira, com uma espécie de simpatia em seus olhos vítreos, então Sara se inclinou e a pegou.

A PRINCESINHA

O remorso a invadiu. Ela até abriu um pequeno sorriso para si mesma.

– Você não pode evitar ser uma boneca – disse com um suspiro resignado. – Não mais do que Lavinia e Jessie não podem evitar não terem o menor senso. Não somos todos iguais. Talvez você lide o melhor possível com sua serragem. – Então beijou a boneca, ajeitou suas roupinhas e a devolveu ao banquinho.

Ela havia desejado muito que alguém se mudasse para a casa vizinha, até então vazia. Desejou isso porque a janela do sótão de lá era muito próxima da sua. Achava que seria muito legal ver a janela se abrir algum dia e uma cabeça e uns ombros aparecerem na abertura quadrada.

"Se a cabeça parecesse pertencer a uma boa pessoa", pensou ela, "eu poderia começar dizendo 'Bom dia', então tudo poderia acontecer. Mas, é claro, não é muito provável que ninguém além de criados inferiores dormissem ali."

Certa manhã, ao virar a esquina do largo depois de passar na mercearia, no açougue e na padaria, ela viu, com grande deleite, que durante sua ausência um tanto quanto prolongada, uma carroça cheia de móveis tinha parado diante da casa vizinha, as portas da frente estavam escancaradas, e homens em mangas de camisa estavam entrando e saindo com pacotes pesados e peças de mobiliário.

– Foi alugada! – disse ela. – Foi mesmo alugada! Oh, espero que uma boa cabeça olhe pela janela do sótão!

Ela teria adorado se juntar ao grupo de transeuntes que havia parado na calçada para observar as coisas serem carregadas. Ela tinha a ideia de que se pudesse ver alguns dos móveis conseguiria adivinhar alguma coisa sobre seus donos.

"As mesas e cadeiras da senhorita Minchin são iguaizinhas a ela", pensou Sara. "Lembro-me de ter pensado isso assim que a vi, apesar de ser tão pequena na época. Comentei com o papai depois, ele deu risada e disse que era verdade. Tenho certeza de que a Grande Família tem poltronas e sofás gordos e confortáveis e consigo ver que o papel de parede de um floral vermelho é exatamente igual a eles. É caloroso, alegre e parece gentil e feliz."

Mais para o fim do dia, ela foi enviada para buscar salsinha no verdureiro e, quando subiu os degraus da entrada do seminário, seu coração deu uma batida rápida de reconhecimento. Diversas peças de mobília haviam sido tiradas da carroça e colocadas na calçada. Havia uma bela mesa de madeira de teca com detalhes elaborados, algumas cadeiras e uma tela coberta com um rico bordado oriental. A visão desses objetos lhe deu uma sensação estranha de saudade de casa. Ela tinha visto coisas muito parecidas na Índia. Um dos itens que a senhorita Minchin havia tirado dela era uma escrivaninha de madeira de teca que seu pai enviara.

– Que coisas lindas – disse Sara. – Parecem pertencer a uma boa pessoa. Todas as coisas parecem um tanto grandiosas. Imagino que seja uma família rica.

Durante o dia todo, carroças com os móveis vieram, foram descarregadas e deram lugar a outras. Várias vezes isso ocorreu em momentos em que Sara teve a oportunidade de ver as coisas serem levadas para dentro. Ficou evidente que ela estivera certa supondo que os futuros moradores eram pessoas abastadas. Toda a mobília era opulenta e linda e uma grande parte era originária do Oriente. Tapetes maravilhosos, cortinas e ornamentos eram tirados das carroças, muitos quadros e livros em quantidade suficiente para montar uma biblioteca. Entre outras coisas, havia um magnífico deus Buda em um esplêndido santuário.

"Alguém da família deve ter ido à Índia", pensou Sara. "Eles se acostumaram com coisas indianas e gostam delas. Estou feliz. Vou sentir como se fossem amigos, mesmo que uma cabeça nunca olhe pela janela do sótão."

Quando ela estava chegando com o leite da tarde para a cozinha (realmente, não havia nenhum trabalho que lhe solicitasse fazer), viu algo acontecer que tornou a situação ainda mais interessante. O homem elegante e rosado que era o pai da Grande Família atravessou o largo com

A PRINCESINHA

ares decididos e subiu correndo os degraus da casa vizinha. Subiu como se sentisse em casa e esperasse subi-los e descê-los diversas vezes no futuro. Ele ficou dentro da casa por um longo tempo e várias vezes saiu e deu orientações para os homens em serviço, como se tivesse o direito de fazê-lo. Era certo que, de alguma maneira íntima, ele tinha conexões com os futuros moradores e estava agindo em nome deles.

– Se as novas pessoas tiverem crianças – especulou Sara –, as crianças da Grande Família com certeza virão brincar com elas e poderão subir ao sótão nem que seja somente por diversão.

À noite, depois de terminado o trabalho, Becky foi visitar sua companheira de prisão e trouxe notícias.

– É um homem indiano que tá vindo morá na casa do lado, senhorita – contou. – Não sei dizê se é um homem negro ou não, mais é indiano. Ele é bem rico e tá doente, e o cavalheiro da Grande Família é adevogado dele. Ele teve um monte de pobrema e aí ficô doente e com a cabeça ruim. Ele reza pra ídolos, senhorita. É um pagão que faz reverência pra madeira e pedra. Eu vi levarem um ídolo pra ele rezá. Alguém devia levá pra ele uma brochura. Dá pra ganhá um centavo com uma brochura.

Sara deu uma risadinha.

– Não acho que ele reze para ídolos – disse. – Algumas pessoas gostam de ter ídolos para olhá-los, porque são interessantes. Meu pai tinha um lindo e não rezava para ele.

Mas Becky estava bem propensa a acreditar que o novo vizinho era "um pagão". Soava muito mais dramático do que se ele fosse somente um tipo comum de cavalheiro que ia à igreja com um livro de orações. Ela se sentou e falou muito naquela noite sobre como ele seria, sobre como a esposa dele seria, se ele tivesse uma, e sobre como os filhos dele seriam se ele tivesse filhos. Sara percebeu que, intimamente, não conseguia evitar torcer muito para que todos fossem negros e usassem turbantes e, acima de tudo, que todos eles, assim como o pai, fossem "pagãos".

– Nunca fui vizinha de pagão, senhorita – disse Becky. – Vô gostá de vê que tipo de coisa eles têm.

Demorou várias semanas até que a curiosidade dela fosse satisfeita, então revelou-se que o novo ocupante não tinha esposa nem filhos. Era um homem solitário sem família nenhuma, era evidente que sua saúde estava despedaçada e sua mente, infeliz.

Certo dia, uma carruagem se aproximou e parou diante da casa. Quando o lacaio desceu de seu assento e abriu a porta do veículo, o cavalheiro que era o pai da Grande Família saiu primeiro. Depois dele, desceu um enfermeiro uniformizado, e das escadas vieram dois empregados da casa. Eles vieram ajudar seu mestre, que, quando foi auxiliado a descer da carruagem, provou ser um homem com o rosto abatido, angustiado e o corpo esquelético envolvido em peles. Ele foi carregado escada acima, e o chefe da Grande Família entrou junto, parecendo bem ansioso. Pouco depois, chegou a carruagem de um médico, que entrou na casa, claramente para cuidar do homem.

– Tem um cavalheiro bem amarelo na casa vizinha, Sara – sussurrou Lottie depois, na aula de francês. – Acha que ele é chinês? A geografia diz que os homens chineses são amarelos.

– Não, ele não é chinês – Sara sussurrou em resposta. – Ele está muito doente. Continue com seu exercício, Lottie. "*Non, monsieur. Je n'ai pas le canif de mon oncle.*[4]"

Esse foi o início da história do cavalheiro indiano.

---

[4] Não, senhor. Eu não tenho o canivete do meu tio. (N.T.)

Ram Dass

    Mesmo naquele largo, às vezes ocorria um belo pôr do sol. Dava para ver somente partes dele, por entre as chaminés nos telhados. Das janelas da cozinha não era possível ver nada, só se supunha que estava ocorrendo porque os tijolos pareciam quentes e o ar ficava rosado e amarelado por um tempo, ou talvez um brilho resplandecente atingisse um vitral em algum lugar. Havia, contudo, um lugar de onde dava para ver todo o esplendor do fenômeno, os amontoados de nuvens vermelhas e douradas à oeste; ou as roxas contornadas por um brilho deslumbrante; ou, se houvesse vento, as pequeninas aveludadas, flutuantes, tingidas de rosa e parecendo pombas rosadas voando, pelo azul com muita pressa. O lugar onde dava para ver tudo isso e onde ao mesmo tempo parecia se respirar um ar mais puro era, é claro, da janela do sótão. Quando aquele quadrado de repente começava a brilhar de uma maneira encantada e parecia ganhar um aspecto maravilhoso, apesar de suas vigas e grades estarem cheias de fuligem, Sara sabia que algo estava acontecendo no céu; e quando era possível deixar a cozinha sem darem pela sua ausência ou sem que fosse chamada de volta, invariavelmente ela saía de modo discreto, vencia os lances de escadas e, subindo na velha mesa, punha a cabeça e o corpo para fora da janela o máximo que conseguia. Feito isso, ela sempre respirava fundo e dava uma olhada ao redor. Costumava parecer que ela tinha todo o céu e o mundo para si. Ninguém nunca mais olhava dos outros sótãos. Em geral, as claraboias ficavam fechadas; porém, mesmo quando eram abertas para entrada de ar, ninguém parecia se aproximar delas. E ali Sara ficava, às vezes virando o rosto para cima, para o azul que parecia tão amigável e próximo, tal como um lindo teto abobadado; às vezes observando o oeste e todas as coisas lindas que aconteciam lá: as nuvens derretendo ou flutuando ou aguardando suavemente para se tornarem cor-de-rosa ou carmim ou branquíssimas ou roxas ou cinza--claro. Às vezes, elas criavam ilhas ou grandes montanhas cercando lagos de um azul-turquesa profundo, ou do tom de um âmbar líquido ou de um quartzo verde; às vezes promontórios escuros se projetavam em mares estranhos e perdidos; às vezes faixas delgadas de terras maravilhosas se juntavam a outras terras maravilhosas. Havia lugares onde parecia pos-sível alguém correr ou escalar ou ficar parado e esperar para ver o que aconteceria a seguir, até que, talvez, conforme tudo se dissolvia, a pessoa flutuasse para longe. Ao menos era assim que tudo parecia a Sara e ela nunca achara nada tão bonito quanto as coisas que viu enquanto ficava de pé naquela mesa, com o corpo meio para fora da claraboia, os pardais piando com a suavidade do pôr do sol nas telhas de ardósia. Os pardais sempre pareciam piar com um tipo de suavidade lamentosa quando essas maravilhas aconteciam.

Houve um pôr do sol como esse alguns dias depois que o cavalheiro indiano foi levado para sua nova casa; e, como felizmente aconteceu que o trabalho da tarde foi feito na cozinha e ninguém lhe deu ordens para ir a nenhum lugar nem para executar nenhuma tarefa, Sara achou mais fácil do que de costume escapulir e ir para o sótão.

Ela subiu em sua mesa e ficou olhando para fora. Foi um momen-to maravilhoso. Havia inundações de ouro derretido cobrindo o oeste,

A PRINCESINHA

como se uma maré gloriosa estivesse varrendo o mundo. Uma luz amarela densa e profunda preencheu o ar; os pássaros voando contrastavam tanto com o topo das casas que pareciam pretos.

– Este aqui está esplêndido – disse Sara baixinho para si mesma. – Eu quase sinto medo, como se algo estranho estivesse para acontecer. Os esplêndidos sempre fazem-me sentir assim.

Ela virou a cabeça de repente porque ouviu um som a alguns metros. Era um som estranho, como uma pequena tagarelice esganiçada e esquisita. Vinha da janela do sótão vizinho. Alguém tinha ido ver o pôr do sol, assim como ela.

Havia uma cabeça e parte de um corpo emergindo da claraboia, mas não era a cabeça e o corpo de uma garotinha ou camareira; era a forma pitoresca, envolta em branco, de uma cabeça de rosto escuro, olhos brilhantes e turbante branco de um criado indiano nativo, "Um *lascar*", Sara logo observou, e o som que ela tinha ouvido vinha de um macaquinho que o homem levava nos braços como se fosse apegado a ele, que estava se aconchegando e se debatendo contra seu peito.

Enquanto Sara o observava, ele olhou para ela. A primeira coisa em que ela pensou foi que o rosto escuro dele parecia triste e saudoso do lar. Ela tinha absoluta certeza de que ele subira ao sótão para olhar o sol, porque havia visto tão pouco dele na Inglaterra que ansiava por vislumbrá-lo. Ela olhou com interesse para o homem por um segundo, depois abriu um sorriso que atravessou o telhado. Ela tinha aprendido quão reconfortante um sorriso, mesmo que vindo de um estranho, poderia ser.

O dela evidentemente foi um prazer para o homem. Sua expressão inteira se alterou e ele mostrou dentes tão brancos e brilhantes quando sorriu de volta que foi como se uma luz tivesse sido acesa em seu rosto moreno. O olhar amigável de Sara sempre foi muito eficiente para as pessoas que se sentiam cansadas ou indispostas.

Foi talvez fazendo sua saudação à Sara que ele perdeu o controle do macaco. O animal era um macaco irrequieto que estava sempre pronto para uma aventura e é provável que a visão de uma menininha o deixou agitado. Ele de repente se soltou, pulou nas telhas de ardósia, atravessou correndo o telhado enquanto guinchava, de fato, saltou para o ombro de Sara e dali para dentro do quarto dela no sótão. Ela deu risada e ficou encantada, mas sabia que ele deveria ser devolvido ao mestre, se é que *lascar* era seu mestre, e ficou se perguntando como poderia fazê-lo. O macaco a deixaria pegá-lo, ou seria desobediente e se recusaria a ser pego, talvez fugisse pelos telhados e se perdesse? Isso não poderia acontecer de jeito nenhum. Talvez o macaquinho pertencesse ao cavalheiro indiano e o pobre homem gostasse dele.

Ela se virou para o *lascar*, contente por ainda se lembrar de um pouco de hindustâni que havia aprendido quando morava com pai. Ela conseguiria fazer o homem entender. Falou-lhe na linguagem que ele conhecia.

– Ele vai me deixar pegá-lo? – perguntou.

Sara pensou que nunca tinha visto mais surpresa e prazer do que o rosto escuro demonstrou quando ela falou em sua língua familiar. A verdade era que o pobre coitado sentia como se seus deuses tivessem intervindo e como se a voz gentil tivesse vindo do próprio céu. Sara notou que ele estava acostumado com crianças europeias. Ele despejou uma série de agradecimentos respeitosos. Era o criado do senhor *sahib*. O macaco era um bom animal e não morderia; mas, infelizmente, ele era difícil de pegar. Fugia de um lugar para outro, como o raio. Ele era desobediente, embora não fosse maldoso. Ram Dass considerava o macaco como se fosse filho, e às vezes obedecia Ram Dass, mas nem sempre. Se o senhor *sahib* desse autorização a Ram Dass, ele mesmo poderia atravessar o telhado até o quarto dela, entrar pela janela e recuperar o animalzinho sapeca. Mas evidentemente ele receava que Sara pudesse pensar que ele estava tomando uma grande liberdade e por isso talvez não o deixasse ir.

Porém, Sara o autorizou prontamente.

– Você consegue atravessar? – questionou ela.

– Em um instante – ele respondeu.

A PRINCESINHA

– Então venha – disse ela. – Ele está correndo de um lado para outro do quarto como se estivesse assustado.

Ram Dass passou pela janela do sótão dele e foi até a dela com firmeza e leveza, como se ele tivesse caminhado por telhados a vida toda. Ele escorreu pela claraboia e caiu em pé sem fazer nenhum barulho. Então se virou para Sara e fez outro salamaleque[5]. O macaco o viu e soltou um gritinho. Ram Dass rapidamente tomou a precaução de fechar a claraboia antes de ir atrás do bicho. Não foi um processo demorado. O macaco o prolongou por alguns minutos para seu simples divertimento, mas logo saltou para o ombro de Ram Dass e ficou ali tagarelando e agarrando-se ao pescoço dele com seu estranho bracinho magricela.

Ram Dass agradeceu profundamente a Sara. Ela notara que os rápidos olhos nativos dele tinham dado uma olhada ao mau estado e à nudez do quarto, mas ele lhe falou como se estivesse conversando com a filhinha de um rajá e fingiu não ter observado nada. Ele não pretendeu ficar mais do que alguns momentos após ter capturado o macaco, e esses momentos foram usados para fazer a mais profunda e grata reverência em troca da indulgência dela. Este capetinha, disse ele, afagando o macaco, na verdade não era tão malvado quanto parecia, e o seu mestre, que estava doente, às vezes se divertia com ele. O homem teria ficado triste se o seu favorito tivesse fugido e se perdido. Então, o indiano fez mais um salamaleque, passou pela claraboia e atravessou as telhas de ardósia com tanta agilidade quanto o próprio macaquinho demonstrara.

Depois que ele se foi, Sara ficou parada no meio do quarto no sótão pensando em muitas coisas que o rosto e os modos dele trouxeram de volta à sua mente. A visão de seu traje nativo e a reverência profunda de seus modos reavivaram todas as suas memórias do passado. Parecia estranho lembrar que ela, a serviçal que ouvira insultos da cozinheira uma hora antes, poucos anos atrás estivera cercada por pessoas que a tratavam

---

[5] Salamalaque é uma saudação, uma mesura. (N.T.)

como Ram Dass a havia tratado; que faziam salamaleques quando ela passava, que a reverenciavam, pessoas que estavam sempre atentas para servi-la. Era quase um sonho. Estava tudo acabado e jamais retornaria. Certamente parecia não haver como ocorrer qualquer mudança. Ela sabia o que a senhorita Minchin planejava para o seu futuro. Enquanto ela fosse jovem demais para ser usada como professora regular, seria usada como "leva e traz" e empregada, ainda assim, esperava-se que ela se lembrasse do que havia aprendido e, de algum modo misterioso, aprendesse mais. A maior parte de suas noites deveriam ser usadas para o estudo, e em diversos intervalos indefinidos lhe aplicavam provas, e ela sabia que seria repreendida com severidade se não tivesse avançado tanto quanto era esperado. A verdade era que a senhorita Minchin sabia que Sara era ansiosa demais para aprender, a ponto de dispensar a necessidade de professores. Dê-lhe livros, ela os devoraria e, ao terminar, saberia o conteúdo de cor. Dava para confiar que ela teria uma atitude bem parecida ao ensinar no curso de alguns anos. Era isto o que iria acontecer: quando fosse mais velha, seria esperado que ela fizesse o serviço na sala de aula assim como agora fazia serviços em diversas partes da casa; elas seriam obrigadas a lhe dar roupas mais respeitáveis, mas certamente simples e feias a fim de mantê-la de algum modo parecida com uma criada. Isso era tudo o que parecia existir em seu futuro e Sara ficou parada por vários minutos pensando no assunto.

Então, teve de novo um pensamento que fez o rubor subir para suas bochechas e uma faísca se acendeu em seus olhos. Ela endireitou seu corpinho magro e ergueu a cabeça.

– O que quer que aconteça – disse ela – não poderá mudar uma coisa. Se eu sou uma princesa em trapos e farrapos, posso ser uma princesa por dentro. Seria fácil ser uma princesa se eu estivesse vestida com um tecido de ouro, mas é um triunfo bem maior ser uma princesa o tempo todo, quando ninguém sabe disso. A Maria Antonieta esteve na prisão, perdeu seu trono, ela tinha só um vestido preto para usar, seu cabelo

A PRINCESINHA

estava branco, ela era insultada e chamada de Viúva Capeto. Ela foi muito mais uma rainha nessa época do que quando era tão alegre e tudo era tão grandioso. Eu gosto mais dela assim. Essas multidões barulhentas não a assustavam. Ela era mais forte do que eles, mesmo quando eles cortaram sua cabeça.

Esse não era um pensamento novo, mas um bem antigo. Consolara-a durante vários dias amargos e ela havia andado pela casa com uma expressão no rosto que a senhorita Minchin não conseguia entender e que era uma fonte de grande aborrecimento para ela, pois parecia que a menina estava vivendo mentalmente uma vida que a mantinha acima do resto do mundo. Era como se ela mal ouvisse os comentários grosseiros e ácidos que despejavam nela; ou, se os ouvisse, não se importava. Às vezes, quando estava no meio de um discurso duro e autoritário, a senhorita Minchin encontrava fixos em seu rosto os olhos imóveis e não infantis de Sara com algo como um sorriso orgulhoso neles. Nessas ocasiões, ela não sabia que a menina estava dizendo para si mesma:

– Você não sabe que está falando essas coisas para uma princesa. Que, se eu quisesse, com um aceno ordenaria sua execução. Poupo você só porque sou uma princesa, e você é uma velha pobre, estúpida, cruel e vulgar que não sabe o que está fazendo.

Isso costumava comovê-la e diverti-la mais do que qualquer outra coisa; e, por mais estranho e caprichoso que parecesse, foi bom para Sara, que encontrou conforto nesse pensamento. Enquanto ele a controlasse, Sara não poderia se tornar grosseira e maliciosa pela grosseria e malícia das outras pessoas.

– Uma princesa deve ser bem-educada – dizia ela para si mesma.

Assim, quando os criados, emprestando o tom da patroa, eram insolentes com ela e lhe davam ordens, ela mantinha a cabeça erguida e respondia com uma civilidade excêntrica que frequentemente os fazia encará-la.

– Aquela menina tem mais afetação e graça do que se tivesse vindo do Palácio de Buckingham – falava a cozinheira, rindo um pouquinho às vezes. – Eu perco a paciência com ela direto, mas preciso dizer que ela nunca perde a educação. "Por favor, cozinheira"; "Por gentileza, cozinheira"; "Com licença, cozinheira"; "Desculpe incomodar, cozinheira"... Ela diz essas frases na cozinha como se não fossem nada.

Na manhã seguinte à conversa com Ram Dass e seu macaco, Sara estava na sala de aula com suas aluninhas. Tendo terminado de passar as lições, ela estava organizando os livros de exercício de francês, enquanto pensava nas diversas coisas que personagens da realeza disfarçados tiveram de fazer: Alfredo, o Grande, por exemplo, queimando os bolos e levando tapas no rosto da esposa do vaqueiro. Quão assustada ela devia ter ficado ao descobrir o que havia feito. Imagine se a senhorita Minchin descobrisse que ela, Sara, cujos dedos dos pés estavam quase despontando das botas, era uma princesa, uma princesa de verdade! O olhar de Sara era exatamente aquele que a senhorita Minchin mais detestava. A mulher não toleraria isso; ela estava tão perto da menina e tão furiosa que saltou e deu tapas no rosto de Sara, exatamente como a esposa do vaqueiro tinha feito com o rei Alfredo. Sara tomou um susto. Ela acordou de seu sonho em choque, e, recuperando o fôlego, ficou parada por um segundo. Então, sem saber que faria isso, soltou uma risadinha.

– Do que você está rindo, sua menina atrevida e descarada? – gritou a senhorita Minchin.

Sara levou alguns segundo para se controlar o suficiente para lembrar que era uma princesa. Suas bochechas estavam vermelhas e doíam dos tapas que tinham levado.

– Eu estava pensando – respondeu ela.

– Peça desculpas a mim imediatamente – ordenou a senhorita Minchin.

Sara hesitou antes de responder:

– Eu pedirei desculpas por dar risada, isso foi grosseiro. – Então completou: – Mas não vou pedir desculpas por pensar.

A PRINCESINHA

– Em que estava pensando? – a senhorita Minchin exigiu saber. – Como ousa pensar? Em que estava pensando?

Jessie reprimiu uma risadinha, ela e Lavinia se cutucaram em uníssono. Todas as meninas ergueram os olhos de seus livros para ouvir. Realmente, sempre as interessava um pouco quando a senhorita Minchin atacava Sara. Ela sempre dizia algo esquisito e nunca parecia nem um pouco assustada. Não estava nem um pouco assustada agora, embora suas orelhas estapeadas estivessem escarlates e seus olhos, tão brilhantes quanto estrelas.

– Eu estava pensando – respondeu a menina com magnificência e educação – que você não sabia o que estava fazendo.

– Que eu não sabia o que estava fazendo? – ofegou intensamente a senhorita Minchin.

– Sim – disse Sara. – E eu estava pensando no que aconteceria se eu fosse uma princesa e você tivesse me estapeado... o que eu deveria fazer com você. E estava pensando que, se eu fosse uma princesa, você nunca ousaria fazer isso, não importasse o que eu dissesse ou fizesse. E estava pensando em quão surpresa e assustada você ficaria se de repente descobrisse...

Ela imaginara o futuro com tanta clareza diante de seus olhos que falou de uma maneira que teve um efeito até mesmo sobre a senhorita Minchin. Naquele momento, quase pareceu à mente estreita e pouco imaginativa da mulher que deveria haver algum poder de verdade escondido atrás desse atrevimento sincero.

– O quê? – insistiu a senhorita Minchin. – Se eu descobrisse o quê?

– Que eu era mesmo uma princesa – completou Sara. – E que poderia fazer qualquer coisa... qualquer coisa que eu quisesse.

Cada par de olhos na sala arregalou-se até o limite máximo. Lavinia se inclinou para a frente em seu assento para olhar.

– Vá para o seu quarto – gritou a senhorita Minchin, sem ar. – Agora mesmo! Saia da sala de aula! Prestem atenção às suas lições, jovenzinhas!

Sara fez uma pequena mesura.

– Desculpe-me por rir, se foi mal-educado – disse ela, então saiu da sala, deixando a senhorita Minchin controlando sua raiva e as meninas sussurrando por sobre seus livros.

– Você viu? Você viu como ela parecia esquisita? – explodiu Jessie. – Eu não ficaria nem um pouco surpresa se, no fim das contas, ela fosse mesmo alguma coisa. Imagine só!

O outro lado da parede

Quando se mora em casas conjugadas, é interessante pensar nas coisas que estão sendo feitas e ditas do outro lado da parede das salas e dos quartos onde se vive. Sara gostava de se divertir tentando imaginar as coisas ocultas pela parede que dividia o Seminário Exclusivo da casa do cavalheiro indiano. Ela sabia que a sala de aula ficava perto do gabinete do cavalheiro indiano e esperava que a parede fosse grossa o bastante de modo que o barulho que, às vezes, ocorria após as aulas não o incomodasse.

– Estou gostando muito dele – ela disse para Ermengarde. – Não gostaria que ele fosse incomodado. Eu o adotei como amigo. Você pode fazer isso com pessoas com quem nunca falou. Você apenas as observa, pensa nelas e lamenta por elas, até que pareçam quase como se fossem parentes. Às vezes, fico bem ansiosa quando vejo o médico fazer duas visitas no mesmo dia.

– Eu tenho pouquíssimos parentes – comentou Ermengarde, refletindo. – E estou muito feliz por isso. Não gosto dos que tenho. Minhas duas tias estão sempre dizendo: "Meu Deus, Ermengarde! Você está muito gorda. Não pode comer doces" e meu tio está sempre me perguntando coisas como "Quando Edward III subiu ao trono?" e "Quem morreu de indigestão de lampreias?".

Sara deu risada.

– Pessoas com quem você nunca falou não conseguem fazer perguntas como essas – disse ela. – E tenho certeza de que o cavalheiro indiano não as faria mesmo se fosse íntimo seu. Eu gosto dele.

Ela tinha gostado da Grande Família porque eles pareciam felizes; porém tinha gostado do cavalheiro indiano porque ele parecia infeliz. Era evidente que ele não havia se recuperado de alguma doença bem grave. Na cozinha, onde, é claro, os criados, embora por meios misteriosos, sabiam de tudo, havia muita discussão sobre o caso dele. Ele não era realmente um cavalheiro indiano, mas sim um inglês que tinha vivido na Índia. Ele havia se deparado com grandes infortúnios, que por um tempo ameaçara toda a sua fortuna, a ponto de ele se achar arruinado e desonrado para sempre. O choque foi tão grande que ele quase morreu de febre cerebral; e desde então estava com a saúde em frangalhos, embora sua sorte tivesse mudado e toda a sua fortuna tivesse sido restabelecida. Seu problema e os perigos que vivera estavam ligados a minas.

– Minas com diamante! – disse a cozinheira. – Eu que não boto dinheirinho meu em mina nenhuma, especialmente de diamante. – E, lançando um olhar de lado para Sara, acrescentou: – Todos nós sabemos no que isso dá.

"Ele sentiu o mesmo que meu pai", pensou Sara. "Ficou doente como meu pai, mas ele não morreu."

Assim, seu coração foi mais atraído por ele do que antes. Quando ela era enviada a algum lugar à noite, às vezes costumava ficar feliz, pois sempre havia uma chance de que as cortinas da casa ao lado ainda não estivessem fechadas e ela pudesse olhar para a sala quente e ver seu amigo adotivo. Quando não havia ninguém por perto, às vezes ela costumava parar e, segurando as grades de ferro, lhe desejava boa-noite, como se ele pudesse ouvi-la.

– Talvez você possa sentir, se não pode ouvir. – Essa era sua fantasia. – Talvez pensamentos gentis alcancem as pessoas de alguma maneira, apesar das janelas, das portas e das paredes. Talvez você se sinta um pouquinho aquecido e confortado, e não saiba por que, quando estou aqui fora, no frio, torcendo para que sare e seja feliz de novo. Sinto tanta pena de você – sussurraria ela com sua vozinha intensa. – Gostaria que você tivesse uma "Senhorinha" para te fazer carinhos como eu costumava fazer no papai quando ele tinha dor de cabeça. Eu gostaria de ser sua "Senhorinha", coitadinho! Boa noite... boa noite. Fique com Deus!

Ela iria embora, sentindo-se bastante confortada e também um pouco mais aquecida. Sua compaixão era tão forte que devia alcançá-lo de alguma forma enquanto ele estava sentado sozinho em sua poltrona perto da lareira, quase sempre com um robe grandioso e quase sempre com a testa repousando na mão enquanto olhava desesperado para o fogo. Para Sara, ele parecia um homem que ainda tinha um problema revolvendo na mente e não um cujos problemas ficaram no passado.

– Ele sempre parece que está pensando em alguma coisa que o machuca agora – disse ela para si mesma. – Mas ele recuperou o dinheiro e vai superar a febre cerebral com o tempo, então ele não devia ter esse aspecto. Eu me pergunto se existe algo além disso.

Se existisse algo além disso, algo sobre o que nem mesmo os criados tinham ouvido falar, ela não conseguia deixar de acreditar que o pai da Grande Família, o sujeito que ela chamava de senhor Montmorency, sabia o que era. O senhor Montmorency visitava o vizinho com regularidade; a senhora Montmorency e todos os pequenos Montmorency também iam, embora com menos frequência. Ele parecia gostar especialmente das duas meninas mais velhas – Janet e Nora, que ficaram tão alarmadas quando o irmãozinho Donald deu a Sara sua moeda de seis centavos. De fato, o vizinho tinha um lugar muito terno em seu coração para todas as crianças e particularmente para as meninas. Janet e Nora gostavam dele tanto quanto ele gostava delas e aguardavam com grande prazer as tardes quando lhes deixavam atravessar o largo e fazer suas rápidas visitas bem-comportadas. Eram visitas extremamente decorosas, porque ele estava enfermo.

– Ele é um pobre coitado – disse Janet – e diz que nós os alegramos. Nós tentamos alegrá-lo de um jeito bem tranquilo.

Janet era a chefe da família e mantinha o restante dela em ordem. Era ela quem decidia quando era prudente pedir que o cavalheiro indiano contasse histórias sobre a Índia, era ela quem percebia quando ele estava cansado e era tempo de sair discretamente e chamar Ram Dass para ficar com ele. Eles gostavam muito de Ram Dass. Ele teria contado muitas histórias se fosse capaz de falar qualquer outro idioma além de hindustâni. O nome verdadeiro do cavalheiro indiano era senhor Carrisford, e Janet contou ao senhor Carrisford sobre o encontro com a "menina que não era uma pedinte". Ele ficou muito interessado, ainda mais depois de ouvir de Ram Dass sobre a aventura do macaco no telhado. Ram Dass lhe descreveu uma imagem muito clara do sótão e de sua desolação: do chão nu e do reboco descascando, do fogareiro enferrujado e vazio e da cama dura e estreita.

– Carmichael – disse ele ao pai da Grande Família após ter ouvido essa descrição –, eu me pergunto quantos dos sótãos neste largo são como aquele, e quantas criadas meninas dormem em camas assim, enquanto eu deito a cabeça em travesseiros de plumas, incomodado e perturbado pela riqueza que, em sua maior parte, não me pertence.

– Meu caro – respondeu o senhor Carmichael animadamente –, quanto antes parar de se atormentar, melhor será para você. Se possuísse toda a riqueza de todas as Índias, não poderia resolver todos os desconfortos do mundo e se começasse a mobiliar todos os sótãos deste largo, ainda existiriam todos os sótãos de todos os outros largos e ruas para colocar em ordem. Eis a questão!

A PRINCESINHA

O senhor Carrisford sentou-se e mordeu as unhas enquanto olhava para a cama de carvões ardentes na lareira.

– Você acredita – disse ele devagar, depois de uma pausa –, você considera possível que a outra criança, aquela na qual acho que nunca paro de pensar, poderia... poderia possivelmente ter sido reduzida a uma condição como a dessa pobre alma da casa vizinha?

O senhor Carmichael o fitou apreensivo. Ele sabia que a pior coisa que o homem poderia fazer para si mesmo, para sua razão e saúde, era começar a pensar desse modo em particular a respeito desse assunto em particular.

– Se a criança da escola da madame Pascal em Paris era aquela que você procura – respondeu ele de modo tranquilizador –, parece que está nas mãos de pessoas com condições de cuidar dela. Ela foi adotada porque tinha sido a companheira favorita da filhinha deles que morreu. O casal não tem outros filhos, e a madame Pascal disse que eram russos extremamente prósperos.

– E aquela infeliz não sabia dizer para onde tinham levado a menina! – exclamou o senhor Carrisford.

O senhor Carmichael deu de ombros.

– Ela era uma mulher francesa sensata e pragmática, que sem dúvida ficou contente por achar um destino tão confortável para a menina fora da sua escola quando a morte do pai dela a deixou completamente desprovida. Mulheres desse tipo não se preocupam com o futuro de crianças que podem se tornar fardos. Os pais adotivos, ao que tudo indica, desapareceram sem deixar rastros.

– Mas você diz "se" a criança era aquela que eu procuro. "Se". Não temos certeza. Havia uma diferença no nome.

– A madame Pascal pronunciava como se fosse Carew em vez de Crewe, mas isso não passa de uma questão de pronúncia. As circunstâncias eram curiosamente similares. Um oficial inglês na Índia matriculara sua menininha sem mãe na escola. Ele havia morrido de repente após perder sua fortuna. – O senhor Carmichael fez uma pausa, como se um pensamento novo tivesse lhe ocorrido. – Você tem certeza de que ela foi deixada em uma escola em Paris? Tem certeza de que era Paris?

– Meu caro – retrucou Carrisford, com uma amargura inquieta –, eu não tenho certeza de nada. Nunca vi nem a menina nem a mãe dela. Ralph Crewe e eu nos adorávamos quando crianças, mas não tínhamos nos visto desde a época da escola até que nos encontramos na Índia. Eu estava absorto na promessa magnífica das minas. Ele também ficou absorto. A coisa toda era tão grande e resplandecente que quase perdemos nossa cabeça. Quando nos encontrávamos, mal falávamos de outra coisa. Sei apenas que a menina foi enviada para uma escola em algum lugar. Agora, não lembro sequer como eu sei disso.

Ele estava começando a ficar entusiasmado. Sempre ficava entusiasmado quando seu cérebro ainda enfraquecido se agitava com memórias das catástrofes do passado.

O senhor Carmichael o observava ansioso. Era preciso fazer algumas perguntas, mas deviam ser feitas com tranquilidade e cautela.

– Mas você tinha motivo para achar que a escola era em Paris?

– Sim – foi a resposta. – Porque a mãe dela era francesa e eu tinha ouvido que ela desejava que a filha fosse educada em Paris. Só me pareceu provável que ela estivesse lá.

– Sim – disse o senhor Carmichael –, parece mais que provável.

O cavalheiro indiano se inclinou para a frente e bateu na mesa com uma mão grande e fraca.

– Carmichael – falou –, eu preciso achar a menina. Se ela está viva, está em algum lugar. Se está sem amigos e sem dinheiro, é por culpa minha. Como um homem pode recuperar seus nervos quando tem algo assim na cabeça? Essa mudança súbita de sorte nas minas tornou realidade a maioria dos nossos sonhos mais fantásticos, e a pobrezinha da filha do Crewe pode estar vivendo como uma mendiga na rua!

A PRINCESINHA

– Não, não – disse Carmichael. – Tente se acalmar. Console-se com o fato de que, quando for encontrada, você terá uma fortuna para dar a ela.

– Por que não fui homem o bastante para manter o investimento quando as coisas pareceram ruins? – Carrisford gemeu de tristeza, impaciente. – Acredito que eu teria mantido os investimentos se não tivesse sido responsável pelo dinheiro de outras pessoas, além do meu próprio. O pobre Crewe tinha depositado no esquema todo centavo que tinha. Ele confiou em mim... ele me amava. E morreu pensando que eu o tinha arruinado... eu... Tom Carrisford, que jogou críquete em Eton com ele. Que vilão ele deve ter me achado!

– Não se repreenda com tanta amargura.

– Eu não me repreendo porque a especulação ameaçou falhar... Eu me repreendo por ter perdido a coragem. Fugi como um vigarista e um ladrão, porque não conseguia encarar meu melhor amigo e lhe dizer que eu tinha arruinado tanto ele quanto sua filha.

O pai de bom coração da Grande Família pôs uma mão confortadora no ombro do outro.

– Você fugiu porque seu cérebro tinha cedido à tensão da tortura mental – disse ele. – Você já estava meio delirante. Se não fosse isso, você teria ficado e insistido. Você estava em um hospital, amarrado à cama, delirando por causa da febre cerebral, dois dias depois de ter deixado o lugar. Lembre-se disso.

Carrisford deixou a cabeça cair nas mãos.

– Meu Deus! Sim – falou ele. – Eu enlouqueci com pavor e horror. Havia semanas que não dormia. Na noite em que cambaleei para fora da minha casa, o ar todo parecia cheio de coisas hediondas que zombavam de mim e me provocavam.

– Isso já é uma explicação – disse o senhor Carmichael. – Como poderia um homem à beira de uma febre cerebral julgar com alguma sanidade?!

Carrisford balançou a cabeça ainda abaixada.

– E quando retomei a consciência o pobre Crewe estava morto... e enterrado. E eu não me lembrava de nada. Não me lembrei da menina por muitos meses. Mesmo quando comecei a relembrar a existência dela, tudo parecia em uma espécie de névoa.

Ele parou por um momento e esfregou a testa. Então prosseguiu:

– Às vezes, ainda sinto isso quando tento me lembrar de algo. Com certeza em algum momento eu devo ter ouvido o Crewe falar da escola para a qual a menina foi enviada. Não acha?

– Talvez ele não tenha falado diretamente. Parece que você nunca nem ouviu o nome verdadeiro dela.

– Ele costumava chamá-la por um apelido que tinha inventado. Ele a chamava de "Senhorinha". Mas as terríveis minas arrancaram todo o resto de nossas cabeças. Não falávamos sobre nada além delas. Se ele comentou da escola, eu esqueci... esqueci. E agora nunca me lembrarei.

– Calma, calma – apaziguou Carmichael. – Ainda vamos encontrá--la. Vamos continuar a busca pelos bons russos da madame Pascal. Ela parecia ter uma vaga ideia de que eles viviam em Moscou. Vamos tomar isso como uma pista. Eu irei a Moscou.

– Se eu estivesse em condições de viajar, iria com você – disse Carrisford. – Mas só consigo ficar aqui sentado, enrolado em peles encarando o fogo da lareira. E, quando olho para o fogo, é como se visse o rosto jovem e feliz de Crewe olhando para mim. Ele parece me fazer uma pergunta. Às vezes, sonho com ele à noite, e ele sempre para na minha frente e faz a mesma pergunta. Consegue adivinhar qual, Carmichael?

O senhor Carmichael respondeu com uma voz um tanto baixa:

– Não exatamente.

– Ele sempre diz: "Tom, velho amigo... Tom... Onde está a Senhorinha?" – Ele pegou a mão de Carmichael e a apertou. – Devo ser capaz de responder... Preciso! Ajude-me a encontrá-la. Ajude-me.

Do outro lado da parede, Sara estava sentada em seu sótão conversando com Melquisedeque que aparecera para jantar.

– Foi difícil ser uma princesa hoje, Melquisedeque – disse ela. – Foi mais difícil que o normal. Vai se tornando mais difícil conforme o clima

A PRINCESINHA

fica mais frio e as ruas ficam mais lamacentas. Quando a Lavinia riu da minha saia enlameada quando cruzei com ela no salão, pensei na mesma hora em uma coisa para dizer a ela... consegui me controlar, mas foi por pouco. Não se pode retrucar à zombaria das pessoas assim... se você é uma princesa. É preciso morder a língua e se controlar. Eu mordi a minha. Era uma tarde fria, Melquisedeque. E é uma noite fria.

De repente, ela deitou a cabeça de cabelos pretos nos braços como costumava fazer quando estava sozinha.

– Oh, papai – sussurrou ela. – Como parecem distantes os dias quando eu era sua "Senhorinha"!

Foi isso o que aconteceu naquele dia nos dois lados da parede.

Uma miserável

O inverno foi terrível. Houve dias em que Sara se atolou na neve quando saía para levar e buscar as coisas; houve dias piores, nos quais a neve derreteu e se misturou com terra, formando lama; em outros, o nevoeiro era tão denso que as lâmpadas da rua ficavam acesas o dia todo, e Londres ficava como estivera naquela tarde quando, muitos anos antes, o condutor da carruagem havia dirigido pelas ruas com Sara encolhida no banco, recostada no ombro do pai. Nesses dias, as janelas da casa da Grande Família sempre pareciam deliciosamente aconchegantes e sedutoras, e o gabinete no qual o cavalheiro indiano se sentava brilhava com calor e cores intensas. Não havia palavras, porém, para descrever quão sombrio era o sótão. Parecia a Sara que já não existiam mais para vislumbrar nem o pôr do sol, nem o nascer dele e quase nunca quaisquer estrelas. As nuvens pendiam baixas sobre a claraboia e eram cinza ou cor de lama. Às quatro horas da tarde, mesmo quando não havia nenhum nevoeiro em especial, a luz do dia chegava ao fim. Se fosse necessário ir ao sótão por qualquer motivo, Sara era obrigada a acender uma vela. As mulheres na cozinha estavam deprimidas, o que as deixava mais mal-humoradas do que nunca. Becky era tratada como uma pequena escrava.

A PRINCESINHA

– Se não fosse ocê, senhorita – disse ela com amargura para Sara certa noite, quando escapulira para o sótão –, se não fosse ocê e a Bastilha e sê prisioneira da cela ao lado, eu ia morrê. Isso tudo parece de verdade agora, né? A patroa tá cada vez mais parecida com o carcereiro superior. Eu consigo vê o monte de chave que ocê diz que ela sempre tá levando. A cozinheira é como se fosse um dos carcereiros inferiores. Me conta mais, por favô, senhorita... Me conta da passagem subterrânea que a gente cavô por baixo das paredes.

– Vou contar algo mais quente – estremeceu Sara. – Pegue sua colcha e se enrole nela, eu vou pegar a minha, vamos deitar juntas na cama, bem pertinho uma da outra e vou te contar sobre a floresta tropical onde o macaco do cavalheiro indiano costumava morar. Quando o vejo sentado em cima da mesa perto da janela, olhando a rua com aquela expressão pesarosa, sempre tenho certeza de que ele está pensando na floresta tropical onde costumava se balançar nos coqueiros pelo rabo. Eu me pergunto quem o capturou e se ele deixou uma família para trás que dependia dele para conseguir os cocos.

– Isso é mesmo mais quente, senhorita – disse Becky, grata. – Mais de algum jeito até a Bastilha é meio quente quando ocê tá contando dela.

– É porque a história te faz pensar em outra coisa – explicou Sara, enrolando a colcha no corpo até que somente seu rostinho escuro ficou aparente. – Já percebi isso. Quando o corpo está em um estado tão miserável, é preciso fazer com que a mente pense em outra coisa.

– Ocê consegue fazê isso, senhorita? – gaguejou Becky, fitando-a com olhos cheios de admiração.

Sara franziu o cenho por um momento.

– Às vezes sim, às vezes não – disse resoluta. – Quando eu consigo, fica tudo bem. E eu acredito que todos nós conseguiríamos fazer isso, se praticássemos o suficiente. Eu ando praticando bastante nos últimos tempos e está começando a ficar tão fácil quanto era antes. Quando as coisas estão horríveis, totalmente horríveis, imagino com a maior intensidade possível que sou uma princesa. Digo para mim mesma: "Sou uma princesa, e uma princesa fada, e porque sou uma fada nada pode me ferir ou me deixar desconfortável". Você não sabe como isso me faz esquecer. – Então deu uma risada.

Ela teve muitas oportunidades de fazer sua mente pensar em outra coisa e muitas oportunidades de provar a si mesma se era ou não uma princesa. Contudo, uma das provas mais difíceis pelas quais ela passou, ocorreu em um dia terrível que, conforme ela pensou muitas vezes depois, nunca iria desaparecer de sua memória, mesmo nos anos vindouros.

Durante muitos dias, chovera continuamente; as ruas estavam frias e escorregadias e tomadas por uma neblina fria e melancólica; havia lama por toda a parte, aquela lama grudenta de Londres, caindo por cima de tudo, uma mortalha de garoa e névoa. É claro que havia diversos serviços na rua, longos e cansativos, para fazer, sempre havia em dias como esse, e Sara teve de sair muitas e muitas vezes, até que suas roupas maltrapilhas estivessem completamente úmidas. As velhas plumas absurdas de seu chapéu detonado estavam mais sujas e absurdas do que nunca e seus sapatos gastos estavam tão molhados que não conseguiam mais conter a água. Além disso, ela havia sido privada de comer seu jantar, porque a senhorita Minchin decidira puni-la. Sara estava com tanto frio, tanta fome e tanto cansaço que seu rosto começou a ficar pálido e de vez em quando uma pessoa de bom coração que cruzava com ela na rua lhe olhava com súbita simpatia. Mas ela não percebia. Apressava-se, tentando fazer a mente pensar em outra coisa. Era realmente muito necessário. O jeito como fazia isso era "fingir" e "supor" com toda a força que ainda tinha. De fato, porém, desta vez estava mais difícil do que nunca e algumas vezes ela chegou a pensar que isso estava lhe fazendo sentir mais frio e fome, em vez de menos. Contudo, perseverou, obstinada e, conforme a água enlameada se infiltrava pelos sapatos furados e o vento parecia tentar arrancar seu casaco fino, ela conversava consigo mesma enquanto andava, embora não falasse em voz alta nem movesse os lábios.

A PRINCESINHA

"Suponha que eu estivesse vestindo roupas secas", pensou ela. "Suponha que eu tivesse sapatos bons e um casaco comprido e grosso, e meias de lã e um guarda-chuva. E suponha... suponha... que exatamente quando eu estivesse na frente da padaria, onde são vendidas roscas quentes, eu encontrasse uma moeda de seis centavos... que não pertencesse a ninguém. Suponha que isso acontecesse, eu entraria na loja e compraria seis das roscas mais quentinhas e as comeria todas de uma vez, sem parar.

Algumas coisas muito estranhas acontecem no mundo de vez em quando.

Sem dúvida foi uma coisa estranha o que aconteceu com Sara. Ela precisava cruzar a rua bem quando estava pensando nisso. A lama era horrível... ela quase teve que passar por cima. Escolheu o caminho com o máximo de atenção, mas não conseguiu se poupar tanto; só que para escolher o caminho ela tinha de olhar para baixo, para os pés e para a lama e, ao fazer isso, quando estava quase chegando à calçada, viu algo brilhar na sarjeta. Era uma peça de prata: um objeto pequeno que havia sido pisoteado, mas que ainda tinha alma o bastante para brilhar um pouquinho. Não era uma moeda de seis centavos, mas quase: era uma moeda de quatro centavos.

Em um segundo, a moeda estava em sua enregelada mãozinha vermelha e azulada.

– Oh – ofegou ela. – É verdade! É verdade!

Então, se você conseguir acreditar em mim, ela ergueu o rosto e olhou para a loja que estava diretamente em sua frente. Era uma padaria e uma mulher alegre, robusta e maternal com bochechas rosadas estava colocando na vitrine uma bandeja com deliciosas roscas recém-tiradas do forno, quentinhas... roscas grandes, roliças e brilhantes, decoradas com groselhas.

Tudo isso quase fez Sara desmaiar por alguns segundos, o choque, a visão das roscas, o cheiro maravilhoso de pão quente que saía flutuando da janelinha do porão da padaria.

Ela sabia que não precisava hesitar em gastar aquele dinheirinho. Era evidente que a moeda estivera jogada na lama por um tempo, e seu dono estava completamente perdido no fluxo de transeuntes que se esbarravam o dia todo nas ruas lotadas.

– Mas eu vou perguntar à padeira se ela perdeu alguma coisa – disse fracamente para si mesma.

Ela seguiu pela calçada e pôs um pé molhado no degrau. Então viu algo que a fez parar.

Era uma figura pequena mais desamparada que ela. Uma figura pequena que mal passava de um amontoado de trapos, dos quais despontavam pezinhos descalços, vermelhos e enlameados, só porque os trapos com os quais a dona deles tentava cobrir os pés não eram compridos o bastante. Acima dos trapos, aparecia uma cabeça assustada com cabelo emaranhado e um rosto sujo com olhos grandes, vazios e famintos.

Sara soube que eram olhos famintos no instante em que os viu e sentiu uma súbita simpatia.

– Esta menina – disse ela para si mesma com um pequeno suspiro – é uma miserável e está mais faminta que eu.

A criança, essa que era miserável, encarou Sara e se deslocou um pouco para o lado, a fim de lhe dar passagem. A menina estava acostumada a dar passagem a todos. Sabia que, se um policial a visse ali, lhe diria para "ir andando".

Sara apertou sua moedinha de quatro centavos e hesitou por alguns segundos. Então falou com a menina.

– Está com fome? – perguntou.

A criança se deslocou ainda mais com seus trapos.

– Eu tô, né? – disse ela com uma voz rouca. – Tô sim.

– Você não almoçou nada? – continuou Sara.

– Sem almoço – disse ainda mais roucamente, encolhendo-se ainda mais. – Nem café da manhã ainda, nem jantar ainda. Nada, nada.

– Desde quando? – perguntou Sara.

A PRINCESINHA

– Sei lá. Não tive nada hoje, em lugar nenhum. E eu pedi e pedi.

Só de olhar para ela, Sara sentiu mais fome e fraqueza. Mas aqueles pensamentos estranhos estavam rolando em seu cérebro, e ela falava consigo mesma, embora estivesse muito triste.

– Se eu sou uma princesa – dizia ela –, se eu sou uma princesa... Quando eles tinham ficado pobres depois de serem expulsos do trono... sempre partilhavam... com os miseráveis... se encontrassem alguém mais pobre e mais faminto. Eles sempre partilhavam. Cada rosca custa um centavo. Se eu tivesse seis centavos, poderia comer seis roscas. Não será suficiente para nenhuma de nós duas. Mas será melhor que nada.

Então, virando-se para a menina pedinte:

– Espere um pouco.

Ela entrou na loja. Estava quente ali dentro e o cheiro era delicioso. A mulher estava indo colocar mais roscas quentes na vitrine.

– Por gentileza – disse Sara –, a senhora perdeu uma moeda de prata de quatro centavos? – E estendeu a moedinha para a mulher.

– Minha nossa, não – respondeu a mulher. – Você achou?

– Sim – confirmou Sara. – Na sarjeta.

– Então fique com ela – disse a mulher. – Pode ter ficado lá por uma semana, e vai saber quem a perdeu. Você nunca conseguiria descobrir.

– Sei disso – falou Sara –, mas pensei em perguntar a você.

– Quase ninguém o faria – disse a mulher, parecendo perplexa, interessada e bondosa, tudo ao mesmo tempo. – Quer comprar alguma coisa? – acrescentou quando viu Sara olhar para as roscas.

– Quatro roscas, por favor – disse Sara. – Aquelas que custam um centavo cada.

A mulher foi até a vitrine e enfiou algumas roscas em um saquinho de papel. Sara percebeu que ela pôs seis.

– Eu disse quatro, por favor – explicou a menina. – Tenho apenas quatro centavos.

FRANCES HODGSON BURNETT

– Vou pôr estas duas como contrapeso – disse a mulher com um semblante bondoso. – Arrisco a dizer que você poderá comê-las em algum momento. Não está com fome?

Uma névoa subiu diante dos olhos de Sara.

– Sim – respondeu ela. – Estou com muita fome e sou muito agradecida a você por sua bondade. E... – Ela ia acrescentar "tem uma menina lá fora que está com mais fome que eu", mas nesse exato momento dois ou três clientes entraram juntos e todos pareciam apressados, por isso Sara pôde apenas agradecer novamente e sair.

A pedinte ainda estava amontoada do lado das escadas. Ela parecia assustadora em seus trapos úmidos e sujos. Estava olhando para a frente com um olhar sofrido, e Sara a viu de repente passar as costas da mão áspera e negra pelos olhos, esfregando lágrimas que pareciam tê-la surpreendido ao forçar seu caminho por baixo das pálpebras. Ela estava balbuciando para si mesma.

Sara abriu o saquinho de papel e tirou uma das roscas quentes, que já havia aquecido um pouco suas mãos frias.

– Tome – disse ela, colocando a rosca no colo esfarrapado. – Está gostoso e quentinho. Coma e você não vai mais sentir tanta fome.

A menina se assustou e ficou encarando Sara, como se uma sorte dessas, tão repentina e incrível, a amedrontasse. Então agarrou a rosca e começou a levar à boca com bocadas grandes e devoradoras.

– Minha nossa! Minha nossa! – Sara a ouviu dizer roucamente, em um deleite intenso. – Minha nossa!

Sara tirou mais três roscas do saquinho e pôs no colo da menina.

O barulho naquela voz rouca foi terrível.

– Ela está mais faminta que eu – disse Sara para si mesma. – Está morrendo de fome de verdade. – Mas sua mão tremeu quando ela deu a quarta rosca. – Eu não estou morrendo de fome de verdade – falou e deu mais uma rosca à menina.

A PRINCESINHA

A pequena esganada de Londres ainda estava arrebatando e devorando quando Sara se virou. A menina estava faminta demais para agradecer, mesmo que tivesse algum dia aprendido a ter bons modos – o que ela não tinha. Era apenas um pobre animal selvagem.

– Adeus – despediu-se Sara.

Quando ela alcançou o outro lado da rua, olhou para trás. A criança tinha uma rosca em cada mão e havia parado no meio de uma mordida para observá-la. Sara fez um leve aceno de cabeça para ela, e a menina, depois de outra olhada, uma olhada demorada e curiosa, balançou a cabeça desgrenhada em resposta e até Sara sair de vista, ela não deu outra mordida nem terminou aquela que tinha começado.

Naquele momento a padeira olhou pela vitrine da loja.

– Nossa, nunca vi isso! – exclamou. – Aquela lá deu as roscas para uma menina pedinte! E não foi porque não queria comê-las. Ora, ora, ela parecia bem faminta. Eu daria qualquer coisa para saber por que ela fez isso.

A mulher ficou parada atrás da vitrine por alguns momentos, ponderando. Então sua curiosidade venceu. Ela foi até a porta e falou à menina pedinte.

– Quem lhe deu essas roscas? – perguntou-lhe.

A criança indicou a figura distante de Sara com a cabeça.

– O que ela falou? – inquiriu a mulher.

– Ela perguntô se eu tava com fome – respondeu a voz rouca.

– E o que você disse?

– Que eu tava.

– Então ela veio aqui, comprou as roscas e deu para você, não foi?

A menina assentiu.

– Quantas?

– Cinco.

A mulher refletiu sobre o assunto.

– Ficou apenas com uma para si – comentou com a voz baixa. – E ela poderia ter comido todas as seis. Eu vi em seus olhos que sim.

Ela olhou para a figura suja e distante e sentiu sua mente, normalmente confortável, mais perturbada do que sentira por muitos dias.

– Gostaria que ela não tivesse partido tão depressa – disse a mulher.

– Estou danada se ela não devia ter levado uma dúzia. – Então se voltou para a menina pedinte. – Ainda está com fome?

– Tô sempre com fome – foi a resposta. – Mais agora não tá tão ruim que nem antes.

– Venha aqui – chamou a mulher, mantendo a porta aberta para ela.

A menina se levantou e entrou. Ser convidada para um lugar quente cheio de pães parecia incrível. Ela não sabia o que iria acontecer. Nem ligava, na verdade.

– Vá lá se aquecer. – A mulher apontou para a lareira na pequena sala nos fundos. – E, olhe, sempre que estiver precisando de um pouco de pão, pode vir aqui e pedir. Estou danada se não lhe daria em nome daquela garota.

***

Sara encontrou algum conforto em sua única rosca. Em todo caso, estava bem quente e era melhor do que nada. Enquanto caminhava, partiu pedacinhos e foi comendo devagar para fazer durar mais.

– Suponha que seja uma rosca mágica – disse ela – e uma mordida fosse tanto quanto um jantar inteiro. Eu estaria me empanturrando se continuasse assim.

Estava escuro quando ela chegou ao largo onde se situava o Seminário Exclusivo. As luzes das casas estavam todas acesas. As cortinas ainda não tinham sido fechadas nas janelas da sala onde quase sempre ela vislumbrava membros da Grande Família. Com frequência, a esta hora ela podia ver o cavalheiro que chamava de senhor Montmorency sentado em sua grande poltrona, com um pequeno enxame em volta dele falando, rindo,

A PRINCESINHA

empoleirando-se nos braços da poltrona ou nos seus joelhos ou no corpo dele. Nesta noite, o enxame estava em volta dele, porém ele não estava sentado. Pelo contrário, havia uma boa dose de empolgação ali. Era evidente que uma viagem estava prestes a ocorrer e era o senhor Montmorency quem a faria. Uma carruagem estava parada em frente à porta, e uma grande mala havia sido atada ao veículo. As crianças estavam dançando ao redor do pai, tagarelando e se agarrando a ele. A bela mãe rosada estava perto dele, falando como se estivesse fazendo perguntas finais. Sara parou um momento para ver os pequeninos serem erguidos para serem beijados e os grandes se abaixarem para serem beijados também.

"Será que ele vai ficar fora muito tempo?", pensou Sara. "A mala é bem grande. Oh, minha nossa, eles vão sentir muita saudade do pai! Eu mesma vou sentir saudade, apesar de ele nem saber da minha existência."

Quando a porta se abriu, ela se afastou, lembrando-se da moeda de seis centavos, mas viu o viajante sair e parar, no fundo um salão iluminado e quente, enquanto as crianças maiores ainda pairando ao seu redor.

– Moscou vai estar coberta de neve? – quis saber a menininha Janet.

– Vai ter gelo por todo lado?

– Você vai andar naquela carruagem russa, *droshky*? – gritou outra criança. – Vai ver o czar?

– Vou escrever contando tudo – respondeu ele, dando risada. – E vou mandar imagens dos camponeses russos, os *muzhik*, e outras coisas. Corram para dentro de casa. Está uma noite úmida e horrível. Eu preferiria ficar com vocês do que ir a Moscou. Boa noite, filhotinhos! Fiquem com Deus! – Ele desceu correndo os degraus e entrou na carruagem.

– Se achar a menina, mande um abraço nosso para ela – gritou Guy Clarence, dando pulinhos no capacho da entrada.

Então eles entraram e fecharam a porta.

– Você viu – disse Janet para Nora conforme voltavam para a sala – que a "menina que não é uma pedinte" estava passando? Ela parece gelada e molhada, e eu notei que ela virou a cabeça para nos olhar. A mamãe diz que as roupas dela parecem terem sido dadas por alguém bem rico... alguém que só a deixa usá-las porque estão esfarrapadas demais para usar. As pessoas da escola sempre a mandam sair para levar ou buscar coisas nos dias e nas noites mais terríveis.

Sara cruzou o largo até os degraus da casa da senhorita Minchin, sentindo-se fraca e trêmula.

"Quem será essa menina?", pensou. "Essa menina que ele está procurando?"

Então, desceu os degraus da área de serviço, carregando o cesto e achando-o bem pesado, enquanto o pai da Grande Família seguia depressa em seu caminho à estação para tomar o trem que o levaria a Moscou, onde ele empreenderia grandes esforços em sua busca pela filhinha perdida do capitão Crewe.

O que Melquisedeque ouviu e viu

Naquela mesma tarde, enquanto Sara estava fora, uma coisa estranha aconteceu no sótão. Só Melquisedeque viu e ouviu, ficou tão alarmado e perplexo que voltou para o seu buraco e se escondeu lá, e realmente tremeu muito ao espiar furtivamente e com grande cautela para observar o que estava acontecendo.

O sótão havia ficado em silêncio o dia todo depois que Sara o deixara no início da manhã. A quietude só havia sido quebrada pelo barulho da chuva batendo no telhado e na claraboia. Melquisedeque tinha achado tudo aquilo bem monótono; e, quando a chuva parou de cair e reinou o perfeito silêncio, ele decidiu sair e explorar, embora a sua experiência lhe dissesse que Sara ainda demoraria a voltar. Ele estava circulando e farejando, tinha acabado de encontrar uma migalha totalmente inesperada e inexplicável da sua última refeição, quando sua atenção foi atraída por um som no teto. Ele parou para ouvir com o coração palpitante. O som sugeria que alguma coisa estava se movendo no telhado. Estava se aproximando da claraboia; então chegou à claraboia, que foi misteriosamente aberta. Um rosto escuro espreitou o sótão; depois outro rosto apareceu atrás e os dois olharam com sinais de cautela e interesse. Dois homens estavam no telhado e preparavam-se discretamente para entrar pela claraboia. Um deles era Ram Dass, o outro era um jovem que era secretário do cavalheiro indiano, mas é claro que Melquisedeque não sabia disso. Ele só sabia que os homens estavam invadindo o silêncio e a privacidade do sótão. E à medida que aquele com o rosto escuro desceu pela abertura com tanta leveza e destreza que não fez o menor som, Melquisedeque tremeu a cauda e fugiu precipitado de volta para o seu buraco. Ele estava aterrorizado. Tinha deixado de ser tímido com Sara, sabia que ela nunca jogaria nada além de migalhas para ele nem nunca faria nenhum som além do assobio suave, baixo e convidativo; porém era perigoso ficar perto de homens estranhos. Ele se deitou perto da entrada de sua casa, mantendo-se escondido, mas espiou pela fresta com um olhar alarmado e perspicaz. Eu não sou capaz de afirmar o quanto ele entendeu da conversa que ouviu; entretanto, mesmo que tivesse entendido tudo, provavelmente teria ficado muito confuso.

O secretário, que era leve e jovem, escorregou pela claraboia tão silenciosamente quanto Ram Dass havia feito. Ele teve um último vislumbre da cauda de Melquisedeque em fuga.

– Aquilo ali era um rato? – perguntou o jovem a Ram Dass em um sussurro.

– Sim, um rato, *sahib* – respondeu Ram Dass, também sussurrando. – Há muitos nas paredes.

– Argh! – exclamou o jovem. – É incrível que a criança não tenha medo deles.

Ram Dass fez um gesto com as mãos. Ele também sorriu respeitosamente. Ele estava ali como se fosse um representante particular de Sara, embora tivessem conversado apenas uma vez.

A PRINCESINHA

– A menina é amiguinha de todas as coisas, *sahib* – explicou ele. – Ela não é como outras crianças. Eu a vejo quando ela não me vê. Deslizo pelas telhas e a observo em várias noites para verificar se ela está segura. Eu a observo da minha janela quando ela não sabe que estou por perto. Ela fica em pé em cima dessa mesa e olha para o céu como se ele lhe falasse. Os pardais atendem ao chamado dela. Em sua solidão, ela alimentou e adestrou o rato. A pobre escrava da casa a procura para ser confortada. Tem uma menininha que vem aqui escondida; e outra, mais velha, que a adora e a escutaria falar para sempre, se pudesse. Isso eu vi quando escalei o telhado. Pela senhora desta casa, que é uma mulher malvada, ela é tratada como uma pária, mas suporta como uma criança que tem sangue real!

– Você parece saber muita coisa sobre ela – comentou o secretário.

– Sei da vida cotidiana dela – respondeu Ram Dass. – Sei quando ela sai e quando volta; sua tristeza e suas pequenas alegrias; seu frio e sua fome. Sei quando ela fica sozinha até meia-noite, estudando com seus livros; sei quando as amigas secretas sobem escondidas e ela fica mais feliz, daquele jeito das crianças capazes disso mesmo em meio à pobreza, porque elas vêm e ela às vezes ri e conversa em sussurros. Se ela estivesse doente eu saberia e viria a ajudá-la se necessário.

– Você tem certeza de que ninguém virá neste sótão exceto ela mesma e que ela não vai voltar e nos surpreender? A menina ficaria assustada se nos encontrasse aqui e estragaria o plano do *sahib* Carrisford.

Ram Dass atravessou o quarto sem fazer barulho e ficou parado perto da porta.

– Ninguém vem aqui para cima exceto ela, *sahib* – disse. – Ela saiu com a cesta e deve ficar horas fora. Se eu ficar aqui, poderei ouvir passos antes de a pessoa alcançar o último lance de escadas.

O secretário tirou um lápis e um bloquinho do bolso da camisa.

– Mantenha os ouvidos atentos – pediu o jovem. Ele começou a andar devagar e com suavidade ao redor do quartinho miserável, tomando notas rápidas em seu bloquinho conforme observava as coisas.

153

Primeiro, ele foi até a cama estreita. Pressionou a mão no colchão e soltou uma exclamação:

– Duro como uma pedra! Terá de ser trocado quando ela estiver fora. Vai ser preciso organizar um transporte especial. Não dá para trocar hoje.

Ele ergueu a colcha e examinou o travesseiro fino.

– A colcha está suja e gasta, o cobertor é fino, os lençóis estão manchados e esfarrapados – continuou. – Que cama horrível para uma criança dormir... e em uma casa que se considera respeitável! Faz muitos dias que não se acende aquele fogareiro – acrescentou, olhando para a grade enferrujada.

– Nenhuma vez desde que eu passei a observar – disse Ram Dass. – A senhora da casa não é alguém que se lembra de que outras pessoas além dela sentem frio.

O secretário escrevia rapidamente em seu bloquinho. Ergueu o olhar do bloco enquanto arrancava uma folha e a guardava no bolso da camisa.

– É um jeito estranho de fazer o que se pretende – comentou ele. – Quem foi que planejou?

Ram Dass fez uma recatada mesura de desculpas.

– É verdade que a ideia inicial foi minha, *sahib* – confessou –, embora não passasse de uma fantasia. Eu gosto da menina; nós dois somos muito sozinhos. É o jeito dela de narrar suas visões às amigas secretas. Certa noite, quando eu estava triste, me deitei perto da claraboia aberta e fiquei ouvindo. A visão que ela contou detalhava como seria este quarto miserável se ele tivesse alguns confortos. Ela parece ver tudo com clareza, foi ficando mais animada e aquecida enquanto falava. Foi assim que ela criou essa fantasia. No dia seguinte, quando o *sahib* se sentia mal e triste, eu lhe contei tudo isso para distraí-lo. Parecia um sonho, mas agradou o *sahib*. Ouvir sobre os feitos da criança o entreteve. Ele ficou interessado nela e fez perguntas. Por fim, começou a ruminar a ideia de tornar reais as visões dela.

A PRINCESINHA

– Acha que dá para fazer enquanto ela dorme? E se ela acordar? – questionou o secretário; e ficou evidente que, não importava a que se referia, o plano havia capturado e caído no gosto tanto dele quanto do *sahib* Carrisford.

– Consigo me movimentar como se meus pés fossem de veludo – replicou Ram Dass. – E crianças dormem profundamente, até mesmo as infelizes. Eu poderia ter entrado neste quarto à noite muitas vezes sem que ela sequer se virasse na cama. Se o ajudante me passar as coisas pela janela, consigo organizar tudo, e ela não vai nem se mexer. Quando ela acordar, vai pensar que um mago esteve aqui.

Ele sorriu como se seu coração tivesse se aquecido por baixo do robe branco, e o secretário sorriu para ele.

– Vai ser como uma história de *As mil e uma noites* – comentou o jovem. – Somente alguém do Oriente poderia ter planejado isso. Não combina com os nevoeiros de Londres.

Eles não permaneceram muito tempo ali, para grande alívio de Melquisedeque, o qual, já que provavelmente não entendeu a conversa, achou sinistros seus movimentos e sussurros. O jovem secretário parecia interessado em tudo. Escreveu coisas sobre o chão, o fogareiro, o banquinho quebrado, a mesa velha, as paredes, nas quais passou a mão várias vezes, parecendo muito satisfeito quando descobriu que vários pregos haviam sido colocados em diversos lugares.

– Dá para pendurar coisas na parede – disse o rapaz.

Ram Dass sorriu de maneira misteriosa.

– Ontem, quando ela saiu – disse ele –, vim aqui e trouxe uns pregos pequenos e com a fonte bem afiada que dá para pregar na parede sem ter que bater com martelo. Coloquei vários no reboco, em lugares onde eu talvez precisasse. Eles estão prontos.

O secretário do cavalheiro indiano ficou parado, imóvel, olhando ao redor enquanto guardava os bloquinhos de volta no bolso.

– Acho que já fiz anotações o suficiente. Podemos ir – disse ele. – O *sahib* Carrisford tem um coração bom. É extremamente lamentável que ele não tenha encontrado a criança perdida.

– Se ele a encontrar, recuperará as forças – comentou Ram Dass. – Que o Deus dele a guie até seu encontro.

Então, eles subiram pela claraboia tão silenciosamente quanto haviam entrado. Depois de garantir que eles partiram, Melquisedeque ficou bem aliviado e, passados alguns minutos, sentiu que era seguro sair de seu buraco de novo para dar uma volta pelo quarto, na esperança de que mesmo seres humanos perturbadores como esses teriam por acaso levado migalhas em seus bolsos e derrubado algumas.

A Magia

Quando passou pela casa vizinha, Sara viu Ram Dass fechando as cortinas, mas conseguiu vislumbrar um pouco daquela sala também.

"Faz muito tempo desde que estive dentro de um lugar bom assim", foi o pensamento que passou pela sua cabeça.

Havia o fogo habitual queimando brilhante na lareira, e o cavalheiro indiano estava sentado em frente a ele. Sua cabeça estava apoiada na mão e ele parecia mais solitário e infeliz que nunca.

– Pobrezinho! – disse Sara. – O que será que ele está supondo?

E era isto o que ele estava "supondo" naquele exato momento.

"Suponha" que ele estivesse pensando, "suponha... mesmo que Carmichael consiga rastrear as pessoas em Moscou... a menininha que eles adotaram da escola da madame Pascal em Paris não é a que estamos procurando. Suponha que, no fim das contas, ela seja outra garota. Quais deverão ser meus próximos passos?"

Ao entrar na casa, Sara encontrou a senhorita Minchin, que tinha descido ao andar de serviço para repreender a cozinheira.

– Por onde andou desperdiçando seu tempo? – exigiu saber. – Você ficou fora durante horas.

– Estava tão úmido e enlameado – respondeu Sara – que foi difícil andar, porque meus sapatos estão péssimos e eu fico escorregando.

– Não aceito que fique dando desculpas – disse a senhorita Minchin – nem que fale mentiras.

Sara entrou e foi até a cozinheira. A mulher tinha levado um sermão severo e por isso estava com um temperamento amedrontado. Ela ficou muito contente por ter alguém em quem descontar sua raiva, e Sara era uma opção conveniente, como de costume.

– Por que não levou a noite toda? – disparou ela.

Sara pôs as compras sobre a mesa.

– Aqui estão as coisas – falou a menina.

A cozinheira olhou tudo, resmungando. Ela estava mesmo com um humor bem selvagem.

– Posso comer algo? – Sara perguntou fracamente.

– Já passou da hora do chá – foi a resposta. – Esperava o quê? Que eu mantivesse o chá quente para você?

Sara ficou parada ali, em silêncio, por um segundo.

– Eu não jantei nada – disse em seguida, com a voz baixa. Ela a manteve baixa por receio de que saísse trêmula.

– Tem um pouco de pão na despensa – disse a cozinheira. – Isso é tudo o que você vai conseguir a esta hora do dia.

Sara achou o pão. Estava velho, duro e seco. A cozinheira estava com um humor perverso demais para lhe dar algo a mais. Era sempre seguro e fácil para ela despejar seu despeito em cima de Sara. Foi verdadeiramente difícil para a menina subir os três longos lances de escadas que levavam ao sótão. Com frequência ela os considerava compridos e íngremes quando estava cansada; mas esta noite parecia que ela jamais alcançaria o topo. Diversas vezes se viu obrigada a parar para descansar. Quando chegou ao topo, ficou contente de ver o bruxuleio de uma luz vindo de baixo da porta. Significava que Ermengarde tinha conseguido escapulir para fazer uma visita. Havia algum conforto nisso. Era melhor do que entrar no

A PRINCESINHA

quarto sozinha e encontrá-lo vazio e desolado. A simples presença da roliça e confortável Ermengarde enrolada em seu xale vermelho a aqueceria um pouquinho.

Sim, ali estava Ermengarde quando ela abriu a porta. Ela estava sentada no meio da cama, com os pés em segurança debaixo do corpo. Ela nunca tinha ficado íntima de Melquisedeque e sua família, embora a fascinassem. Quando ela se via sozinha no sótão, sempre preferia ficar sentada na cama até que Sara chegasse. Nesta ocasião, ela havia tido tempo de ficar bem nervosa, porque Melquisedeque tinha aparecido e farejado bastante por todo lado, uma vez a tinha feito soltar um guincho reprimido quando se apoiou nas patas traseiras e, de pé, olhou para ela enquanto farejava com o focinho direcionado exatamente para ela.

– Oh, Sara – gritou a menina –, estou tão feliz que você chegou. Melquisedeque ficou farejando por todo lado. Eu tentei convencê-lo a voltar, mas ele demorou muito tempo para ceder. Eu gosto dele, você sabe, mas fico assustada quando ele fareja direto para mim. Você acha que ele um dia iria pular?

– Não – respondeu Sara.

Ermengarde engatinhou até a ponta da cama e olhou para ela.

– Você parece cansada, Sara – disse ela. – Está bem pálida.

– Eu estou cansada – respondeu Sara, desabando no banquinho bambo. – Oh, ali está Melquisedeque, coitadinho. Ele veio pedir a ceia.

Melquisedeque tinha saído de seu buraco como se estivesse aguardando ouvir os passos dela. Sara tinha certeza de que ele sabia reconhecer. Ele se aproximou com uma expressão afetuosa e ansiosa enquanto Sara pôs a mão no bolso e o virou, balançando a cabeça.

– Desculpe – disse ela. – Não tenho nenhuma migalha sobrando. Vá para casa, Melquisedeque, e diga à sua esposa que não tem nada no meu bolso. Receio ter esquecido porque a cozinheira e a senhorita Minchin estavam zangadas demais.

Melquisedeque pareceu compreender. Correu de volta para sua casa resignado, ainda que não satisfeito.

– Eu não esperava vê-la esta noite, Ermie – disse Sara.

Ermengarde se abraçou com seu xale vermelho.

– A senhorita Amélia saiu para passar a noite com a tia velha dela – explicou. – Ninguém além dela passa verificando os quartos depois que nos deitamos. Eu poderia ficar aqui até de manhã se quisesse.

Ela apontou para a mesa abaixo da claraboia. Sara não tinha olhado para aquele canto ao entrar no quarto. Vários livros estavam empilhados ali. Ermengarde fez um gesto abatido.

– Papai me enviou mais alguns livros, Sara – explicou. – São esses aí.

Sara olhou ao redor e levantou-se de repente. Correu até a mesa e, pegando o volume do topo da pilha, virou as páginas rapidamente. Naquele momento, esqueceu-se de seus desconfortos.

– Ah, que lindo! – observou. – A Revolução Francesa de Carlyle. Eu queria tanto ler este!

– Eu não – disse Ermengarde. – E papai vai ficar bravo se eu não ler. Ele espera que eu saiba de tudo isso quando for para casa no feriado. O que vou fazer?

Sara parou de virar as páginas e olhou para a amiga com um rubor empolgado nas bochechas.

– Olhe – gritou ela –, se me emprestar estes livros, vou lê-los... e depois vou contar tudo para você... e vou contar de um jeito que vai lembrar.

– Oh, nossa! – exclamou Ermengarde. – Acha que consegue?

– Eu sei que consigo – respondeu Sara. – As pequeninas sempre se lembram do que eu lhes conto.

– Sara – disse Ermengarde, com esperança cintilando em seu rosto redondo –, se fizer isso, se fizer me lembrar, eu... eu te darei qualquer coisa.

– Não quero que você me dê nada – insistiu Sara. – Quero seus livros... São eles o que eu quero! – Os olhos dela se arregalaram e o peito estufou.

A princesinha

– Pode ficar, então – falou Ermengarde. – Gostaria de também querê--los... mas não os quero. Não sou esperta, o meu pai é, e ele acha que eu deveria ser.

Sara estava abrindo um livro após o outro.

– O que você vai dizer ao seu pai? – perguntou, uma ligeira dúvida surgindo em sua mente.

– Oh, ele não precisa saber – respondeu Ermengarde. – Ele vai achar que eu os li.

Sara baixou o livro que tinha nas mãos e balançou a cabeça devagar.

– Isso é quase contar mentiras – disse ela. – E mentiras... bem, veja só, não é que são coisas perversas... são coisas vulgares. – Então refletiu: – Às vezes, pensei que talvez eu pudesse fazer algo perverso... Que poderia de repente saltar em um ato de fúria e matar a senhorita Minchin, sabe, quando ela estivesse me tratando mal... Mas eu não poderia ser vulgar. Por que você não pode contar ao seu pai que eu li os livros?

– Ele quer que eu os leia – falou Ermengarde, um pouco desanimada por essa virada inesperada na situação.

– Ele quer que você saiba o que tem neles – disse Sara. – E se consigo contar de um jeito fácil que faça você se lembrar, acho que ele iria gostar disso.

– Ele vai gostar se eu aprender qualquer coisa de qualquer jeito – disse Ermengarde, pesarosa. – Você também iria gostar, se fosse meu pai.

– Não é culpa sua que... – começou Sara, mas se conteve e se interrompeu subitamente. Ela ia dizer "Não é culpa sua que você não é tão esperta".

– Que o quê? – perguntou Ermengarde.

– Que você não consegue aprender rápido – emendou Sara. – Se não consegue, não consegue. Se eu consigo... ora, consigo. E é isso.

Ela sempre sentiu muita ternura em relação a Ermengarde e tentava não sentir demais a diferença entre ser capaz de aprender qualquer coisa de primeira e não ser capaz de aprender nada. Enquanto olhava para o rosto arredondado da amiga, um dos seus pensamentos sábios e antiquados cruzou sua mente.

– Talvez – disse ela – ser capaz de aprender depressa não seja tudo isso. Ser gentil tem grande valor para as outras pessoas. Se a senhorita Minchin soubesse tudo o que existe no mundo e fosse como é agora, ainda assim seria uma pessoa detestável e todo mundo a odiaria. Muitas pessoas espertas já prejudicaram outras e foram perversas. Veja Robespierre...

Ela parou e examinou o semblante de Ermengarde, que começava a ficar aturdida.

– Não se lembra? – questionou Sara. – Eu te contei sobre ele não faz muito tempo. Acho que você esqueceu.

– Na verdade, eu não me lembro de tudo – admitiu Ermengarde.

– Bem, espere um minuto – disse Sara. – Vou tirar minhas roupas molhadas e me enrolar na colcha, então contarei de novo.

Ela tirou o chapéu e o casaco e os pendurou em um prego na parede, trocou os sapatos molhados por um velho par de pantufas. Depois pulou na cama e, puxando a colcha sobre os ombros, sentou-se com as pernas dobradas contra o peito e os braços envolvendo os joelhos.

– Escute – começou ela.

Sara mergulhou nos registros sangrentos da Revolução Francesa e contou histórias tais que os olhos de Ermengarde arregalaram de susto e ela prendeu a respiração. Porém, embora estivesse bastante aterrorizada, havia uma emoção deliciosa em ouvir, e ela provavelmente não se esqueceria de novo de Robespierre nem teria dúvidas sobre a *princesse* de Lamballe.

– Sabe, eles colocaram a cabeça dela em uma lança e ficaram dançando em volta – explicou Sara. – E ela tinha um cabelo loiro lindo, que parecia flutuar. Quando penso nela, nunca vejo a cabeça presa ao corpo, mas sempre em uma lança, com aquelas pessoas furiosas dançando e gritando.

A PRINCESINHA

Ficou acordado que o senhor St. John tomaria conhecimento do plano delas e que por ora os livros ficariam no sótão.

– Agora vamos falar de outras coisas – disse Sara. – Como você está se saindo nas aulas de francês?

– Bem melhor desde a última vez que vim aqui e você me explicou as conjugações. A senhoria Minchin não conseguiu entender como eu fiz minhas lições tão bem naquela primeira manhã.

Sara riu um pouco e abraçou os joelhos.

– Ela não entende como Lottie está fazendo adição tão bem – falou Sara. – É porque ela vem aqui escondida também, e eu a ajudo. – Ela deu uma olhada no quarto. – O sótão seria até bonito... se não fosse tão horrível – completou, rindo de novo. – É um bom lugar para fingir.

A verdade era que Ermengarde não sabia nada da parte quase insuportável da vida no sótão e não tinha uma imaginação vívida o suficiente para imaginar sozinha. Nas raras ocasiões em que conseguia ir até o quarto de Sara, só via o lado que se tornava empolgante por causa das coisas que eram "fingidas" e das histórias que eram contadas. Suas visitas combinavam com o clima de aventuras; e, embora às vezes Sara parecesse bastante pálida e não fosse possível negar que ela tinha emagrecido muito, seu pequeno espírito orgulhoso não admitiria queixas. Ela nunca confessara que às vezes estava quase morrendo de fome, como era o caso desta noite. Ela estava crescendo rápido, suas caminhadas e correrias constantes lhe davam um apetite potente, mesmo que ela tivesse feito refeições abundantes e regulares de uma natureza muito mais nutritiva do que a comida inferior e de aspecto feio que era devorada em momentos estranhos, conforme a conveniência da cozinha. Ela estava se acostumando com uma certa sensação de corrosão em seu estômago jovem.

– Suponho que os soldados se sentiam assim quando estavam em uma marcha longa e penosa – ela frequentemente dizia a si mesma.

Gostava do som da frase "marcha longa e penosa"; fazia se sentir como um soldado. Ela também tinha uma sensação singular de ser anfitriã no sótão.

– Se eu morasse em um castelo – argumentava – e Ermengarde fosse senhora de outro castelo e viesse me visitar, com cavaleiros, escudeiros e vassalos em sua comitiva, e pendões oscilando no ar, quando eu ouvisse as trombetas soando do lado de fora da ponte elevadiça, eu deveria descer para recepcioná-la, e deveria organizar festas no salão de banquetes e chamar menestréis para cantar, tocar e para narrar romances. Quando ela vem ao sótão, não posso organizar banquetes, mas posso contar histórias e não a deixar saber coisas desagradáveis. Arrisco a dizer que as pobres castelãs tiveram de fazer isso em tempo de fome, quando suas terras foram saqueadas. – Ela era uma castelã orgulhosa e corajosa e ofertava generosamente a única hospitalidade que tinha para oferecer: os sonhos que ela sonhava, as visões que via, as imaginações que eram sua alegria e seu conforto.

Assim, no período que passaram juntas, Ermengarde não soube que a amiga estava fraca e faminta e que, conforme falava, ela de vez em quando se perguntava se a fome a deixaria dormir depois, quando estivesse sozinha. Ela achava que nunca tinha sentido tanta fome na vida.

– Queria ser magra como você, Sara – disse Ermengarde de repente. – Acho que você está magra como costumava ser antes. Seus olhos parecem enormes e olhe para os ossos do ombro, dá para ver as pontas!

Sara puxou a manga, que tinha subido sozinha.

– Sempre fui uma criança magra – falou com insistência. – E sempre tive olhos verdes grandes.

– Eu adoro seus olhos diferentes – disse Ermengarde, fitando-os com uma admiração afetuosa. – Parece sempre que eles viram muita coisa. Eu adoro, e adoro que são verdes, apesar de na maior parte do tempo parecerem pretos.

A PRINCESINHA

– São olhos de gato. – Sara deu risada. – Mas não consigo enxergar no escuro... porque eu tentei e não consegui. Gostaria de ser capaz disso.

Foi exatamente nesse minuto que aconteceu uma coisa na claraboia que nenhuma delas notou. Se qualquer uma delas tivesse por acaso se virado para olhar, teriam ficado assustadas pela visão de um rosto escuro espiando com cautela o quarto, então desaparecendo tão rápido e quase tão silenciosamente quanto havia aparecido. Não tão silenciosamente, no entanto. Sara, que tinha uma audição aguçada, de repente se virou um pouco e olhou para o telhado.

– Isso não pareceu ser o Melquisedeque – comentou ela. – Não foi arranhado o bastante.

– O quê? – perguntou Ermengarde, um pouco assustada.

– Você não pensou ter ouvido algo? – quis saber Sara.

– N-não – gaguejou Ermengarde. – Você ouviu?

– Talvez não – disse Sara. – Mas pensei ter ouvido. Parecia que tinha algo nas telhas... algo que se arrastava suavemente.

– O que poderia ser? – questionou Ermengarde. – Poderiam ser... ladrões?

– Não – respondeu Sara com otimismo. – Não tem nada aqui para roubar...

Ela parou de falar de repente. As duas ouviram o som que confirmava o comentário dela. Não era nas telhas, mas nas escadarias abaixo, e era a voz zangada da senhorita Minchin. Sara pulou da cama e apagou a vela.

– Ela está dando uma bronca em Becky – sussurrou Sara, imóvel na escuridão. – Está fazendo Becky chorar.

– Ela vai vir aqui? – sussurrou Ermengarde em pânico.

– Não, vai pensar que estou dormindo. Não se mexa.

Era muito raro a senhorita Minchin subir o último lance de escadas. Sara só lembrava de ela ter feito isso uma vez antes. Mas agora a mulher estava com raiva o suficiente para percorrer pelo menos parte do caminho e parecia que ela estava arrastando Becky junto.

FRANCES HODGSON BURNETT

– Sua menina sem vergonha, desonesta! – ouviram-na dizer. – A cozinheira me contou que está dando falta de coisas constantemente.

– Não fui eu, senhora – disse Becky, soluçando. – Eu tava com fome sim, mais não fui eu... nunca!

– Você merece ir para a prisão – falou a voz da senhorita Minchin. – Furto e roubo! Metade de uma torta de carne, ora essa!

– Não fui eu – chorou Becky. – Eu podia tê comido uma torta inteira... mais nunca botei um dedo nela.

A senhorita Minchin estava sem fôlego, em parte pela fúria e em parte por subir as escadas. A torta de carne tinha sido reservada para a ceia tardia dela. Era evidente que ela havia estapeado o rosto de Becky.

– Não conte mentiras – disse a mulher. – Vá imediatamente para o seu quarto.

Tanto Sara quanto Ermengarde ouviram o tapa e depois ouviram Becky subir correndo as escadas com seus sapatos gastos e entrar no sótão dela. Ouviram a porta ser fechada e entenderam que a menina se jogou na cama.

– Eu podia tê comido duas tortas – as duas a ouviram chorar no travesseiro. – E não comi nem um pedacinho. Foi a cozinheira que deu pro policial dela.

Sara ficou parada no meio do quarto, na escuridão. Estava apertando os dentes e abrindo e fechando ferozmente as mãos. Mal conseguia se manter imóvel, mas não ousava se mexer até que a senhorita Minchin tivesse descido as escadas e tudo silenciasse.

– Pessoa malvada, cruel! – disparou ela. – A cozinheira pega as coisas para si e diz que foi Becky quem roubou. Não foi ela! Não foi ela! Às vezes ela fica com tanta fome que come as cascas que encontra no balde de cinzas! – Sara pressionou as mãos com força contra o rosto e explodiu em soluços pequenos e intensos.

Ermengarde, testemunhando essa cena incomum, ficou intimidada. Sara estava chorando! A invencível Sara! Parecia indicar algo novo...

algum sentimento que ela ainda não tinha conhecido. Suponha... suponha... que uma nova e terrível possibilidade se apresentasse de repente à sua pequena mente gentil e lenta. Ela saiu da cama no escuro e achou seu caminho até a mesa onde estava a vela. Riscou um fósforo e acendeu a vela. Depois, inclinou-se para a frente e olhou para Sara e em seus olhos o novo pensamento crescia e se transformava definitivamente em medo.

– Sara – disse ela em uma voz tímida, quase intimidada –, você... você nunca me falou nada... não quero ser mal-educada, mas... você está com muita fome?

Foi demais para aquele momento. A barreira cedeu. Sara ergueu o rosto das mãos.

– Sim – disse com seu novo jeito intenso. – Sim, estou. Estou com tanta fome agora que poderia comer você inteira. E piora ouvir a pobre Becky. Ela está mais faminta que eu.

Ermengarde ofegou.

– Oh, não! – exclamou com pesar. – E eu nunca percebi!

– Eu não queria que você soubesse – disse Sara. – Eu teria me sentido como uma moradora de rua. Sei que pareço uma moradora de rua.

– Não, você não parece... não parece! – afirmou Ermengarde. – Suas roupas estão um pouco estranhas... mas você não poderia parecer uma moradora de rua. Não tem o rosto de moradora de rua.

– Um menininho certa vez fez a caridade de me dar uma moeda de seis centavos – disse Sara, soltando uma risadinha sem querer. – Aqui está. – Ela puxou a fita estreita do pescoço. – Ele não teria me dado a moeda que ganhou no Natal se não percebesse que eu precisava dela.

De algum modo, ver a querida moedinha fez bem às duas. Elas acabaram rindo um pouco, embora as duas estivessem com lágrimas nos olhos.

– Quem era ele? – perguntou Ermengarde, olhando para a moeda como se não tivesse sido um pedaço de prata comum.

– Era uma coisinha querida a caminho de uma festa – disse Sara. – Ele é da Grande Família, o pequenininho com as pernas roliças, aquele que eu chamo de Guy Clarence. Suponho que o quarto dele devia estar cheio de presentes de Natal e de cestas com bolos e outras delícias, e ele viu que eu não tinha nada.

Ermengarde deu um pulinho para trás. As últimas frases fizeram sua mente perturbada lembrar de algo e lhe deram uma inspiração repentina.

– Oh, Sara! – exclamou ela. – Que boba eu fui de não ter pensado nisso!

– Nisso o quê?

– Em uma coisa esplêndida! – respondeu Ermengarde, com uma pressa empolgada. – Hoje à tarde, minha tia mais legal me enviou um cesto. Está cheio de coisas boas. Eu nem toquei em nada, porque tinha comido muito pudim no jantar e estava muito incomodada com os livros de papai. – As palavras dela tropeçavam umas nas outras. – No cesto tem bolo, tortinhas de carne, pãezinhos e tarteletes de geleia, laranjas, vinho de groselha, figos e chocolate. Vou escondida no meu quarto pegar o cesto e vamos comer agora mesmo.

Sara quase cambaleou. Quando alguém está quase desmaiando de fome, a simples menção de comida pode ter um efeito curioso. Ela agarrou firme o braço de Ermengarde.

– Você acha que... vai conseguir? – despejou ela.

– Eu sei que vou – respondeu Ermengarde. Ela correu até a porta... abriu-a suavemente... botou a cabeça para fora, na escuridão, e ficou ouvindo. Então voltou até Sara. – As luzes estão apagadas. Todo mundo está deitado. Eu consigo ir escondida... e se for assim ninguém vai me ouvir.

Era tão incrível que elas pegaram as mãos uma da outra e uma luz repentina surgiu nos olhos de Sara.

– Ermie! – disse ela. – Vamos fingir! Vamos fingir que é uma festa! E, oh, você não convidaria a prisioneira da cela ao lado?

– Sim! Sim! Vamos bater na parede agora. A carcereira não vai escutar.

Sara foi até a parede. Através dela, podia ouvir a pobre Becky chorando mais baixinho. Ela deu quatro batidas.

A PRINCESINHA

– Isso significa "Venha aqui pela nossa passagem secreta embaixo da parede" – explicou. – "Eu tenho algo para comunicar."

Cinco batidas rápidas foram a resposta.

– Ela está vindo – disse Sara.

Quase imediatamente a porta do sótão se abriu e Becky apareceu. Seus olhos estavam vermelhos e sua touca estava caindo. Ao ver Ermengarde, ela começou a esfregar o rosto com o avental, nervosa.

– Não ligue para mim, Becky! – insistiu Ermengarde.

– A senhorita Ermengarde convidou você para vir aqui – disse Sara –, porque ela vai trazer um cesto cheio de delícias para nós.

A touca de Becky quase caiu totalmente, de tão empolgada que ficou.

– Coisas de comê, senhorita? – perguntou. – Coisas gostosa de comê?

– E você poderá comer tanto quanto quiser – disse Ermengarde. – Vou agora mesmo!

Ela seguiu com tanta pressa que, quando saiu do sótão na ponta dos pés, deixou cair o xale vermelho sem perceber. Ninguém o notou por um tempo. Becky estava muito ansiosa com a sorte que tivera.

– Oh, senhorita! Oh, senhorita! – ofegou ela. – Sei que foi ocê que pediu pra ela me convidá. Eu... eu fico com vontade de chorá de pensá nisso. – Ela foi até o lado de Sara e ficou encarando-a com um olhar de adoração.

Contudo, aos olhos famintos de Sara, a velha luz tinha começado a brilhar e a transformar seu mundo. Aqui no sótão, apesar da noite fria lá fora, apesar da tarde nas ruas lamacentas que mal tinha acabado, apesar da lembrança da aparência terrível e desnutrido dos olhos da criança pedinte ainda não ter desvanecido, esta coisa simples e alegre havia acontecido como em um passe de mágica.

Ela recuperou o fôlego.

– De algum modo, sempre acontece alguma coisa – disse – pouco antes de as coisas piorarem muito. É como se o mago tivesse feito isso. Se ao menos eu pudesse me lembrar disso sempre. A pior coisa nunca acontece realmente.

Ela chacoalhou Becky de leve, com animação.

– Não, não! Não devo chorar! – falou Sara. – Devemos nos apressar a arrumar a mesa.

– Arrumá a mesa, senhorita? – questionou Becky, olhando ao redor do quarto. – Vamo arrumá com quê?

Sara deu uma olhada no sótão também.

– Não parece haver muita coisa – respondeu com uma meia risada.

Naquele momento, ela viu algo e o agarrou. Era o xale vermelho de Ermengarde que estava esquecido no chão.

– Aqui está o xale – disse ela. – Sei que ela não vai se importar. Vai servir como uma linda toalha vermelha de mesa..

Elas puxaram para a frente a velha mesa e jogaram o xale sobre ela. Vermelho é uma cor maravilhosa, que dá uma sensação de gentileza e conforto. Imediatamente o quarto começou a parecer mobiliado.

– Um tapete vermelho iria ficar lindo no chão! – exclamou Sara. – Vamos fingir que tem um!

Seus olhos varreram as tábuas nuas com um rápido olhar de admiração. O tapete já estava estendido ali.

– É tão macio e grosso! – disse ela com uma risadinha cujo significado Becky conhecia. Ela ergueu o pé e o baixou de novo, pisando delicadamente, como se sentisse alguma coisa sob ele.

– É, senhorita – respondeu Becky, observando-a com um arrebatamento sério. Ela sempre era muito séria.

– O que vem agora? – perguntou Sara. Ela ficou parada e cobriu os olhos com as mãos, então disse com uma voz suave cheia de expectativa: – Vai vir algo se eu pensar e esperar um pouquinho. A Magia vai me dizer.

Uma de suas fantasias favoritas era a de que "do lado de fora" (como ela dizia) os pensamentos estavam só à espera de serem chamados pelas

A PRINCESINHA

pessoas. Becky a vira em pé esperando muitas vezes antes e sabia que em poucos segundos Sara revelaria seu rosto iluminado e risonho.

No momento seguinte isso aconteceu.

– Achei! – gritou ela. – Veio! Agora eu sei! Preciso olhar nas coisas no meu velho baú de quando eu era uma princesa.

Ela correu até um canto do quarto e se ajoelhou. O baú não fora guardado no sótão para seu benefício, mas porque não havia espaço em outro lugar. Não havia nada dentro dele exceto umas bobagens. Mas Sara sabia que encontraria alguma coisa. A Magia sempre providenciava esse tipo de coisa, de uma forma ou de outra.

Em um cantinho do baú estava um pacote de aparência tão insignificante que havia sido ignorado e, quando ela o encontrou, manteve-o como uma relíquia. Continha uma dúzia de pequenos lenços brancos. Ela os agarrou alegremente e correu até a mesa. Começou a ajeitá-los sobre a toalha de mesa vermelha, acariciando-os e alisando-os enquanto os dobrava a fim de deixar a fita rendada ondulando para fora; sua Magia aplicava seus feitiços em Sara enquanto ela fazia isso.

– Estes são pratos – disse ela. – Pratos dourados. Estes são os guardanapos ricamente bordados. Freiras os bordaram em conventos na Espanha.

– Foi mesmo, senhorita? – ofegou Becky, sua alma elevando-se muito com a informação.

– Você precisa fazer de conta – explicou Sara. – Se fizer de conta com todas as tuas forças, vai conseguir ver.

– Sim, senhorita – disse Becky. E, enquanto Sara voltava ao baú, ela se dedicou ao esforço de conseguir fazer algo que tanto desejava.

Sara se virou de repente e viu a garota parada ao lado da mesa, com um aspecto bem esquisito. Ela tinha fechado os olhos e estava fazendo caretas que pareciam estranhas contorções convulsivas, suas mãos em punhos bem fechados imóveis ao lado do corpo. Parecia que ela tentava levantar um peso enorme.

– Qual é o problema, Becky? – interveio Sara. – O que está fazendo?

Becky abriu os olhos assustada.

– Eu tava fingindo, senhorita – ela respondeu timidamente. – Tava tentando vê que nem ocê faz. Quase consegui. – Ela abriu um sorrisinho esperançoso. – Mais precisa fazê muita força.

– Talvez precise mesmo se você não estiver acostumada – comentou Sara com uma simpatia amigável. – Mas você não sabe como fica fácil depois que estiver fazendo com frequência. Eu não tentaria tanto assim na primeira vez. Vai acontecer naturalmente para você depois de um tempo. Agora só vou contar como as coisas são. Veja isto.

Ela segurava um antigo chapéu de verão que tinha pescado do fundo do baú. Havia uma grinalda de flores nele. Ela tirou a grinalda.

– Serão guirlandas para o banquete – disse com ares de grandeza. – Enchem o ar de perfume. Tem uma caneca no lavatório, Becky. Oh... e traga a saboneteira para ser o centro de mesa.

Becky entregou os objetos com reverência.

– O que essas coisa são agora, senhorita? – perguntou ela. – É de pensá que é tudo de barro, mas eu sei que não é.

– Este é um jarro entalhado – disse Sara, enrolando em volta da caneca os caules da guirlanda. – E este – falou, curvando-se com ternura sobre a saboneteira e enchendo-a de rosas – é um alabastro do mais puro, incrustado com pedras preciosas.

Ela tocava os objetos com delicadeza, e o sorriso feliz que estava em seus lábios a fazia parecer como se fosse uma criatura vinda de um sonho.

– Nossa, é muito lindo! – sussurrou Becky.

– Se ao menos tivéssemos alguma coisa para servir bombons – murmurou Sara. – Ali! – E disparou até o baú de novo. – Lembro de ter visto algo agora pouco.

Era apenas um novelo de lã embrulhado em papel de seda vermelho e branco, mas o papel logo foi torcido na forma de pequenos pratos e foi posto ao lado do candelabro enfeitado com as flores remanescentes e que

A PRINCESINHA

iluminaria a festa. Só mesmo a Magia poderia ter transformado em algo especial uma velha mesa coberta com um xale vermelho e com bobagens tiradas de um baú que há muito não era aberto. Porém Sara recuou e olhou para ele, vendo maravilhas; e Becky, depois de fitar tudo encantada, falou com a respiração suspensa.

– Aqui – começou, dando uma olhada ao redor do sótão – ainda é a Bastilha ou virou um lugar diferente?

– Oh, sim, sim! – disse Sara – Bem diferente. Agora é um salão de banquetes!

– Minha nossa, senhorita! – exclamou Becky. – Um salão de banquete! – E ela girou para observar os esplendores que havia ao seu redor com um aturdimento perplexo.

– Um salão de banquetes – confirmou Sara. – Um espaço amplo onde são organizadas festas. Tem um teto abobadado, uma galeria de menestréis, uma enorme chaminé cheia de toras de carvalho ardentes e é brilhante com velas finas cintilando por todos os lados.

– Minha nossa, senhorita Sara! – exclamou Becky de novo.

Então a porta se abriu e Ermengarde entrou, quase tropeçando sob o peso do cesto. Ela recuou com uma exclamação de alegria. Sair da escuridão fria lá fora para entrar e deparar com uma mesa de festa totalmente imprevista, coberta de vermelho, adornada com guardanapos brancos e enfeitada de flores, era sentir que os preparativos foram realmente brilhantes.

– Oh, Sara! – gritou ela. – Você é a garota mais esperta que já conheci!

– Não ficou bonito? – disse Sara. – São coisas do meu velho baú. Perguntei à minha Magia e ela me disse para olhar lá.

– Mas, oh, senhorita – falou Becky. – Espera só até ela contá procê o que é tudo isso! Não é só... oh, senhorita, por favô, conta pra ela – pediu a Sara.

Então Sara contou a Ermengarde e porque a Magia havia lhe ajudado ela quase conseguiu fazê-la ver tudo: os pratos dourados, os espaços abobadados, as toras ardentes, as velas cintilando. Conforme as coisas foram sendo tiradas do cesto, os bolos confeitados, as frutas, os bombons e o vinho, o banquete se tornou um evento esplêndido.

– Parece uma festa de verdade! – exclamou Ermengarde.

– Parece a mesa de uma rainha – suspirou Becky.

De repente, Ermengarde teve uma ideia brilhante.

– Vou te dizer uma coisa, Sara – ela falou. – Finja que você é uma princesa agora e que este é seu banquete real.

– Mas é o seu banquete – disse Sara. – Você deve ser a princesa e nós seremos suas damas de honra.

– Oh, eu não consigo – replicou Ermengarde. – Eu sou muito gorda e não saberia fazer. Seja você a princesa.

– Bem, se é o que você quer – aceitou Sara.

Mas de repente ela teve uma ideia diferente e foi correndo até o fogareiro enferrujado.

– Tem um monte de papel e bobagens enfiadas aqui! – exclamou ela. – Se acendermos, vai subir uma chama brilhante por alguns minutos, e nós vamos sentir como se fosse fogo de verdade.

Ela riscou um fósforo e acendeu os papéis com um grande brilho ilusório que iluminou a sala.

– Quando parar de queimar – continuou –, teremos nos esquecido de que não era de verdade.

Ela ficou parada em frente à chama tremulante e sorriu.

– Não parece mesmo de verdade? – disse Sara. – Agora vamos começar a festa.

Sara conduziu as meninas até a mesa. Fez um gesto gracioso para Ermengarde e Becky. Ela estava imersa em seu sonho.

– Aproximem-se, belas donzelas – disse com sua voz feliz e sonhadora. – E sentem-se à mesa do banquete. Meu nobre pai, o rei, que está ausente em uma longa viagem, ordenou que eu alimentasse vocês. – Ela virou a cabeça levemente na direção do canto do quarto. – Ora, podem vir, menestréis! Comecem a tocar suas violas e fagotes. Princesas – explicou ela

A PRINCESINHA

depressa a Ermengarde e Becky – sempre tinham bardos para tocar em suas festas. Finjam que há uma galeria de menestréis ali no canto. Agora vamos começar.

Elas mal tiveram tempo de pegar seus pedaços de bolo... Nenhuma delas teve tempo de fazer nada... De repente, as três se levantaram e ficaram com o rosto pálido, viradas na direção da porta... ouvindo... ouvindo.

Alguém estava subindo as escadas. Não havia dúvida. Cada uma delas reconheceu os passos raivosos e sabia que era o fim de tudo.

– É... a senhora! – sufocou Becky, derrubando o pedaço de bolo no chão.

– Sim – confirmou Sara, os olhos ficando chocados e enormes em seu rostinho branco. – A senhorita Minchin nos descobriu.

A senhorita Minchin escancarou a porta com um empurrão. Ela também estava pálida, mas de raiva. Olhou dos rostos assustados para a mesa do banquete, e da mesa do banquete para a última faísca de papel queimado no fogareiro.

– Eu vinha suspeitando de algo assim – disse ela –, mas não imaginei tamanha audácia. Lavinia falou a verdade.

Assim, elas descobriram que foi Lavinia quem de algum modo havia adivinhado o segredo delas e as traído. A senhorita Minchin foi rápida até Becky e pela segunda vez a estapeou.

– Sua criatura sem vergonha! – disse a mulher. – Você deixará esta casa pela manhã!

Sara se manteve imóvel, os olhos ficando maiores e o rosto, mais pálido. Ermengarde caiu no choro.

– Oh, não a mande embora – soluçou ela. – Minha tia me mandou esse cesto. Estávamos... apenas... fazendo uma festa.

– Pois sim – disse a senhorita Minchin, furiosa. – Com a princesa Sara na ponta da mesa. – Ela se virou feroz para Sara. – É coisa sua, eu sei – disse. – Ermengarde jamais teria pensado em algo assim. Você decorou a mesa, eu suponho... com esta bobagem. – Ela bateu o pé com força no chão, na direção de Becky. – Vá para o seu sótão! – mandou, e Becky se afastou, com o rosto escondido no avental, os ombros tremendo.

Então foi a vez de Sara de novo.

– Vou cuidar de você amanhã. Você não terá café da manhã, almoço nem jantar!

– Eu não almocei nem jantei hoje, senhorita Minchin – falou Sara fracamente.

– Melhor ainda. Você terá do que se lembrar. Não fique aí parada. Ponha as coisas de volta no cesto.

Ela mesma começou a puxar os itens da mesa para o cesto e acabou vendo os livros novos de Ermengarde.

– E você – disse para Ermengarde – trouxe seus lindos livros novos para este sótão sujo. Pegue-os e vá para sua cama. Você ficará em seu quarto o dia todo amanhã, e eu escreverei para o seu pai. O que ele diria se soubesse onde você está esta noite?

Algo que ela viu no olhar fixo e solene de Sara neste momento a fez se virar com ferocidade.

– O que está pensando? – exigiu saber. – Por que está me olhando assim?

– Eu estava me perguntando – respondeu Sara, do mesmo modo como havia respondido naquele dia memorável na sala de aula.

– Estava se perguntando o quê?

A cena era bem parecida com aquela na sala de aula. Não havia impertinência nos modos de Sara. Somente tristeza e calma.

– Eu estava me perguntando – disse ela com a voz baixa – o que o meu pai diria se soubesse onde estou esta noite.

A senhorita Minchin ficou enfurecida assim como ficara na outra ocasião e sua raiva se expressou, como naquela vez, de uma maneira intempestiva. Ela voou até Sara e a sacudiu.

– Sua menina insolente, intratável! – gritou. – Como ousa! Como ousa!

A PRINCESINHA

Ela pegou os livros, recolheu o restante do banquete para dentro do cesto, tudo amontoado, colocou-o nos braços de Ermengarde e empurrou-a à sua frente na direção da porta.

– Vou deixá-la sozinha para refletir. Já para a cama! – ordenou. E, saindo, bateu a porta e deixou Sara sozinha.

O sonho chegou ao fim. A última faísca havia desaparecido do papel no fogareiro, restando apenas um pavio preto. A mesa ficou nua, os pratos dourados, os guardanapos ricamente bordados e as guirlandas novamente se transformaram em velhos lenços, pedaços de papel vermelho e branco e flores artificiais esquecidas espalhadas pelo chão. Os menestréis na galeria tinham fugido e as violas e os fagotes estavam silenciosos. Emily estava sentada com as costas viradas para a parede, olhando muito fixamente. Sara a viu e foi pegá-la com as mãos trêmulas.

– Não sobrou banquete nenhum, Emily – lamentou. – E não existe mais nenhuma princesa. Não existe nada além de prisioneiras na Bastilha. – Ela sentou-se e escondeu o rosto.

O que teria acontecido se ela não tivesse escondido o rosto nesse exato momento, se por acaso ela tivesse olhado para a claraboia no instante errado, eu não sei... Talvez o fim deste capítulo teria sido bem diferente... Porque, se ela tivesse olhado para a claraboia, com certeza teria se espantado com algo que teria visto. Ela teria visto exatamente o mesmo rosto pressionado contra o vidro, espiando-a como havia espiado antes, durante o início da noite, quando ela estivera conversando com Ermengarde.

Porém, ela não olhou para cima. Ficou sentada por um tempo com a cabeça de cabelos pretos apoiada nos braços. Ela sempre ficava assim quando estava tentando suportar algo em silêncio. Então, se levantou e foi devagar até a cama.

– Não consigo fingir mais nada... enquanto estou acordada – disse ela. – Não serviria de nada tentar. Se eu for dormir, talvez tenha um sonho que finja por mim.

De repente, ela se sentiu tão cansada, talvez pela necessidade de comer, que se sentou na beirada da cama, fraca.

– Suponha que houvesse um fogo ardente no fogareiro, com várias chamas dançantes – murmurou ela. – Suponha que houvesse uma poltrona confortável bem em frente, suponha que houvesse uma mesinha perto com uma ceia bem quente em cima. E suponha – continuou enquanto puxava as cobertas finas sobre o corpo –, suponha que esta fosse uma cama linda, macia, com cobertores aveludados e grandes travesseiros de penas. Suponha... suponha... – E seu cansaço foi bom, pois fez seus olhos se fecharam e logo ela adormeceu profundamente.

Ela não sabia por quanto tempo dormiu. Mas estivera cansada o suficiente para dormir profunda e intensamente – tão profunda e pesadamente a ponto de não ser incomodada por nada, nem mesmo pelos guinchos e pelas corridinhas da família inteira de Melquisedeque, se todos os filhos e as filhas dele tivessem decidido sair do buraco para brigar, se trombar e brincar.

Quando acordou, foi de um modo bem súbito e ela não soube identificar nada em particular que a havia tirado do sono. A verdade era, contudo, que foi um som que a havia chamado de volta à realidade, um som de verdade: o clique da claraboia se fechando depois que uma ágil figura branca tinha passado por ela e se agachado nas telhas de ardósia, perto o suficiente do vidro para ver o que acontecia no sótão, mas não tão perto a ponto de ser vista.

A princípio, ela não abriu os olhos. Sentia-se sonolenta demais e, curiosamente, aquecida e confortável demais. De fato, estava tão aquecida e confortável que não acreditou que estivesse realmente acordada. Ela nunca estava aquecida e aconchegada assim exceto em alguma visão adorável.

– Que sonho bom! – murmurou ela. – Sinto-me bem aquecida. Eu... não... quero... acordar.

É claro que era um sonho. Ela sentia como se roupas de cama quentes e deliciosas estivessem cobrindo-a. Podia sentir as cobertas, e quando estendeu a mão tocou algo exatamente como um edredom de cetim. Não queria acordar desse encanto... queria ficar imóvel e fazê-lo durar.

A PRINCESINHA

Mas não podia, embora estivesse com os olhos bem fechados, não podia. Alguma coisa a estava forçando a acordar... alguma coisa no quarto. Era uma noção de luz, e um som... o som de fogo crepitando e bramindo.

– Oh, estou acordando – disse ela em tom de lamento. – Não posso evitar... não posso.

Seus olhos abriram, ainda que ela não quisesse. Então, ela sorriu de verdade, porque o que viu era algo que nunca tinha visto no sótão e que sabia que jamais deveria ver.

– Oh, eu não acordei – sussurrou, ousando apoiar-se nos cotovelos para dar uma boa olhada ao redor. – Ainda estou sonhando.

Ela sabia que devia ser um sonho, pois se estivesse acordada tais coisas não podiam existir... não podiam.

Você se pergunta se ela tinha certeza de que não voltaria à Terra? Isto é o que ela viu. No fogareiro, havia fogo ardente e brilhante; na grade sobre o fogo, havia uma pequena chaleira de latão assobiando e fervendo; esticado no chão havia um tapete carmesim grosso e quente; diante do fogareiro, uma cadeira dobrável montada e com almofadas; ao lado da cadeira, uma pequena mesa dobrável montada coberta com um pano branco e sobre ela havia pratinhos tampados, uma xícara, um pires, um bule de chá; na cama, havia novos cobertores quentes e uma colcha de cetim; ao pé da cama, um curioso montinho que era um roupão de seda, um par de pantufas e alguns livros. O quarto de seu sonho parecia transformado em um mundo encantado e estava inundado por uma luz cálida, vinda de uma lâmpada brilhante sobre a mesa coberta por um tecido rosado.

Ela sentou-se e sua respiração ficou curta e rápida.

– O sonho não... se dissolve – ofegou. – Oh, nunca tive um assim.

Sara mal ousava se mexer, mas por fim afastou as cobertas e pôs os pés no chão com um sorriso arrebatador.

– Estou sonhando... estou saindo da cama – ela ouviu a própria voz dizer. Então, enquanto se levantava em meio a tudo aquilo, virando devagar de um lado para outro, completou: – Estou sonhando que tudo isso aqui fica... que continua real! Estou sonhando que a sensação é real. Está enfeitiçado... Ou sou eu quem está enfeitiçada, e só penso que vejo tudo isso. – As palavras começaram a se apressar. – Se eu puder ao menos continuar pensando nisso – insistiu. – Não me importo! Não me importo!

Ficou ofegante por mais um momento, depois gritou de novo.

– Oh, não é verdade! – disse. – Não pode ser verdade! Mas, oh, como parece ser verdade!

O fogo ardente a atraiu, ela se ajoelhou e estendeu as mãos para perto dele, tão perto que o calor a fez dar um salto para trás.

– Um fogo que fosse de um sonho não seria tão quente – disse.

Ela se afastou, tocou a mesa, os pratos, o tapete; foi para a cama e tocou os cobertores. Pegou o roupão macio e, de repente, agarrou-o ao peito e segurou-o contra a bochecha.

– Está quentinho. É macio! – Ela quase soluçou. – É real. Só pode ser!

Jogou o roupão nos ombros e enfiou os pés nas pantufas.

– São reais também. Tudo é real! – exclamou ela. – Eu não... eu não estou sonhando!

Ela quase tropeçou nos livros e abriu um que estava no topo da pilha. Tinha algo escrito na folha de rosto... apenas estas palavras:

Para a menininha no sótão. De um amigo.

Quando leu isso, fez algo que lhe era estranho: baixou o rosto nas páginas e caiu no choro.

– Não sei quem é – disse ela –, mas alguém se importa um pouco comigo. Eu tenho um amigo.

Sara pegou sua vela, saiu de fininho do próprio quarto e entrou no de Becky, postando-se ao lado dela.

A PRINCESINHA

– Becky, Becky! – sussurrou o mais alto que ousou. – Acorde!

Quando Becky acordou e, assustada, sentou-se ereta, com o rosto ainda marcado pelas marcas das lágrimas, viu ao seu lado uma figura com um roupão luxuoso macio de seda carmesim. O rosto que ela via era uma coisa brilhante e maravilhosa. A princesa Sara, tal como ela se recordava, estava parada bem ao seu lado, com uma vela na mão.

– Venha – chamou Sara. – Oh, Becky, venha!

Becky estava com medo demais para falar qualquer coisa. Simplesmente se levantou e a seguiu, com a boca e os olhos abertos, sem dizer uma palavra sequer.

E quando elas entraram no quarto, Sara fechou a porta suavemente e levou Becky para o meio aquecido e brilhante das coisas que fizeram seu cérebro girar e seus sentidos famintos desmaiarem.

– É verdade! É verdade! – exclamou Sara. – Eu já toquei tudo. São tão reais quanto nós. A Magia veio e fez tudo isso, Becky, enquanto estávamos dormindo... A Magia que não deixa que as piores coisas aconteçam realmente.

O visitante

Imagine, se puder, como foi o restante da noite. Como elas se agacharam junto ao fogo que ardia e estalava e se engrandecia tanto naquele pequeno fogareiro. Quando removeram a tampa dos pratos encontraram uma sopa saborosa e quente, que era por si só uma refeição completa, sanduíches, torradas e bolinhos o suficiente para as duas.

A caneca do escorredor de louças foi usada como xícara de chá por Becky e o chá estava tão delicioso que não era preciso fingir que se tratava de algo além de chá. Elas estavam aquecidas, alimentadas e felizes, e era bem do feitio de Sara, tendo descoberto que sua estranha sorte era real, deixar-se levar à apreciação máxima de tudo. Sua vida havia sido tão cheia de imaginações que ela estava igualmente disposta a aceitar qualquer maravilha que lhe acontecesse e, em pouco tempo, quase deixar de considerá-la espantosa.

– Não conheço ninguém no mundo que poderia ter feito isso – disse ela –, mas essa pessoa existe. E aqui estamos, sentadas diante do fogo... e... é verdade! Quem quer que seja, onde quer que esteja, eu tenho um amigo, Becky... alguém que é meu amigo.

A PRINCESINHA

Não dá para negar que, enquanto estavam sentadas diante do fogo brilhante, comendo aqueles alimentos nutritivos e gostosos, elas sentiram uma espécie de espanto arrebatador e olharam nos olhos uma da outra com algo parecido com dúvida.

– Ocê acha – Becky gaguejou uma vez, em um sussurro –, ocê acha que isso tudo pode sumir, senhorita? Não é melhor a gente sê rápida? – E apressadamente enfiou o sanduíche na boca. Se fosse apenas um sonho, os bons modos durante as refeições seriam negligenciados.

– Não, nada vai sumir – respondeu Sara. – Eu estou comendo este bolinho e consigo sentir o sabor. Em sonhos, nunca dá para comer de verdade. Você só pensa que vai comer. Além disso, eu me dei vários beliscões e peguei um pedaço quente de carvão agora pouco, de propósito.

O conforto sonolento que por fim quase as dominou era celestial. Era a sonolência de uma infância feliz e bem alimentada, e elas se sentaram perto do brilho do fogo e deleitaram-se nele até que Sara se percebeu virando-se para olhar sua cama transformada.

Havia cobertores suficientes até mesmo para compartilhar com Becky. O sofá estreito no sótão ao lado ficou mais confortável naquela noite do que sua ocupante jamais sonhara ser possível.

Prestes a sair do quarto, Becky virou-se e fitou o sótão com olhos famintos.

– Se não tivé mais nada de manhã, senhorita – disse ela –, de qualqué jeito teve aqui esta noite e eu nunca vô esquecê. – Ela parecia olhar cada coisinha em particular, como se quisesse gravar na memória. – O fogo tava ali – disse, apontando com o dedo – a mesa tava na frente, o lampião tava ali e a luz parecia rosa, tinha uma coberta de cetim na sua cama, um tapete quente no chão, e tudo parecia lindo, e... – Ela parou por um segundo, pousando a mão com carinho na barriga. – E tinha sopa, sanduíche e bolinho... tinha sim. – E, enfim com tal convicção de realidade, ela partiu.

FRANCES HODGSON BURNETT

Por meio da misteriosa operação que atua nas escolas e entre os empregados, era sabido por todos pela manhã que Sara Crewe estava em absoluta desgraça, que Ermengarde estava de castigo e que Becky teria sido posta para fora da casa antes do café da manhã, se não fosse o fato de que uma copeira não podia ser dispensada imediatamente. Os criados sabiam que ela ficou porque a senhorita Minchin não conseguiria encontrar com facilidade outra criatura indefesa e humilde o suficiente para trabalhar como escrava por tão poucos xelins por semana. As garotas mais velhas na sala de aula sabiam que, se a senhorita Minchin não tinha posto Sara para fora da casa, era por motivos práticos que lhe eram particulares.

– Ela está crescendo tão rápido e aprendendo tanto, de alguma maneira – disse Jessie a Lavinia – que logo dará aulas, e a senhorita Minchin sabe que ela terá de trabalhar sem ganhar nada. Foi maldade sua, Lavy, contar que ela estava se divertindo no sótão. Como foi que você descobriu?

– Consegui arrancar a informação da Lottie. Ela é tão novinha que não percebeu que estava me contando. Não foi maldade nenhuma contar à senhorita Minchin. Senti que era meu dever – acrescentou, cheia de si. – Ela estava sendo desonesta. E é ridículo que ela queira parecer tão grandiosa, e se achar tão importante, em seus trapos e farrapos.

– O que elas estavam fazendo quando a senhorita Minchin as pegou?

– Fingindo alguma bobeira. Ermengarde tinha subido com o cesto dela para compartilhar com Sara e Becky. Ela nunca nos convida para compartilhar nada. Não que eu me importe, mas é bem vulgar da parte dela compartilhar com garotas serviçais em sótãos. Pergunto-me por que a senhorita Minchin não pôs Sara para fora... mesmo a querendo como professora.

– Se ela tivesse posto Sara para fora, para onde ela iria? – questionou Jessie, um pouco ansiosa.

– Como é que eu vou saber? – disparou Lavinia. – Ela vai parecer um tanto estranha quando entrar na sala de aula esta manhã. É o que imagino... depois do que aconteceu. Ela não almoçou ontem e não vai poder comer nada hoje.

Jessie era mais tola do que mal-intencionada. Pegou o livro com um pequeno puxão.

– Bem, eu acho isso terrível – disse Jessie. – Elas não têm o direito de fazê-la morrer de fome.

Quando Sara foi até a cozinha naquela manhã, a cozinheira a olhou com desconfiança, assim como as criadas; mas ela passou por todas precipitadamente. De fato, havia dormido um pouco além do horário e, como Becky fizera o mesmo, as duas não tiveram tempo de se ver, e cada uma descera com pressa.

Sara entrou na copa. Becky estava esfregando com força uma chaleira e estava até gorgolejando uma musiquinha. Ela olhou para cima com o rosto absurdamente extasiado.

– Tava lá quando eu acordei, senhorita... o cobertor – sussurrou ela, empolgada. – Era de verdade igual a ontem à noite.

– O meu também – respondeu Sara. – Está tudo lá agora... tudo. Enquanto eu me vestia, comi algumas das coisas frias que deixamos.

– Oh, nossa! Oh, nossa! – Becky soltou as exclamações em uma espécie de gemido arrebatador, mas conseguiu abaixar a cabeça sobre a chaleira bem a tempo quando a cozinheira veio da cozinha.

A senhorita Minchin havia esperado ver em Sara, quando a menina apareceu na sala de aula, muito do que Lavinia havia esperado ver. Sara sempre fora um quebra-cabeça incômodo para ela, porque severidade nunca a fez chorar ou se assustar. Quando Sara era repreendida, ficava imóvel e ouvia educadamente com um semblante sério; quando era punida, fazia suas tarefas extras ou ficava sem suas refeições e não reclamava nem dava qualquer sinal evidente de rebelião. O próprio fato de que ela jamais deu uma resposta descarada parecia à senhorita Minchin um tipo de descaramento. Porém, depois da privação das refeições no dia anterior, da cena violenta da noite passada, da perspectiva de fome no dia de hoje, ela certamente devia ter sucumbido. Seria estranho se ela não descesse as escadas com bochechas pálidas, olhos vermelhos e um rosto infeliz e humilhado.

A senhorita Minchin viu Sara quando ela entrou na sala de aula para ouvir a pequena turma de francês recitar suas lições e para revisar seus exercícios. E ela veio com um passo saltitante, com um rubor nas bochechas e um sorriso pairando nos cantos da boca. Era a coisa mais espantosa que a senhorita Minchin já tinha visto. A mulher ficou um pouco chocada. Do que essa menina era feita? O que isso poderia significar? Ela chamou a garota imediatamente à sua mesa.

– Você não parece ter entendido que está em desgraça – disse a senhorita Minchin. – Está tão absolutamente endurecida?

A verdade é que uma pessoa que ainda é criança, ou mesmo quando é adulta, está bem alimentada e dormiu bastante, com conforto e aquecida; quando foi dormir em meio a um conto de fadas e acordou para descobrir que era real; essa pessoa não consegue ser, nem mesmo fingir ser infeliz; e não conseguiria, mesmo se tentasse tirar o brilho alegre dos olhos. A senhorita Minchin quase ficou muda com a expressão dos olhos de Sara quando ela deu sua resposta perfeitamente respeitosa.

– Perdoe-me, senhorita Minchin – disse ela. – Sei sim que estou em desgraça.

– Tenha a bondade então de não se esquecer disso nem de parecer que está com a sorte ao seu lado. É uma impertinência. E lembre-se de que você não poderá comer nada hoje.

– Sim, senhorita Minchin – respondeu Sara.

Porém, conforme se virou, seu coração deu um salto com a lembrança do que ocorrera ontem. "Se a Magia não tivesse me salvado a tempo", pensou ela, "teria sido horrível!"

– Não é possível que ela esteja com muita fome – sussurrou Lavinia. – Olhe para ela. Talvez esteja fingindo que comeu um bom café da manhã. – E soltou uma risada maldosa.

A PRINCESINHA

– Ela é diferente das outras pessoas – disse Jessie, observando Sara com suas alunas. – Às vezes eu tenho um pouco de medo dela.

– Que ridículo! – exclamou Lavinia.

Durante o dia todo, havia uma luz no rosto de Sara e um rubor em suas bochechas. Os empregados lançavam olhares confusos para ela e sussurravam uns com os outros, e os olhinhos azuis da senhorita Amélia exibiam uma expressão de perplexidade. Ela não conseguia entender o que poderia significar esse tão audacioso aspecto de bem-estar sob tão majestoso descontentamento. Era, no entanto, igual a singular maneira obstinada de Sara. A menina provavelmente estava determinada a enfrentar a questão.

Uma coisa Sara tinha resolvido fazer, enquanto refletia sobre as coisas: as maravilhas que aconteceram deveriam ser mantidas em segredo, se possível. Se a senhorita Minchin escolhesse subir de novo ao sótão, é claro que tudo seria descoberto. Mas não parecia provável que ela fizesse isso por algum tempo, a não ser que suspeitasse de algo. Ermengarde e Lottie seriam vigiadas com tal rigor que não mais se atreveriam a sair de suas camas. Ermengarde poderia ser informada da história e confiada que a mantivesse em segredo. Se Lottie fizesse alguma descoberta, também poderia ser obrigada a guardar segredo. Talvez a própria Magia ajudasse a ocultar suas próprias maravilhas.

– Mas, não importa o que aconteça – Sara repetiu para si mesma ao longo daquele dia –, não importa o que aconteça, em algum lugar do mundo existe uma pessoa divinamente gentil que é minha amiga... minha amiga. Se eu nunca descobrir quem é... se eu nunca sequer puder agradecer... nunca mais me sentirei tão sozinha. Oh, a Magia foi boa para mim!

Se era possível um clima ficar pior do que tinha sido o do dia anterior, neste dia estava pior: mais úmido, mais lamacento, mais frio. Houve mais saídas à rua, a cozinheira estava mais irritada e, sabendo que Sara estava em desgraça, ela estava ainda mais feroz. Mas o que importa tudo isso quando a Magia da pessoa acabou de provar ser amiga dela? A ceia de Sara na noite anterior havia lhe dado forças, ela sabia que iria dormir bem e aquecida e, muito embora naturalmente tivesse começado a sentir fome de novo antes do anoitecer, ela sentiu que conseguiria suportar até o café da manhã do dia seguinte, quando as suas refeições voltariam a ser servidas. Estava bem tarde quando enfim ela foi autorizada a subir para o sótão. Mandaram-lhe que fosse à sala de aula estudar até as dez horas da noite e ela tinha ficado tão interessada no trabalho que ficou debruçada nos livros até mais tarde.

Quando terminou o último lance de escadas e parou em frente à porta do sótão, é preciso confessar que seu coração bateu mais rápido.

– É claro que tudo pode ter sido tirado – sussurrou ela, tentando ser corajosa. – Talvez tenham apenas me emprestado tudo durante aquela única noite horrível. Mas me emprestaram, sim. Foi real.

Ela empurrou a porta e entrou. Uma vez lá dentro, ofegou um pouco, fechou a porta e ficou de costas para ela, olhando de um lado para o outro.

A Magia tinha aparecido ali de novo. Tinha mesmo e fizera ainda mais do que antes. O fogo estava queimando em labaredas adoráveis, mais vivas que nunca. Diversos itens novos trazidos ao sótão alteravam tanto a aparência do lugar que, se ela não tivesse superado a dúvida, teria esfregado os olhos. Sobre a mesa baixa repousava outra ceia, desta vez com xícaras e pratos para Becky também; um tecido bordado brilhante, pesado e diferente cobria a prateleira desgastada e sobre ele alguns enfeites haviam sido colocados. Todas as coisas nuas e feias que poderiam ser cobertas com tecidos tinham sido escondidas e ornamentadas para parecerem bonitas. Alguns materiais estranhos de cores profundas tinham sido presos à parede com tachinhas afiadas – tão afiadas que podiam ser pregadas à madeira e ao reboco sem precisar martelar. Alguns leques cintilantes foram presos, e haviam várias almofadas enormes e robustas o suficiente para serem usadas como assentos. Uma caixa de madeira foi coberta com um tapete e algumas almofadas foram dispostas ao seu redor, de modo a ganhar ares de um sofá.

Devagar, Sara foi se afastando da porta, então sentou-se e olhou tudo repetidas vezes.

– É exatamente como se alguma coisa encantada se tornasse real – disse ela. – Não existe a menor diferença. Sinto como se qualquer coisa que eu desejasse... diamantes ou sacos de ouros... fosse aparecer! Isso não seria mais estranho do que isto aqui. Este é o meu sótão? Ainda sou a mesma Sara fria, esfarrapada, úmida? E pensar que eu costumava fingir e desejar que fadas existissem! A única coisa que sempre desejei foi ver um conto de fadas se tornar real. E estou vivendo em um conto de fadas. Sinto como se eu mesma fosse uma fada capaz de transformar as coisas em outras.

Ela se levantou e bateu na parede da prisioneira da cela ao lado, a prisioneira veio.

Quando entrou, Becky quase perdeu o chão. Por alguns segundos, praticamente ficou sem ar.

– Oh, nossa! – ofegou. – Oh, nossa, senhorita!

– Viu só? – disse Sara.

Nessa noite, Becky sentou-se em uma almofada no tapete do fogareiro com uma xícara e um pires todos seus.

Quando Sara foi se deitar, descobriu que tinha um novo colchão espesso, e travesseiros grandes e macios. Seus antigos colchão e travesseiro foram levados ao estrado de Becky e, consequentemente, com essas adições, a garota ganhou um conforto até então desconhecido.

– De onde vem tudo isso? – questionou Becky. – Nossa, quem faz isso, senhorita?

– Não vamos nem perguntar – respondeu Sara. – Se não fosse minha vontade de dizer: "Oh, obrigada", eu preferiria não saber. Torna tudo mais lindo.

A partir daí, a vida se tornou cada dia mais maravilhosa. O conto de fadas continuou. Quase todo dia alguma coisa nova era feita. Algum novo conforto ou enfeite aparecia a cada vez que Sara abria a porta à noite, até que, em pouco tempo, o sótão era um lindo quartinho cheio de todo tipo de coisas diferentes e luxuosas. As paredes feias foram aos poucos inteiramente cobertas com quadros e cortinas, engenhosas peças de móveis dobráveis apareceram, uma prateleira de livros foi pendurada e preenchida com livros, novos confortos e conveniências foram aparecendo, até que pareceu não existir mais nada a se desejar. Quando Sara descia as escadas pela manhã, as sobras da ceia ficavam sobre a mesa; quando retornava ao sótão à noite, o mago tinha limpado tudo e deixado outra bela refeição. A senhorita Minchin estava tão desagradável e insultante quanto sempre fora, a senhorita Amélia, tão rabugenta quanto, assim como os criados continuavam vulgares e grosseiros. Sara foi enviada para fazer serviços na rua sob todos os climas, foi repreendida e despachada para um lado e para outro; ela mal tinha permissão para falar com Ermengarde e Lottie; Lavinia zombava do crescente desalinho de suas roupas; e as outras meninas a encaravam com curiosidade quando ela aparecia na sala de aula. Mas que importava tudo isso quando ela estava vivendo esta incrível história misteriosa? Era mais romântica e encantadora do que qualquer coisa que ela já inventara para confortar sua jovem alma faminta e para se salvar do desespero. Às vezes, quando levava bronca, ela quase não conseguia evitar sorrir.

– Se ao menos você soubesse! – ela dizia para si mesma. – Se ao menos você soubesse!

O conforto e a felicidade que experimentava a estavam fortalecendo e ela sempre tinha isso pelo que ansiar. Se ela chegasse dos seus serviços na rua molhada, cansada e com fome, sabia que estaria aquecida e bem alimentada tão logo subisse as escadas. Durante o dia mais difícil, ela podia se ocupar alegremente pensando no que veria quando abrisse a porta do sótão e pensando em que novo prazer fora preparado para ela. Em pouquíssimo tempo, começou a ficar menos magra. Suas bochechas ficaram coradas e seus olhos não pareciam tão grandes para o seu rosto.

A PRINCESINHA

– Sara Crewe parece maravilhosamente bem – observou a senhorita Minchin de modo desaprovador para a irmã.

– Sim – respondeu a pobre e tola senhorita Amélia. – Ela está claramente engordando. Ela estava começando a parecer um pequeno corvo faminto.

– Faminto?! – exclamou a senhorita Minchin, zangada. – Não havia motivo para ela parecer faminta. Ela sempre recebeu comida o suficiente!

– É... é claro – concordou a senhorita Amélia, humildemente, tensa por ver que, como de costume, dissera a coisa errada.

– É muito desagradável ver esse tipo de coisa em uma criança da idade dela – disse a senhorita Minchin com uma imprecisão arrogante.

– Que... tipo de coisa? – arriscou a senhorita Amélia.

– Pode quase ser chamado de desafio – respondeu a senhorita Minchin, sentindo-se incomodada porque sabia que a coisa de que se ressentia não tinha nada a ver com desafio, mas não encontrou outro termo desagradável para usar. – O espírito e a determinação de qualquer outra criança teriam sido inteiramente humilhados e destruídos por... pelas mudanças às quais ela teve de se submeter. Mas, dou a minha palavra, ela não parece nem um pouco vencida, como se... como se fosse uma princesa.

– Você se lembra – interveio a tola senhorita Amélia – do que ela lhe falou aquele dia na sala de aula, sobre o que você faria se descobrisse que ela...

– Não, não me lembro – cortou a senhorita Minchin. – Não fale besteiras. – Mas ela se lembrava perfeitamente.

Como seria muito natural, até mesmo Becky estava começando a parecer mais cheia e menos assustada. Ela não podia evitar. Tinha sua parcela no conto de fadas secreto também. Ela tinha dois colchões, dois travesseiros, várias cobertas, e toda noite uma ceia quente e um assento nas almofadas em frente ao fogareiro. A Bastilha desvanecera, as prisioneiras não existiam mais. Agora, havia duas crianças confortadas em meio a coisas encantadoras. Às vezes, Sara lia seus livros em voz alta, às vezes estudava suas próprias lições, às vezes ficava sentada olhando para o fogo e tentando imaginar quem seria esse amigo, desejando poder lhe dizer algumas das coisas que levava no coração.

Então ocorreu outra coisa maravilhosa. Um homem veio até a porta e deixou vários pacotes. Todos endereçados, com letras grandes, "À Menina do Sótão do Lado Direito".

Foi Sara mesmo quem abriu a porta e recebeu os pacotes. Ela pôs os dois maiores em cima da mesa do saguão e estava olhando o destinatário quando a senhorita Minchin desceu as escadas e a viu.

– Leve as coisas à jovem a quem isso pertence – disse ela com severidade. – Não fique aí parada encarando.

– Os pacotes pertencem a mim – respondeu Sara, baixinho.

– A você?! – exclamou a senhorita Minchin. – O que quer dizer?

– Não sei de onde vieram – disse Sara –, mas estão endereçados a mim. Eu durmo no sótão do lado direito. Becky fica no outro.

A senhorita Minchin se aproximou e olhou para os pacotes com uma expressão ansiosa.

– O que tem neles? – exigiu saber.

– Não sei – respondeu Sara.

– Abra-os – ordenou a mulher.

Sara obedeceu. Quando os pacotes foram abertos, o semblante da senhorita Minchin ganhou uma expressão singular. O que ela viu foram roupas bonitas e confortáveis... Peças variadas: sapatos, meias, luvas e um lindo casaco quente. Havia até um belo chapéu e um guarda-chuva. Eram todos itens bons e caros, e no bolso do casaco havia um papel preso com um alfinete, no qual se liam as seguintes palavras: "Para ser usado todos os dias. Serão substituídos por novos quando necessário".

A senhorita Minchin ficou bem agitada. Este era um incidente que sugeria coisas estranhas à sua mente sórdida. Será que ela havia cometido um erro, afinal, e que a criança negligenciada tinha algum amigo poderoso, ainda que excêntrico, escondido em algum lugar? Talvez

A PRINCESINHA

algum parente ou amigo até então desconhecido, que de repente havia descoberto o paradeiro dela e decidira prover-lhe deste jeito misterioso e fantástico? Parentes bem estranhos, especialmente velhos tios solteiros e ricos que não querem crianças por perto. Um homem desse tipo poderia preferir supervisionar a distância o bem-estar de sua jovem parente. Tal pessoa, no entanto, certamente seria excêntrica e temperamental o suficiente para ficar ofendida com facilidade. Não seria muito agradável se houvesse alguém assim, e ele acabaria descobrindo toda a verdade sobre as roupas esfarrapadas, a comida escassa e o trabalho duro. Ela se sentiu muito esquisita, também muito insegura e olhou de soslaio para Sara.

– Bem – disse a mulher com uma voz que ela não usara desde que a menina perdeu o pai –, alguém é muito gentil com você. Como as coisas foram enviadas e você receberá novas quando estas desgastarem, é melhor que vá vesti-las e pareça respeitável. Depois de se trocar, pode vir aqui embaixo para estudar suas lições na sala de aula. Hoje você não precisa mais sair para fazer serviços na rua.

Cerca de meia-hora depois, quando a porta da sala de aula se abriu e Sara entrou, o seminário inteiro ficou mudo.

– Ora essa! – exclamou Jessie, batendo no cotovelo de Lavinia. – Veja só a princesa Sara!

Todo mundo estava olhando e quando Lavinia se virou ficou quase vermelha.

Era mesmo a princesa Sara. Ao menos, desde os dias em que fora uma princesa, Sara nunca estivera parecida como agora. Ela não parecia a Sara que as meninas tinham visto descer as escadas poucas horas antes. Estava usando o tipo de vestido que ela tinha antes e que Lavinia costumava invejar. Tinha uma cor profunda e cálida e foi lindamente costurado. Os pés esguios de Sara tinham o aspecto que Jessie já admirara neles, e o cabelo, aqueles cachos pesados que a faziam parecer um pônei quando caíam ao redor de seu estranho rostinho, estavam presos com uma fita.

– Talvez alguém tenha deixado uma fortuna para ela – sussurrou Jessie. – Sempre achei que aconteceria alguma coisa com ela. É tão estranha.

– Talvez as minas de diamante reapareceram de repente – disse Lavinia, mordaz. – Não a agrade encarando-a desse jeito, sua boba.

– Sara – chamou a voz profunda da senhorita Minchin –, venha se sentar aqui.

E, enquanto a sala de aula inteira encarava-a e batia os cotovelos, mal se esforçando para esconder sua curiosidade animada, Sara foi para seu antigo assento de honra e inclinou a cabeça sobre os livros.

Naquela noite, quando foi para o quarto depois que ela e Becky tinham comido a ceia, ela se sentou e ficou olhando séria para o fogo por um longo tempo.

– Ocê tá inventando alguma coisa na sua cabeça, senhorita? – questionou Becky com uma suavidade respeitosa.

Quando Sara se sentava para olhar os carvões com olhos sonhadores, normalmente significava que estava inventando uma história nova. Mas desta vez não era isso e ela balançou a cabeça.

– Não – respondeu. – Estava pensando no que devo fazer.

Becky ficou encarando-a, ainda de modo respeitoso. Ela estava repleta de algo que se aproximava de reverência por tudo o que Sara fazia e dizia.

– Não consigo evitar pensar sobre meu amigo – explicou Sara. – Se ele quer se manter em segredo, seria mal-educado tentar descobrir quem ele é. Mas eu gostaria muito que ele soubesse quão grata eu sou... e quanta felicidade ele me trouxe. Qualquer um que é gentil deseja saber quanto as pessoas ficaram felizes. Elas se importam com isso mais do que com receber agradecimentos. Eu gostaria... eu gostaria...

Ela parou no mesmo instante em que seus olhos pousaram em algo sobre a mesa de canto. Era uma coisa que ela tinha achado no quarto quando subira ao sótão dois dias antes. Era uma pastinha de escrita, recheada de papéis, envelopes, penas e tinta.

– Oh! – exclamou ela. – Como não pensei nisso antes?

A PRINCESINHA

Sara se levantou, foi até o canto, pegou a pasta e levou para perto do fogareiro.

– Eu posso escrever para ele – disse com alegria – e deixar a carta em cima da mesa. Então, talvez a pessoa que retira as coisas daqui pegue a carta também. Não vou lhe perguntar nada. Ele não vai se incomodar de receber meu agradecimento, tenho certeza disso.

Então, ela escreveu um bilhete dizendo o seguinte:

Espero que não considere falta de educação que eu lhe escreva este bilhete quando você deseja manter-se em segredo. Por favor, acredite que não desejo ser mal-educada nem que estou tentando descobrir nada. Desejo apenas agradecer por ser tão gentil comigo, tão divinamente gentil, e por fazer tudo parecer um conto de fadas. Sou muito grata a você, e estou muito feliz... assim como Becky. Becky está tão grata quanto eu... tudo é tão lindo e maravilhoso para ela quanto é para mim. Estávamos acostumadas a ser tão sozinhas e sentir tanto frio e fome, e agora... Oh, só pense no que fez por nós! Por favor, permita-me dizer somente estas palavras. Sinto como se precisasse dizê-las. Obrigada... obrigada... obrigada!

A menininha do sótão

Na manhã seguinte, ela deixou o bilhete na mesinha e à noite ele tinha sido retirado com as outras coisas; assim, ela soube que o mago o havia recebido e ficou mais feliz por isso. Estava lendo um de seus livros novos para Becky pouco antes de cada uma ir para sua cama quando sua atenção foi atraída por um som na claraboia. Quando ergueu o olhar da página, notou que Becky tinha ouvido o som também, pois ela tinha elevado a cabeça para olhar e estava escutando um tanto nervosa.

– Tem alguma coisa ali, senhorita – sussurrou a garota.

– Sim – disse Sara devagar. – Parece... um gato... tentando entrar.

Ela levantou-se da cadeira e foi até a claraboia. Tinha ouvido um barulhinho esquisito, como um arranhado suave. De repente se lembrou de uma coisa e deu risada. Ela se lembrou de um pequeno intruso exótico que já entrara no sótão antes. Ela o tinha visto nesta mesma tarde, sentado desconsolado em uma mesa diante de uma janela na casa do cavalheiro indiano.

– Suponha – sussurrou ela com uma empolgação satisfeita –, só suponha que é o macaco que fugiu de novo. Oh, eu gostaria que fosse!

Ela subiu em uma cadeira, abriu com cautela a claraboia e espiou lá fora. Nevara o dia todo, e na neve, bem pertinho dela, encolhia-se uma figura pequena e trêmula, cujo rostinho preto enrugou-se dolorosamente ao vê-la.

– É mesmo o macaquinho – gritou Sara. – Ele escapou do sótão do *lascar* e viu a luz.

Becky foi correndo até o lado dela.

– Ocê vai deixá ele entrá, senhorita? – perguntou.

– Sim – respondeu Sara com alegria. – Está frio demais para um macaco ficar lá fora. Eles são delicados. Vou convencê-lo a entrar.

Ela estendeu uma mão delicadamente, falando em um tom persuasivo, do mesmo modo como falava com os pardais e com Melquisedeque, como se ela mesma fosse um animalzinho amigável.

– Vem aqui, macaquinho – chamou. – Não vou te machucar.

Ele sabia que ela não o machucaria. Ele sabia disso antes de ela encostar sua mão macia e amorosa nele e puxá-lo para perto. Ele sentira amor humano nas magras mãos morenas de Ram Dass e sentia isso nas dela. Deixou que ela o puxasse pela claraboia e, quando se viu em seus braços, aninhou-se no peito dela e olhou para seu rosto.

– Macaco bonzinho! Macaco bonzinho! – murmurou ela, beijando a cabeça engraçada do animal. – Oh, eu amo muito os bichinhos.

Ele estava claramente feliz por ficar perto do fogo e, quando Sara se sentou e o abraçou, ele olhou para Becky com uma mistura de interesse e simpatia.

– Ele tem uma cara meio sem graça, não acha, senhorita? – disse Becky.

– Ele parece um bebê bem feio – Sara deu risada. – Peço desculpas, macaco, mas fico contente por você não ser um bebê. Sua mãe não teria orgulho de você, e ninguém ousaria dizer que você parece com qualquer parente. Oh, eu gosto muito de você!

Ela se recostou na cadeira e refletiu.

– Talvez ele esteja triste por ser tão feio – comentou. – E isso seja algo que está sempre na mente dele. Será que ele tem uma mente? Macaquinho, querido, você tem uma mente?

Entretanto, o macaco só ergueu uma pata e coçou a cabeça.

– O que você vai fazer com ele? – perguntou Becky.

– Vou deixá-lo dormir aqui comigo esta noite, então vou devolvê-lo ao cavalheiro indiano amanhã. Lamento ter que te levar de volta, macaquinho, mas você precisa ir. Você deveria ser mais afeiçoado à sua própria família, eu não sou parente sua de verdade.

Quando ela foi para a cama, fez um ninho aos seus pés para ele, que se enrolou e dormiu ali como se fosse um bebê muito satisfeito com sua caminha.

"É a menina!"

Na manhã seguinte, três membros da Grande Família estavam na biblioteca do cavalheiro indiano, tentando animá-lo. Tinham sido autorizados a entrar para fazer isso mediante um convite especial dele. Ele estivera vivendo em suspense por um tempo e hoje aguardava com muita ansiedade determinado evento, que tratava-se do retorno do senhor Carmichael de Moscou. A estada dele havia sido prolongada semana a semana. Em sua chegada lá, ele não conseguira rastrear satisfatoriamente a família que fora procurar. Quando enfim teve a certeza de que os havia encontrado e batera à porta deles, disseram-lhe que a família estava viajando. Seus esforços para entrar em contato foram inúteis, por isso ele decidiu permanecer em Moscou até que retornassem. O senhor Carrisford estava sentado em sua poltrona reclinável, e Janet sentava-se no chão ao lado dele. Ele gostava muito de Janet. Nora havia encontrado um banquinho e Donald estava montado na cabeça do tigre que ornamentava o tapete feito da pele do animal. É preciso dizer que ele fingia cavalgar com intensidade.

– Não grite alto assim, Donald – disse Janet. – Para animar uma pessoa doente não se pode usar o volume máximo. Os gritos estão muito altos, senhor Carrisford? – completou, voltando-se para o cavalheiro indiano.

A PRINCESINHA

Ele, porém, deu um tapinha amigável no ombro dela.

– Não estão, não – respondeu. – E isso me impede de pensar demais.

– Vou ficar quieto – berrou Donald. – Seremos tão silenciosos quanto ratos.

– Ratos não fazem barulhos como esse – replicou Janet.

Donald fez uma rédea com o seu lenço de bolso e saltou para cima e para baixo na cabeça do tigre.

– Um bando de ratos poderia fazer – disse ele alegremente. – Mil ratos poderiam fazer.

– Não acho que cinquenta ratos fariam – insistiu Janet com severidade. – E precisamos ser tão silenciosos quanto um único rato.

O senhor Carrisford riu e deu outro tapinha amigável no ombro dela.

– O papai não vai demorar muito mais – disse Janet. – Podemos falar sobre a menina perdida?

– Não acho que eu seria capaz de falar sobre nenhuma outra coisa agora – respondeu o cavalheiro indiano, franzindo a testa com um olhar cansado.

– Gostamos muito dela – disse Nora. – Nós a chamamos de princesa não-fada.

– Por quê? – questionou o cavalheiro indiano. As fantasias da Grande Família sempre o faziam se esquecer um pouco das coisas.

Foi Janet quem respondeu:

– Porque, embora ela não seja exatamente uma fada, será tão rica quando for encontrada que se tornará como uma princesa de um conto de fadas. A princípio, nós a chamávamos de princesa fada, mas não combinava muito.

– É verdade – Nora começou a perguntar – que o pai dela deu todo o dinheiro que tinha a um amigo para investir em uma mina de diamante, e o amigo pensou que tinha perdido tudo e fugiu porque se sentia como um ladrão?

– Mas ele não era, sabe – acrescentou Janet depressa.

O cavalheiro indiano pegou a mão dela e disse:

– Não, ele não era.

– Sinto muita pena do amigo – falou Janet. – Não consigo evitar. Ele não pretendia fazer o que fez e isso partiria seu coração. Tenho certeza de que partiria seu coração.

– Você é uma jovenzinha muito compreensiva, Janet – disse o cavalheiro indiano, apertando a mão dela.

– Vocês contaram para o senhor Carrisford – Donald gritou de novo – sobre a "menina que não é uma pedinte"? Vocês contaram que ela ganhou roupas novas? Pode ser que ela tenha sido encontrada por alguém quando estava perdida.

– Ali, uma carruagem! – exclamou Janet. – Está parando na frente da porta. É o papai!

Todos correram até as janelas para olhar lá fora.

– Sim, é o papai – declarou Donald. – Mas não tem nenhuma menina com ele.

Os três saíram correndo da sala e quase caíram no corredor. Era sempre assim que eles davam as boas-vindas ao pai. Deveriam ser ouvidos pulando para cima e para baixo, batendo palmas, sendo apanhados e beijados.

O senhor Carrisford fez um esforço para levantar-se, mas caiu sentado.

– É inútil – disse ele. – Que desastre eu sou!

A voz do senhor Carmichael se aproximou da porta.

– Não, crianças – ele estava dizendo. – Vocês podem entrar somente depois que eu tiver conversado com o senhor Carrisford. Vão lá brincar com Ram Dass.

Então, a porta se abriu e ele entrou. Parecia mais rosado que nunca e trouxe consigo uma atmosfera de frescor e saúde; mas seus olhos estavam decepcionados e aflitos quando encontraram o olhar com um questionamento ansioso do homem inválido, enquanto apertavam-se as mãos.

A PRINCESINHA

– Quais são as notícias? – perguntou o senhor Carrisford. – A criança que o casal russo adotou?

– Não é a menina que estamos procurando – foi a resposta do senhor Carmichael. – Ela é bem mais nova que a filhinha do capitão Crewe. Seu nome é Emily Carew. Eu a vi e conversei com ela. Os russos me deram todos os detalhes.

Quão cansado e miserável pareceu o cavalheiro indiano! Sua mão se soltou do aperto do senhor Carmichael.

– Ou seja, a busca terá de ser reiniciada mais uma vez – disse ele. – É isso. Por favor, sente-se.

O senhor Carmichael acomodou-se. De algum modo, ele aos poucos se afeiçoara a este homem infeliz. Sendo ele mesmo tão contente, feliz e tão cercado por alegria e amor, aquela desolação e doença pareciam coisas lastimavelmente insuportáveis. Se houvesse o som de apenas uma voz alta e alegre na casa, ela pareceria bem menos soturna. E que um homem devesse ser compelido a carregar no peito a noção de que tinha cometido um erro e abandonado uma criança não era algo que alguém pudesse enfrentar.

– Calma, calma – disse o senhor Carmichael com uma voz alentadora. – Nós ainda vamos encontrá-la.

– Precisamos começar já. Não temos tempo a perder – afligiu-se o senhor Carrisford. – Você tem alguma nova sugestão... qualquer uma?

O senhor Carmichael sentiu-se um pouco inquieto, levantou-se e começou a andar pela sala com um semblante pensativo e incerto.

– Bem, talvez... – começou. – Não sei se valerá a pena. O fato é que me ocorreu uma ideia enquanto eu refletia sobre a coisa toda no trem voltando de Dover.

– Qual? Se ela está viva, está em algum lugar.

– Sim, ela está em algum lugar. Nós a buscamos em escolas em Paris. Vamos abandonar Paris e começar em Londres. Essa é a minha ideia: procurar em Londres.

– Existem várias escolas em Londres – comentou o senhor Carrisford. Ele parou, tomado por uma recordação. – Aliás, tem uma aqui na casa vizinha.

– Então vamos começar por ela. Não podemos começar em um lugar mais perto que na casa vizinha.

– Não mesmo – confirmou Carrisford. – Lá mora uma criança que chama minha atenção, mas ela não é uma aluna. E tem a pele um pouco escurecida, é uma criatura desamparada, tão diferente do pobre Crewe quanto uma criança poderia ser.

Talvez a Magia estivesse em ação naquele exato momento... a bela Magia. Parecia realmente que sim. Senão, o que mais teria trazido Ram Dass àquela sala, enquanto seu mestre falava, fazendo um salamaleque respeitoso, mas com um toque mal disfarçado de empolgação nos olhos escuros, piscando?

– *Sahib* – falou ele –, a menina está aqui... A menina da qual o *sahib* se apieda. Veio trazer o macaco que, de novo, tinha fugido pelo telhado até o sótão dela. Eu pedi que ficasse aqui. Imaginei que o *sahib* gostaria de ver e falar com ela.

– Quem é ela? – perguntou o senhor Carmichael.

– Sabe-se lá Deus – respondeu o senhor Carrisford. – Essa é a menina de quem falei. Uma pequena serviçal da escola. – Ele fez um gesto para Ram Dass e lhe disse: – Sim, eu gostaria de vê-la. Pode trazê-la. – Então, voltando-se para o senhor Carmichael, explicou: – Enquanto você esteve fora, fiquei desesperado. Os dias foram tão escuros e compridos. Ram Dass me contou dos tormentos dessa criança e juntos inventamos um plano romântico para ajudá-la. Suponho que tenha sido uma coisa infantil de se fazer, mas me deu algo para planejar e sobre o que pensar. Sem a ajuda de um homem ágil do oriente e de pés leves como os de Ram Dass, no entanto, o plano nunca teria sido possível.

Nesse momento, Sara entrou na sala. Trazia nos braços o macaco, que evidentemente não pretendia ser separado dela se pudesse evitar. Ele

A PRINCESINHA

estava se agarrando a ela e tagarelando, e a empolgação interessante de se encontrar no quarto do cavalheiro indiano trouxe um rubor às bochechas de Sara.

– Seu macaco fugiu de novo – disse ela com sua bela voz. – Ele apareceu na janela do meu sótão ontem à noite e eu o levei para dentro do quarto porque estava muito frio. Eu o teria trazido de volta na hora se não estivesse tão tarde. Sei que você estava doente e provavelmente não gostaria de ser incomodado.

Os olhos vazios do cavalheiro indiano se fixaram nela com curioso interesse.

– Foi muito gentil da sua parte pensar nisso – comentou ele.

Sara olhou para Ram Dass que estava parado perto da porta.

– Posso entregá-lo ao *lascar*? – perguntou ela.

– Como você sabe que ele é um *lascar*? – perguntou o cavalheiro indiano, sorrindo um pouco.

– Oh, eu conheço *lascars* – disse Sara, entregando o relutante macaco. – Eu nasci na Índia.

O cavalheiro indiano se sentou ereto tão de repente e com uma alteração tão súbita de expressão, que por um momento ela ficou um pouco assustada.

– Você nasceu na Índia, é isso?! – exclamou ele. – Venha aqui – disse, estendendo a mão.

Sara se aproximou e pôs a mão na dele, pois parecia que era o que ele queria. Ela ficou imóvel e seus olhos verdes acinzentados encontraram os dele, espantados. Parecia que alguma coisa estava ocorrendo com ele.

– Você mora na casa ao lado? – ele quis saber.

– Sim. Eu moro no Seminário da Senhorita Minchin.

– Mas não é uma das alunas?

Um sorrisinho estranho pairou sobre a boca de Sara. Ela hesitou.

– Não sei exatamente o que eu sou – respondeu.

– Por que não?

– A princípio eu era uma aluna e pensionista de saleta, mas agora...

– Você era uma aluna! O que é agora?

Um sorriso triste e esquisito apareceu nos lábios de Sara de novo.

– Eu durmo no sótão, ao lado da copeira – explicou. – Saio para buscar encomendas para a cozinheira... faço qualquer coisa que ela me pede e ensino lições às pequeninas.

– Faça-lhe perguntas, Carmichael – pediu o senhor Carrisford, recostando-se de novo, como se tivesse perdido as forças. – Faça-lhe perguntas, pois eu não consigo.

O pai enorme e gentil da Grande Família sabia como questionar meninas. Sara percebeu o tanto de prática quando ele lhe falou com uma voz agradável e encorajadora.

– O que você quer dizer com "a princípio", criança? – perguntou ele.

– Quando eu fui trazida aqui pelo meu pai.

– Onde está seu pai?

– Ele morreu – disse Sara bem baixinho. – Perdeu todo o dinheiro que tinha e não sobrou nada para mim. Não havia ninguém para cuidar de mim ou para pagar a senhorita Minchin.

– Carmichael! – gritou o cavalheiro indiano. – Carmichael!

– Não devemos assustá-la – apressou-se a dizer em voz baixa o senhor Carmichael para o homem. E acrescentou alto para Sara: – Então você foi enviada para o sótão e transformada em uma pequena serviçal. Foi isso, não foi?

– Não havia ninguém para cuidar de mim – repetiu Sara. – Não havia dinheiro. Eu não pertenço a ninguém.

– E como seu pai perdeu o dinheiro? – interveio o cavalheiro indiano, sem fôlego.

– Não foi ele que perdeu – respondeu Sara, cada vez mais espantada. – Ele tinha um amigo de quem gostava muito... e que gostava muito dele. Foi esse amigo que pegou o dinheiro dele. Meu pai confiou demais nele.

A respiração do cavalheiro indiano ficou mais rápida.

A PRINCESINHA

– O amigo não deve ter pretendido prejudicar ninguém – falou ele. – Deve ter ocorrido um erro.

Sara não sabia o quão implacável sua voz jovem e tranquila soou quando ela respondeu. Se soubesse, certamente teria tentado suavizá-la para o bem do cavalheiro indiano.

– O sofrimento do meu pai foi terrível – disse. – Foi isso o que o matou.

– Qual era o nome do seu pai? – perguntou o cavalheiro indiano. – Conte-me.

– O nome dele era Ralph Crewe – respondeu Sara, sentindo-se assustada. – Capitão Crewe. Ele morreu na Índia.

O rosto abatido se contraiu e Ram Dass foi depressa para o lado de seu mestre.

– Carmichael – ofegou o inválido. – É a menina... é a menina!

Por um momento, Sara achou que ele iria morrer. Ram Dass derramou algumas gotas de uma garrafa nos lábios do homem. Sara ficou perto, tremendo um pouco. Ela olhou aturdida para o senhor Carmichael.

– Que menina eu sou? – perguntou, vacilante.

– Ele é o amigo do seu pai – o senhor Carmichael respondeu. – Não fique assustada. Faz dois anos que estamos procurando você.

Sara levou a mão à testa e sua boca tremeu. Ela falou como se estivesse em um sonho.

– E esse tempo todo eu estava na senhorita Minchin – ela quase sussurrou. – Do outro lado da parede.

"Eu tentei não ser"

Foi a bela e confortável senhora Carmichael quem lhe explicou tudo. Ela foi chamada de imediato e atravessou o largo para tomar Sara em seus braços calorosos e lhe esclarecer tudo o que havia acontecido. A empolgação da descoberta totalmente inesperada foi quase insuportável para o senhor Carrisford em sua condição frágil.

– Palavra de honra! – disse ele ofegante para o senhor Carmichael quando foi sugerido que a menina fosse para outro aposento. – Sinto que não quero perdê-la de vista.

– Eu vou cuidar dela – disse Janet –, e a mamãe virá em poucos minutos. – Ela saiu conduzindo Sara e lhe falou: – Estamos tão felizes que você foi encontrada. Você não sabe o quão feliz estamos por causa disso.

Donald ficou com as mãos nos bolsos e fitou Sara com olhos reflexivos e envergonhados.

– Se eu tivesse perguntado o seu nome quando dei minha moeda – disse ele –, você teria me contado que era Sara Crewe e você teria sido encontrada em um minuto.

Então, a senhora Carmichael entrou. Ela parecia muito comovida, de repente tomou Sara em seus braços e a beijou.

A PRINCESINHA

– Você parece perplexa, pobre criança – falou ela. – E não é de se admirar.

Sara só conseguia pensar em uma coisa.

– Era ele... – começou ela, com um olhar para a porta fechada da biblioteca. – Era ele o amigo malvado? Oh, me conte!

A senhora Carmichael chorou enquanto a beijava de novo. Ela achava que deveria beijá-la bastante, já que a menina não tinha sido beijada por tanto tempo.

– Ele não era malvado, querida – respondeu a mulher. – Ele não perdeu de fato o dinheiro do seu pai, só pensou que havia perdido. E, porque o amava tanto, sua dor o deixou tão doente que por um tempo ele não esteve em sã consciência. Quase morreu de febre e, muito antes de começar a se recuperar, o seu pobre pai tinha morrido.

– E ele não sabia onde me encontrar – murmurou Sara. – E eu estava tão perto. – De alguma forma, ela não conseguia esquecer que estava tão perto.

– Ele achava que você estava estudando na França – explicou a senhora Carmichael. – Foi constantemente enganado por pistas falsas. Ele procurou por você em toda parte. Quando a viu passar, parecendo tão triste e negligenciada, ele não sonhava que você era a pobre filha do amigo; mas, porque você era uma menininha também, ele lamentou muito a sua situação e quis deixá-la mais feliz. Foi ele quem pediu a Ram Dass para ir até a janela do sótão e tentar deixar você confortável.

Sara teve um sobressalto de alegria, a aparência dela inteira mudou.

– Foi Ram Dass quem trouxe as coisas? – gritou. – E foi ele quem mandou Ram Dass fazer isso? Foi ele quem fez o meu sonho se tornar realidade?

– Sim, minha querida... sim! Ele é gentil e bom, e estava triste pela sua situação, porque estava triste pela pequena e perdida Sara Crewe.

A porta da biblioteca se abriu e o senhor Carmichael apareceu, chamando Sara com um gesto.

– O senhor Carrisford já está melhor – disse ele. – E quer que você vá até ele.

Sara não demorou um segundo. Quando o cavalheiro indiano olhou para ela, viu que seu rosto estava todo iluminado.

Ela ficou diante de sua cadeira, com as mãos juntas contra o peito.

– Você mandou as coisas para mim – disse ela em uma voz emotiva e alegre –, aquelas coisas lindas? Foi você quem mandou!

– Sim, minha querida, fui eu – respondeu ele.

O homem estava fraco e debilitado devido à longa doença e aos problemas, mas a fitou com o olhar que ela se recordava de ver nos olhos do pai: aquele olhar de quem desejava amá-la e abraçá-la. Isso a fez se ajoelhar ao lado dele, assim como costumava se ajoelhar ao lado do pai, quando eram os mais queridos amigos do mundo.

– Então era você o meu amigo – disse ela. – Você! – Baixou o rosto na mão magra dele e beijou-a repetidamente.

– Ele vai ficar bom em três semanas – comentou o senhor Carmichael para a esposa. – Veja só o rosto dele agora.

Na verdade, ele já parecia ter mudado. Ali estava a "Senhorinha", e ele já tinha coisas novas para pensar e planejar. Em primeiro lugar, havia a senhorita Minchin. Era preciso encontrá-la e lhe contar sobre a mudança ocorrida em relação à fortuna de sua aluna.

Sara não voltaria ao seminário. O cavalheiro indiano estava muito determinado quanto a esse ponto. Ela deveria permanecer ali mesmo, e o senhor Carmichael deveria ir falar com a senhorita Minchin.

– Estou feliz que não preciso voltar – afirmou Sara. – Ela vai ficar bem nervosa, pois não gostava de mim. Mas acho que é culpa minha, porque eu não gostava dela.

Porém, curiosamente, a senhorita Minchin tornou desnecessário que o senhor Carmichael fosse até ela, pois estava vindo atrás de sua aluna. Ela queria que Sara saísse para buscar alguma coisa e ao perguntar sobre seu paradeiro tinha ouvido algo surpreendente: uma das criadas a tinha

A PRINCESINHA

visto sair disfarçadamente com alguma coisa escondida embaixo da capa e também a tinha visto subir os degraus da porta da casa ao lado e entrar.

– O que ela pretende?! – gritou a senhorita Minchin para a senhorita Amélia.

– Não sei com certeza, irmã – respondeu a senhorita Amélia. – A menos que ela tenha feito amizade com aquele homem porque ele também viveu na Índia.

– Ela deve estar se lançando sobre ele e tentando ganhar sua simpatia de alguma forma impertinente – disse a senhorita Minchin. – Deve já fazer duas horas que ela está dentro daquela casa. Eu não permitirei essa presunção. Irei lá, investigarei o assunto e pedirei desculpas pela intromissão dela.

Sara estava sentada em um banquinho perto do joelho de Carrisford, ouvindo algumas das muitas coisas que ele achava necessário tentar lhe explicar, quando Ram Dass anunciou a chegada da visita.

Sara se levantou de forma involuntária e empalideceu, mas o senhor Carrisford viu que ela ficou tranquila, sem demonstrar nenhum dos sinais comuns de terror infantil.

A senhorita Minchin entrou no recinto com modos cheios de uma dignidade severa. Ela estava bem-vestida e era rigidamente educada.

– Peço desculpas pelo incômodo, senhor Carrisford – disse ela –, mas tenho explicações a fazer. Sou a senhorita Minchin, a proprietária do Seminário Exclusivo para Jovens Moças aqui ao lado.

O cavalheiro indiano a olhou por um momento em um escrutínio silencioso. Ele era um homem cujo temperamento natural era bem nervoso e não queria ser dominado por isso.

– Então você é a senhorita Minchin? – indagou.

– Sou sim, senhor.

– Nesse caso – replicou o cavalheiro indiano –, chegou na hora certa. Meu procurador, senhor Carmichael, estava prestes a ir atrás da senhorita.

O senhor Carmichael fez uma leve reverência e o olhar espantado da senhorita Minchin passou dele para o senhor Carrisford.

– Seu procurador! – disse ela. – Não entendi. Eu vim aqui como uma questão de obrigação. Acabei de descobrir que sua casa foi invadida por uma das minhas alunas, uma que é um caso de caridade. Eu vim para explicar que ela fez isso sem o meu conhecimento. – A mulher se virou para Sara. – Vá para casa de uma vez – comandou, indignada. – Você será severamente punida. Vá para casa agora mesmo.

O cavalheiro indiano puxou Sara para perto de si e fez um carinho na mão da menina.

– Ela não vai.

A senhorita Minchin sentiu-se como se estivesse perdendo os sentidos.

– Como não vai? – questionou ela.

– Ela não vai – repetiu o senhor Carrisford. – Ela não vai para casa, se é como você chama o lugar onde vive. A casa dela a partir de agora é aqui comigo.

A senhorita Minchin recuou em uma indignação atônita.

– Com você! Você, senhor! O que isso significa?

– Por favor, explique a situação, Carmichael – pediu o cavalheiro indiano – e seja o mais breve possível. – Ele fez Sara se sentar de novo e segurou-lhe as mãos, que era outro truque do pai dela.

Então, o senhor Carmichael explicou no modo calmo, nivelado e estável de um homem que conhecia o assunto e todo o seu significado legal, o que era uma coisa que a senhorita Minchin, sendo uma mulher de negócios, compreendia e não gostava.

– Madame, o senhor Carrisford – disse ele – era um amigo íntimo do falecido capitão Crewe. Ele era seu parceiro em certos investimentos. A fortuna que o capitão Crewe supôs ter perdido foi recuperada e agora está nas mãos de Carrisford.

– A fortuna! – gritou a senhorita Minchin, e ela realmente perdeu a cor quando pronunciou a exclamação. – A fortuna de Sara!

A PRINCESINHA

– Será a fortuna de Sara – disse o senhor Carmichael de forma bem fria. – É a fortuna de Sara agora, na verdade. Certos eventos a ampliaram enormemente. As minas de diamante se recuperaram.

– As minas de diamante! – ofegou a senhorita Minchin. Se fosse verdade, ela sentia que nada tão horrível jamais havia lhe acontecido desde que tinha nascido.

– As minas de diamante – repetiu o senhor Carmichael, e não pôde deixar de acrescentar, com um sorriso bastante astuto e pouco adequado a um advogado: – Não existem muitas princesas, senhorita Minchin, que sejam mais ricas do que a sua pequena aluna de caridade, Sara Crewe. Faz quase dois anos que o senhor Carrisford a vinha procurando, ele enfim a encontrou e vai ficar com ela.

Então, ele pediu à senhorita Minchin que se sentasse enquanto lhe explicava por completo a questão, e entrou em detalhes necessários para deixar bem claro que o futuro de Sara estava garantido e que o que parecia ter sido perdido seria restaurado à menina e multiplicado por dez; e também que ela tinha no senhor Carrisford um guardião, além de um amigo.

A senhorita Minchin não era lá uma mulher muito esperta e, alterada e empolgada como estava, era tola o suficiente para fazer um esforço desesperado para recuperar o que não podia deixar de ver que havia perdido por causa de sua loucura mundana.

– Ela estava sob meus cuidados – protestou. – Fiz tudo por ela. Não fosse por mim, ela teria passado fome nas ruas.

Nesse momento, o cavalheiro indiano perdeu a compostura.

– Quanto a isso – disse ele –, ela teria passado fome de maneira mais confortável nas ruas do que no seu sótão.

– O capitão Crewe a deixou sob meus cuidados – argumentou a senhorita Minchin. – Ela deve retornar ao seminário até que seja maior de idade. Ela pode ser uma pensionista de novo. Deve terminar sua educação. A lei vai intervir a meu favor.

– Ora, senhorita Minchin – o senhor Carmichael se interpôs –, a lei não fará nada disso. Se a própria Sara quiser voltar à sua escola, me atrevo a dizer que o senhor Carrisford talvez não se recuse a autorizar. Mas isso caberá a Sara.

– Então – disse a senhorita Minchin –, faço um apelo a Sara. Eu posso não tê-la mimado – falou sem jeito para a menina –, mas você sabe que o seu pai estava satisfeito com o seu progresso. E – ela pigarreou – eu sempre gostei de você.

Os olhos verdes acinzentados de Sara fixaram-se na mulher com o olhar claro e tranquilo de que a senhorita Minchin particularmente não gostava.

– Gostava mesmo, senhorita Minchin? – indagou ela. – Eu não sabia.

A senhorita Minchin ficou vermelha e se empinou.

– Você deveria saber – disse ela –, mas as crianças infelizmente nunca sabem o que é melhor para elas. Amélia e eu sempre comentamos que você era a menina mais inteligente da escola. Você não vai cumprir o seu dever para com o seu pobre papai e voltar para casa comigo?

Sara deu um passo em direção a ela e parou. Ela estava se lembrando do dia em que lhe disseram que não pertencia a ninguém e que corria o risco de ser jogada na rua; estava pensando nas horas frias e famintas que passara sozinha com Emily e Melquisedeque no sótão. Encarou a senhorita Minchin com firmeza.

– Você sabe por que eu não vou para casa com você, senhorita Minchin – disse ela. – Você sabe muito bem.

Um rubor quente revelou-se no rosto duro e bravo da senhorita Minchin.

– Você nunca mais vai ver suas amigas – disparou a mulher. – Vou me assegurar para que Ermengarde e Lottie fiquem longe...

O senhor Carmichael a interrompeu com uma firmeza polida:

– Com licença, ela vai ver quem quiser. Os pais das colegas da senhorita Crewe dificilmente recusarão convites para que as meninas a visitem na casa de seu guardião. O senhor Carrisford vai cuidar disso.

A PRINCESINHA

É preciso ser dito que até mesmo a senhorita Minchin estremeceu. Isso era pior do que o excêntrico tio solteiro que poderia ter um temperamento esquentado e ficar facilmente ofendido com o tratamento dado à sobrinha. Uma mulher de mente sórdida poderia facilmente acreditar que a maioria das pessoas não se recusaria a permitir que suas filhas permanecessem amigas de uma pequena herdeira de minas de diamante. E, se o senhor Carrisford decidisse contar a alguns de seus patronos como a infeliz Sara Crewe havia sido tratada, muitas coisas desagradáveis poderiam acontecer.

– Você não pegou uma tarefa fácil – disse ela ao cavalheiro indiano, à medida que se virou para sair da sala – Vai perceber isso logo. Esta criança não é honesta nem agradecida. Suponho – completou, dirigindo-se a Sara – que agora você se sente como uma princesa de novo.

Sara baixou o olhar e corou um pouco, porque achava que sua fantasia favorita não era fácil de ser compreendida por estranhos, mesmo pelos que fossem pessoas agradáveis.

– Eu tentei não ser nenhuma outra coisa – respondeu a menina com uma voz baixa –, mesmo nos momentos em que passei mais frio e fome... Eu tentei não ser.

– Agora não será mais necessário tentar – disse a senhorita Minchin, ácida, enquanto Ram Dass a conduzia para fora do recinto.

A mulher voltou para casa e, ao se dirigir para a sala de estar, mandou chamar a senhorita Amélia. Ficou o restante da tarde sentada com a irmã, e é preciso admitir que a pobre senhorita Amélia passou por mais de um momento ruim. Ela derramou muitas lágrimas e esfregou muito os olhos. Uma de suas observações infelizes quase fez com que a senhorita Minchin perdesse totalmente a cabeça, mas isso teve um resultado incomum.

– Eu não sou tão inteligente quanto você, irmã – disse a senhorita Amélia –, e estou sempre com medo de dizer coisas para você por medo de deixá-la com raiva. Talvez, se eu não fosse tão receosa, seria melhor para a escola e para nós duas. Devo dizer que muitas vezes pensei que teria sido melhor se você tivesse sido menos severa com Sara Crewe e tivesse se assegurado de que ela estivesse bem-vestida e mais confortável. Eu sei que ela trabalhou duro demais para uma criança da idade dela e sei que ela só recebia meia porção...

– Como ousa dizer tal coisa! – exclamou a senhorita Minchin.

– Eu não sei como ouso dizer isso – respondeu a senhorita Amélia com uma espécie de coragem imprudente –, mas agora que comecei também posso terminar, aconteça o que acontecer comigo. Ela era uma criança esperta e bondosa e teria lhe pagado por qualquer gentileza que você tivesse lhe demonstrado. Mas você não demonstrou nada. O fato era que ela era esperta demais e foi por esse motivo que você nunca gostou dela. Ela costumava ver através de nós duas...

– Amélia! – ofegou a mais velha, enfurecida, parecendo que lhe estapearia e lhe tiraria o chapéu, como muitas vezes fizera com Becky.

Contudo, o desapontamento da senhorita Amélia a tinha deixado histérica o bastante para não ligar para o que aconteceria a seguir.

– Via sim! – gritou ela. – Ela podia ver através de nós duas. Ela viu que você tinha o coração gelado, que era uma mulher mundana, e que eu era uma tola, e que nós duas éramos vulgares e ruins o bastante para rastejar de joelhos por seu dinheiro e que, quando ela o perdeu, passamos a tratá-la mal, embora ela se comportasse como uma princesinha mesmo quando era uma mendiga. Isso mesmo, como uma princesinha! – E a histeria tomou a pobre mulher, que começou a rir e chorar ao mesmo tempo, balançando-se para a frente e para trás. Então gritou com intensidade: – E agora você a perdeu, e alguma outra escola vai ficar com ela e com o dinheiro dela. Se ela for como qualquer outra criança, vai contar como foi tratada aqui, todas as nossas alunas seriam levadas e nós estaríamos arruinadas. E é o que merecemos, mas você merece mais, pois é uma mulher dura, Maria Minchin, você é dura, egoísta e mundana!

O risco de ela fazer barulho demais com suas gargalhadas histéricas e gorgolejos era tão grande que sua irmã foi obrigada a se aproximar e

A PRINCESINHA

fazê-la cheirar sais de amônia para acalmá-la, em vez de derramar sua indignação diante da audácia dela.

Desse momento em diante, é preciso mencionar, a senhorita Minchin, a mais velha, na verdade começou a ficar um pouco admirada com uma irmã que, embora parecesse tão tola, evidentemente não era tão tola quanto parecia e consequentemente era capaz de falar as verdades que as pessoas não queriam ouvir.

Naquela noite, quando as alunas estavam reunidas diante da lareira da sala de aula, como era o costume antes de irem para a cama, Ermengarde entrou com uma carta na mão e uma estranha expressão em seu rosto redondo. Era estranha porque, embora fosse uma expressão de animação deleitada, estava combinada com tal assombro que parecia pertencer a um tipo de choque recém-recebido.

– Qual é o problema? – perguntaram duas ou três vozes ao mesmo tempo.

– Tem alguma coisa a ver com o que está acontecendo? – indagou Lavinia, ansiosa. – Houve uma confusão na sala da senhorita Minchin, a senhorita Amélia teve algo como uma crise histérica e foi se deitar.

Ermengarde respondeu-lhes devagar, como se estivesse meio atordoada.

– Acabei de receber esta carta da Sara – disse ela, segurando-a para deixá-las ver como a carta era longa.

– Da Sara?! – Todas as vozes se juntaram nessa exclamação.

– Onde ela está? – Jessie quase berrou.

– Na casa ao lado – falou Ermengarde –, com o cavalheiro indiano.

– Onde? Onde? Ela foi mandada embora? A senhorita Minchin sabe? A confusão foi por causa disso? Por que ela escreveu? Conta! Conta!

Houve uma cacofonia perfeita, e Lottie começou a chorar abertamente.

Ermengarde respondeu devagar, como se estivesse meio mergulhada no que, no momento, parecia a coisa mais importante e autoexplicativa.

– As minas de diamante existiam – disse ela, resoluta. – Existiam!

Bocas abertas e olhos arregalados a encaravam.

– Eram reais – apressou-se ela. – Foi tudo um engano. Aconteceu algo por um tempo, e o senhor Carrisford pensou que estavam arruinados...

– Quem é senhor Carrisford? – gritou Jessie.

– O cavalheiro indiano. E o capitão Crewe pensou isso também e acabou morrendo. E o senhor Carrisford teve febre cerebral e fugiu, e ele também quase morreu. Só que não sabia onde Sara estava. E, no fim das contas, havia milhares e milhares de diamantes nas minas, e metade deles pertence à Sara, e já pertenciam quando ela estava morando no sótão sem nenhum amigo além de Melquisedeque, com a cozinheira dando ordens a ela. E o senhor Carrisford a achou esta tarde, e a levou para a casa dele, e ela não vai mais voltar, e vai ser mais princesa do que nunca... cento e cinquenta mil vezes mais. E eu vou visitá-la amanhã à tarde. Vejam!

Dificilmente a própria senhorita Minchin poderia ter controlado o alvoroço que ocorreu depois disso; e, embora tenha ouvido o barulho, sequer tentou. Não estava com disposição para encarar nada além do que encarava em seu quarto, enquanto a senhorita Amélia chorava na cama. Ela sabia que de algum modo misterioso as notícias haviam adentrado as paredes da escola, e que cada criado e criança iria para a cama falando sobre o assunto.

Assim, até quase meia-noite o seminário inteiro, percebendo que todas as regras estavam suspensas naquele momento, se aglomerou ao redor de Ermengarde na sala de aula e ouviu-a ler e reler a carta contendo uma história que era quase tão maravilhosa quanto qualquer uma que a própria Sara teria inventado, e que tinha um encanto incrível de ter acontecido com a própria Sara e o místico cavalheiro indiano da casa ao lado.

Becky, que também tinha ouvido a história, conseguiu se esgueirar escadas acima mais cedo que de costume. Ela queria se afastar das pessoas para dar uma olhada naquele pequeno quarto mágico de novo. Ela não sabia o que iria ocorrer com ele. Não era provável que fosse mantido assim pela senhorita Minchin. Tudo seria levado embora, e o sótão voltaria

A PRINCESINHA

a ser nu e vazio. Ainda que estivesse muito contente por Sara, ela subiu o último lance de escadas com o nó na garganta e lágrimas borrando sua visão. Não haveria fogareiro aceso esta noite, não haveria lâmpada rosada; não haveria ceia, nem uma princesa sentada sob o brilho dessa luz lendo ou contando histórias... não haveria princesa!

Ela sufocou um soluço quando abriu a porta do sótão, então começou a chorar baixinho.

A lâmpada iluminava o quarto, o fogo ardia, a ceia a esperava; e Ram Dass estava ali de pé, sorrindo para o rostinho assustado dela.

– A senhorita *sahib* se lembrou – disse ele. – Ela contou tudo ao *sahib*. Quis que você soubesse da boa sorte que ela recebeu. Veja a carta na bandeja, foi ela quem escreveu. Ela não gostaria que você fosse dormir infeliz. O *sahib* solicita que você vá lhe falar amanhã. Esperam que você passe a cuidar da senhorita *sahib*. Esta noite, levarei tudo isto embora do sótão.

Tendo dito isso com um rosto radiante, ele fez um pequeno salamaleque e deslizou pela claraboia com um movimento ágil e silencioso que revelou a Becky como ele havia feito aquilo antes.

Anne

Jamais tamanha alegria havia reinado no quarto das crianças da Grande Família. Nunca tinham sonhado que prazeres assim seriam possíveis como resultado de um conhecimento íntimo da "menina que não é uma pedinte". O simples fato de seus sofrimentos e suas aventuras a tornava um bem inestimável. Todo mundo sempre queria ouvir as coisas que lhe tinham acontecido. Quando alguém estava sentado ao lado de um fogo quente em uma sala grande e brilhante, era muito delicioso ouvir quão frio um sótão podia ser. É preciso admitir que o sótão acabava ficando bem agradável e que sua frieza e simplicidade quase afundavam na insignificância quando Melquisedeque era lembrado ou quando se falava sobre os pardais e as coisas que dava para ver ao subir na mesa e enfiar a cabeça e os ombros para fora da claraboia.

É claro que a história mais amada era a do banquete e o sonho que era verdade. Sara contou pela primeira vez no dia depois de ter sido encontrada. Diversos membros da Grande Família vieram para tomar um chá com ela e, quando se sentaram ou se aninharam no tapete perto da lareira, ela contou a história à sua própria maneira, e o cavalheiro indiano ficou

A PRINCESINHA

ouvindo e observando-a. Quando ela terminou, olhou-o e pôs a mão no joelho dele.

– Essa é a minha parte – disse Sara. – Agora por que você não conta a sua parte, tio Tom? – Ele tinha pedido para ela sempre chamá-lo de "tio Tom". – Eu ainda não conheço a sua parte e ela deve ser linda.

Então, ele lhes contou como, enquanto ficava sentado sozinho, doente, aborrecido e irritado, Ram Dass havia tentado distraí-lo ao descrever os transeuntes, e havia uma criança que passava mais vezes do que qualquer outra pessoa. Ele tinha começado a ficar interessado nela, em parte talvez porque estava pensando muito a respeito de uma menina, em parte porque Ram Dass tinha relatado o incidente de sua visita ao sótão em busca do macaco. Ele havia descrito o olhar triste e o sofrimento da menina, e que parecia que ela não pertencia à classe dos que eram tratados como criados e serviçais. Aos poucos, Ram Dass fez descobertas sobre a miséria da vida dela. Descobrira como era fácil escalar os poucos metros do telhado até a claraboia e esse fato tinha sido o começo de tudo o que se seguiu.

– *Sahib* – dissera ele um dia –, eu poderia cruzar o telhado e acender o fogareiro quando ela estivesse fazendo algum serviço na rua. Quando retornasse, úmida e com frio, ao encontrar o fogo brilhando pensaria que um mago teria feito aquilo.

A ideia havia sido tão agradável que o rosto tristonho do senhor Carrisford tinha se iluminado com um sorriso, e Ram Dass ficara tão cheio de êxtase que ele se empolgara e explicara ao mestre como seria simples fazer várias outras coisas. Ele mostrara um prazer infantil e uma inventividade, e os preparativos para a execução do plano haviam enchido com interesse muitos dias que, de outra forma, teriam se arrastado. Na noite do banquete frustrado, Ram Dass tinha ficado de olho, com todos os seus pacotes de prontidão no seu próprio sótão; e a pessoa que devia ajudá-lo esperou junto, tão interessada quanto ele na estranha aventura. Ram Dass tinha ficado deitado no telhado, olhando para o céu, quando o banquete chegou à sua conclusão desastrosa; ele tinha certeza da profundidade do sono cansado de Sara; então, com uma lamparina escura, se esgueirara para dentro do quarto, enquanto seu companheiro havia permanecido do lado de fora e lhe entregado as coisas. Quando Sara se mexera de leve, Ram Dass fechara a abertura da lamparina e se deitara no chão. Essas e muitas outras coisas interessantes as crianças descobriram fazendo mil perguntas.

– Estou tão feliz – disse Sara. – Estou tão feliz que era você o meu amigo!

Nunca houve amigos tão próximos como esses dois se tornaram. De alguma maneira, eles pareciam servir um ao outro de uma maneira maravilhosa. O cavalheiro indiano nunca tinha tido uma companheira de quem gostara tanto quanto Sara. Em um mês, tal como o senhor Carmichael havia profetizado, ele havia se tornado um novo homem. Estava sempre animado e interessado; então começou a encontrar um prazer verdadeiro na posse da riqueza que pensava detestar, por considerá-la um fardo. Havia tantas coisas encantadoras para planejar para Sara. Havia uma piadinha entre os dois, que ele era um mago e um dos seus prazeres era inventar coisas para surpreendê-la. Ela encontrou novas e belas flores crescendo no seu quarto, pequenos presentes caprichosos dobrados sob travesseiros e, uma vez, ao se sentarem juntos no começo da noite, ouviram o arranhão de uma pata pesada na porta e, quando Sara foi ver o que era, havia um grande cão, um esplêndido *boarhound* russo, com um grande colar de prata e ouro com uma plaquinha em que se lia: "Sou Boris, eu sirvo à princesa Sara".

Não havia nada que o cavalheiro indiano amava mais do que a lembrança da princesinha em seus trapos e farrapos. Nas tardes em que a Grande Família, ou Ermengarde e Lottie, reuniam-se para se divertir, eram muito agradáveis. Mas as horas quando Sara e o cavalheiro indiano se sentavam juntos e liam ou conversavam tinha um charme próprio, todo especial. Durante o tempo em que passavam juntos, aconteciam muitas coisas interessantes.

A PRINCESINHA

Certa noite, o senhor Carrisford, erguendo os olhos do livro, notou que sua companheira não havia se mexido por algum tempo, mas tinha ficado sentada só olhando para o fogo.

– O que você está "supondo", Sara? – perguntou ele.

Sara levantou os olhos, com as bochechas coradas.

– Eu estava mesmo supondo – respondeu. – Estava me lembrando daquele dia faminto, da criança que conheci.

– Mas aconteceram muitos dias famintos – observou o cavalheiro indiano, com um tom bem tristonho na voz. – Qual dia faminto foi?

– Esqueci que você não sabe – disse Sara. – Foi no dia em que o sonho se tornou realidade.

Então, contou-lhe a história da padaria e da moeda que achou na lama e da criança que estava mais faminta que ela. Sara falou tudo de maneira simples e com o menor número de palavras possível; mas de alguma forma o cavalheiro indiano achou necessário cobrir os olhos com a mão e cravá-los no tapete.

– Eu estava imaginando um tipo de plano – disse ela quando terminou. – Estava pensando que gostaria de fazer alguma coisa.

– O que seria? – indagou o senhor Carrisford com um tom grave. – Você pode fazer o que quiser, princesa.

– Eu estava pensando... – hesitou Sara. – Sabe, você diz que eu tenho muito dinheiro, estava pensando se poderia ir ver a moça da padaria e lhe dizer que, quando crianças famintas, em particular nesses dias terríveis, vierem e se sentarem nos degraus da frente, ou olharem pela janela, ela poderia chamá-las e dar algo para elas comerem, e poderia enviar as contas para mim. Eu poderia fazer isso?

– Você pode fazer isso amanhã de manhã – respondeu o cavalheiro indiano.

– Obrigada – agradeceu Sara. – Sabe, eu sei o que é estar com fome e é muito difícil quando a pessoa não consegue nem mesmo fingir que não está com fome.

– Sim, sim, minha querida – disse o cavalheiro indiano. – Sim, sim, deve ser. Tente não pensar nisso. Venha e sente-se neste banquinho perto do meu joelho e lembre-se apenas de que você é uma princesa.

– Sim – sorriu Sara –, e eu posso dar pães e bolos para o povo.

Ela se sentou no banquinho, e o cavalheiro indiano (ele também gostava que ela o chamasse assim de vez em quando) afagou a cabecinha dela em seu joelho e acariciou seus cabelos escuros.

Na manhã seguinte, a senhorita Minchin, ao olhar pela janela, viu as coisas que ela provavelmente menos gostasse de ver. A carruagem do cavalheiro indiano, com seus cavalos altos, parou diante da porta da casa vizinha, e seu dono e uma pequena figura, aquecida com peles caras, desceram os degraus da casa para entrar no veículo. A figura era-lhe familiar, e recordou a senhorita Minchin de um passado não muito distante. Atrás dela vinha uma outra figura, que ela conhecia igualmente, mas cuja visão lhe provocou uma imensa irritação. Era Becky, que, na personagem de dama de companhia, sempre acompanhava sua jovem senhorita na carruagem, carregando embrulhos e pertences. Becky tinha um rosto redondo e corado.

Um pouco mais tarde, a carruagem parou diante da porta da padaria e seus ocupantes saíram, por acaso bem quando a moça da padaria colocava uma bandeja de rosquinhas doces e quentinhas na vitrine.

Quando Sara entrou na loja, a mulher se virou, olhou para ela e, deixando as rosquinhas, foi para trás do balcão. Por um momento, a padeira olhou com firmeza para Sara, então seu rosto bem-humorado se iluminou.

– Tenho certeza de que me lembro de você, senhorita – afirmou ela. – Ainda assim...

– Sim – respondeu Sara –, uma vez você me deu seis rosquinhas por uma moeda e...

– E você deu cinco rosquinhas para uma criança pedinte – interrompeu a mulher. – Eu sempre me lembro disso. Não consegui reconhecer você logo de cara. – Ela virou-se para o cavalheiro indiano e se dirigiu a ele: – Peço desculpas, senhor, mas não há muitos jovens que notem um

A PRINCESINHA

rosto faminto daquele jeito e tenho pensado nisso o tempo todo. Perdoe minha franqueza, senhorita – disse, voltando-se para Sara –, mas você parece mais rosada e ... bem, melhor do que estava naquela... naquela...

– Estou melhor sim, obrigada – falou Sara. – E estou muito mais feliz, por isso vim aqui lhe pedir para fazer algo por mim.

– Eu, senhorita! – exclamou a moça da padaria, sorrindo alegremente. – Ora, minha nossa! Sim, senhorita. O que posso fazer?

Então Sara, encostando-se no balcão, fez sua pequena proposta a respeito dos dias terríveis e das crianças famintas e das rosquinhas.

A mulher a observou e escutou com um rosto atônito.

– Ora, minha nossa! – repetiu ela quando terminou de ouvir tudo. – Vai ser um prazer fazer isso. Eu sou uma trabalhadora e não dou conta de arcar sozinha com muito mais do que já faço e tem sinal de dificuldades por todo lado que olho; mas, desculpe pela sinceridade, preciso dizer que dei um monte de rosquinhas desde aquela tarde de chuva, só de pensar em você, em como estava molhada e com frio e quão faminta estava. E ainda assim você deu suas rosquinhas quentes, como se fosse uma princesa.

O cavalheiro indiano abriu um sorriso involuntário diante desse comentário e Sara também sorriu um pouquinho, recordando-se do que havia dito a si mesma quando colocara as rosquinhas no colo da criança pedinte.

– Ela parecia estar com tanta fome – disse Sara. – Estava com mais fome do que eu.

– Estava faminta – falou a mulher. – Ela me falou disso muitas vezes desde então, como estava sentada lá fora, no frio, e sentia como se um lobo estivesse despedaçando sua barriga.

– Oh, você a viu desde então? – questionou Sara. – Sabe onde ela está?

– Sei, sim – respondeu a mulher, sorrindo mais bem-humorada do que nunca. – Ela está lá nos fundos, senhorita e já está lá há um mês. Está se tornando uma garota bondosa e decente, e tal ajuda para mim na loja e na cozinha que quase não dá para acreditar, sabendo como ela viveu.

223

A mulher foi até a porta da pequena sala dos fundos e a chamou; no minuto seguinte, uma garota saiu e a seguiu atrás do balcão. E era mesmo a menina pedinte, limpa e bem-vestida, com o aspecto de alguém que não sentia mais fome havia muito tempo. Parecia tímida, mas tinha um rosto bonito, agora que não era mais uma mendiga e aquela sombra selvagem desaparecera de seus olhos. Ela reconheceu Sara no mesmo instante, levantou-se e olhou para ela como se nunca pudesse olhar o suficiente.

– Sabe – falou a mulher –, eu disse a ela para vir quando estivesse com fome. Quando ela aparecia, eu lhe dava alguns bicos para fazer. Achei que ela estava disposta e de alguma forma comecei a gostar dela. No fim das contas, dei a ela um lar, ela me ajuda e se comporta bem, e é tão agradecida quanto uma garota pode ser. O nome dela é Anne. Não tem sobrenome.

As crianças se levantaram e se olharam por alguns minutos; então Sara tirou a mão de seu regalo e a estendeu sobre o balcão. Anne a segurou e as duas se entreolharam.

– Estou tão feliz – comentou Sara. – E acabei de pensar em algo. Talvez a senhora Brown possa deixar você entregar os pães e as rosquinhas às crianças. Talvez você gostaria de fazer isso porque também sabe o que é estar com fome.

– Sim, senhorita – respondeu a garota.

De algum modo, Sara sentiu como se Anne a entendesse, embora falasse tão pouco e só tenha ficado parada olhando enquanto Sara saiu da loja com o cavalheiro indiano, os dois entraram na carruagem e foram embora.